大 師 名 作 坊

MasterPiece 15

生活在他方

米 蘭・昆德拉◎著
景凱旋・景黎明◎譯

ISBN 957-13-0523-5

目次

序言

「生活在他方」是韓波❶的一句名言。安德列・布勒東❷在他的《超現實主義宣言》的結論中引用了這句話。一九六八年五月，巴黎學生曾把這句話作爲他們的口號刷寫在巴黎大學的牆上。但是我這本小說最初的名字卻是《抒情時代》。我在最後一刻改換了書名，因爲我看見出版商們的臉上流露出不安的神情，他們懷疑是否有人願買一本題目如此深奧難懂的書。

抒情時代就是青春。我的小說是一部青春的敍事詩，也是對我所稱之爲「抒情態度」的一個分析。抒情態度是每一個人潛在的態勢；它是人類生存的基本範疇之一。作爲一種文學類型，抒情詩已經存在了許多世紀，因爲千百年來人類就具有抒情態度的能力。詩人就是它的化身。

❶阿瑟・韓波（一八五四～一八九一），舊譯「藍波」，法國象徵主義詩人。

❷安德列・布勒東（一八九六～一九六六），法國超現實主義詩人。

從但丁開始，詩人也是跨越歐洲歷史的偉大人物。他是民族特性的象徵（卡蒙斯❸、歌德、密茨凱維奇、普希金），他是革命的代言人（貝朗瑞❹、裴多菲、馬雅可夫斯基、羅卡❺），他是歷史的喉舌（雨果、布勒東），他是神話中的人物和實際宗教崇拜的對象（彼特拉克、拜倫、韓波、里爾克），但他首先是一個神聖價值的代表，這個神聖價值我們願意用大寫字寫出來：詩。

然而，在過去的半個世紀，歐洲的詩人發生了什麼？今天已幾乎聽不到他的聲音。我們還沒有充分意識到這一點，詩人就已從這個盛大喧囂的國際舞台上消失了（他的消失顯然是這個危險的過渡時代的徵兆之一，在這個過渡時代中，歐洲發現了自己，而我們還沒有學會給這個時代命名）。由於一種歷史的邪惡嘲諷，歐洲的詩人仍然扮演著大衆角色的最近一個短暫時期，是一九五四年以後中歐的共產主義革命時期。

值得強調的是，這一特定時代充滿了眞正的革命心理，它們的信徒懷著巨大的同情以及對一個嶄新世界的末世學信仰❻體驗了它們。詩人們覺得他們是最後一次站在舞台前部。他們認爲自己正在歐洲的

❸卡蒙斯（一五二四～一五八〇），葡萄牙詩人，作家。

❹貝朗瑞（一七八〇～一八五七），法國詩人。

❺羅卡（一八九九～一九三六），西班牙詩人。

輝煌戲劇中扮演他們慣常的角色，卻一點也沒有察覺到，劇院經理已在最後的一刻改換了節目單，而代之以一齣通俗的滑稽劇。

我親眼目睹了「由劊子手和詩人聯合統治」的這個時代。我聽到我所崇敬的法國詩人保爾‧艾呂雅❼公開正式地與他的布拉格朋友脫離關係，因爲這位朋友即將被斯大林的最高法院法官送上絞刑架。這個事件（我把它寫進了《笑忘書》）使我受到創傷：一個劊子手殺人，這畢竟是正常的；而一個詩人（並且是一個大詩人）用詩歌來伴唱時，我們認爲神聖不可侵犯的整個價值體系就突然崩潰了。再沒有什麼是可靠的了。一切都變得成問題、可疑，成爲分析和懷疑的對象：進步和革命。青春。母親。甚至人類。還有詩歌。一個價值崩潰的世界呈現在我眼前，漸漸地，經過許多年，雅羅米爾的形象，他的母親和他的情人在我的頭腦裏成形了。

請別認爲雅羅米爾是一個低劣的詩人！這是對他的一生廉價的解釋！雅羅米爾是一個有天分的詩人，富有想像力和激情。他是一個敏感的年輕人。當然，他也是一個邪惡的人。但他的邪惡同樣潛在地存在於我們每個人身上。在我的身上。在你的身上。在韓波身上。在雪萊身上。在雨果身上。在所有時

---

❻末世學：宗教名詞，是研究末日審判、天堂、地獄等的一門宗教學。

❼保爾‧艾呂雅（一九一五～一九五二），法國超現實主義詩人。

代所有制度下的每個年輕人身上。雅羅米爾不是特定時代的產物。特定時代只是照亮了隱藏著的另一面，使不同環境下只會處於潛伏狀態的某種東西釋放出來。

儘管雅羅米爾和他母親的故事發生在一個特定的歷史時期，它的描寫是眞實的（沒有一點諷刺的意圖），但我的目的並不是要描寫一個時代。「我們選擇那個時代並不是因爲我們對它本身感興趣，而是因爲它似乎提供了一個捕捉韓波和萊蒙托夫、抒情和青春的絕妙的圈套。」換言之：對小說家來說，一個特定的歷史狀況是一個人類學的實驗室，在這個實驗室裏，他探索他的基本問題：人類的生存是什麼？就這本小說而言，同時還提出了幾個相關的問題：抒情態度是什麼？青春是什麼？一個母親在形成一個年輕男人的抒情世界中扮演的是什麼樣的神祕角色？如果青春是缺乏經驗的時期，那麼在缺乏經驗和渴望絕對之間有什麼聯繫？或者在渴望絕對和革命熱情之間有什麼聯繫？以及抒情態度怎樣表現在愛情中？有愛情的「抒情形式」嗎？等等，等等。

當然，這部小說絲毫沒有回答這些問題。這些問題本身就已經是一個回答，正如海德格❽所說：人的存在具有一種問題的形式。

最初想寫這部小說的念頭產生於很久以前，在五〇年代中期。當時我想解決一個美學問題：怎樣寫

❽海德格（一八八九～一九七六），德國存在主義哲學家。

一部屬於「詩歌批評」的小說，同時它自身又是詩歌（傳達詩歌的激情和想像）。我於一九六九年完成了這部小說。它從來沒有在波希米亞❾出版過。一九七三年它首次在法國刊行，一年後彼得・庫西出色的譯本在美國出版，他因此而獲得了國家圖書獎的提名。庫西是美國最優秀的捷克語翻譯家。爲了修訂這部小說，使它更忠實於原著，幾年後他又重新修改了一遍，這一事實表明他一心追求完善；換句話說，他是翻譯家中一位眞正的藝術家。我衷心感謝他這部傑出的譯作，以一個朋友的身分緊緊握他的手。

米蘭・昆德拉

❾波希米亞：捷克舊稱。

第一章 詩人誕生

1

究竟是在什麼時候、什麼地方懷上詩人的？

當他的母親思考著這一問題時，似乎只有三種可能性值得認眞考慮：不是某個晚上在公園的長凳上，就是某個下午在詩人父親一個同事的房間裏，或是某個淸晨在布拉格附近一個充滿浪漫情調的鄉間。

詩人的父親對自己提出同樣的問題時，他得出結論，懷上詩人是在他朋友的房間裏，那一天特別倒楣。詩人的母親不願意去那裏，爲此他們吵了兩架，後來又重歸於好，當他們終於開始作愛時，隔壁房間有人大聲地開門，詩人的母親受了驚，他們停止了擁抱，慌忙倉卒地結束了性交。他把懷上詩人歸罪於這一瞬間的慌亂失措。

但是詩人的母親卻否認受孕可能是在借來的房間裏（那是一個典型的單身漢的邋遢地方，她厭惡那張亂糟糟的床和縐巴巴的睡衣褲），瑪曼也否決了第二種選擇：受孕發生在公園的長凳上，她當時很不情願在那裏作愛，一想到這樣的長凳是妓女和行人常去的地方，她就感到噁心。因此她肯定懷孕只能是在一個陽光明媚的夏日早晨，在綠色溪谷的背景上生動地襯出輪廓的一塊巨石後面，布拉格的市民星期日常喜歡到這兒的溪谷郊遊。

從多種理由看，這樣的環境最適宜懷上詩人：在正午陽光的普照下，這兒是光明的白晝，而不是漆黑的夜晚；周圍是廣闊的自然，使人聯想到翅膀和自由的飛翔；儘管離城郊的住宅不遠，這兒的景致卻有著浪漫的情調，到處都是裂罅、岩石和起伏不平的地面。當時這地點似乎生動地象徵著她的經歷。說到底，她對詩人父親強烈的愛不正是對父母那種平淡無奇、按部就班的生活的浪漫反抗嗎？這塊遠離塵囂、自由自在的風景區與她——一個富商的女兒——選擇了身無分文的年輕工程師的巨大勇氣之間，難道沒有一種內在的相似之處嗎？

詩人的母親一直陶醉在強烈的愛中，沒有什麼能改變這點，即使在那個美妙的下午，在那些圓石間的事僅僅幾週後產生的失望也沒有改變這點。她告訴情人每月煩擾她生活的那種不適沒有按期出現。她興奮萬分地把這一消息透露給他，可是遇到的只是令人氣憤的冷淡（現在我們回想起來，這種冷淡大半是表面上裝出來的）。他把這件事當作是一個不重要的、純粹暫時的和無關緊要的周期性生理失調而不予考慮。瑪曼覺察到情人不願分享她的歡樂後非常生氣，直到醫生正式宣布她已經懷孕了才跟他說話。當詩人父親說他的一個好友是婦科醫生，可以萬無一失地消除她的煩惱時，瑪曼的眼淚奪眶而出。

這就是反抗的可悲結局！最初爲了年輕的工程師而同父母對抗，後來又求助於父母來反對他。她的父母成功了；他們與工程師進行了一次坦率的談話，他意識到別無出路，同意舉行一次體面的婚禮。他欣然接受了一大筆嫁妝，這使他以後能建立起自己的建築公司。他把他的全部財產塞進兩只手提箱裏，搬進他的新婚妻子在那裏出生和長大的別墅。

儘管工程師迅速地妥協了，但詩人母親仍然傷心地意識到她如此衝動地投進的這場冒險——它曾經像是美好得令人心醉——並沒有變成她堅信有權期待的那種偉大的、彼此滿意的愛情。她的父親是布拉格兩個生意興隆的藥房的老闆，因此她的道德觀是建立在嚴格的平等交換的原則上。在她這方面，她把一切都投資到愛情中（她甚至願意犧牲她的雙親以及他們那平靜的生活）；反過來，她也希望對方在共同的帳戶中投資等量的感情。爲了恢復平衡，她逐漸取回感情的儲蓄，在婚禮後對丈夫擺出一副高傲嚴峻的面孔。

詩人母親的姊姊不久前搬出了住宅（她結了婚，搬到了市中心的一個公寓），於是老兩口繼續住在樓下，他們的女兒和工程師則住在頂樓。樓上有三間屋子，其中兩間很大，布置得完全和二十年前老藥劑師修建別墅時一樣。工程師就這樣繼承了一套家具齊全的房間。總之，對他來說這是令人滿意的安排，因爲除了剛才提到的那兩只拼湊的手提箱，他完全沒有任何財產。不過，他還是極力主張把這套房間作點小小的變動，但他的妻子根本不打算讓他——這個樂意把她獻到墮胎術者刀下的男人——粗暴地對待這個代表她父母精神、也代表二十年的良好習慣和安寧的世界。

在這種場合下，年輕的工程師也毫無反抗地妥協了，只是對一件事提出了小小的抗議：臥房裏有一張小桌，桌上蓋著一個沉重的灰色大理石圓盤，上面立著一個裸體男人的小雕像；雕像左手握著一把七弦琴，支在臀部上。右臂以一種動人的姿勢揮出去，就像手指剛觸撥了琴弦。右腿伸直，頭部微微後傾，目光向著上方。這張臉非常美麗，頭髮鬈曲如波，白色雪花石膏賦予他一種溫柔的、女氣的、也可以說是處女般的非凡神態：事實上，我們並沒有濫用「非凡」這個詞：根據刻在底座的銘文，這個手握七弦琴的雕像即是古希臘神阿波羅。

一看見這個雕像，詩人的母親就不由得來氣。這個神像經常被扭轉過去，背部衝著房間，要不就成了工程師的帽架，要不那沉思的頭就成了工程師擱鞋的地方。偶爾還有一隻臭襪子套在小雕像上——這是對繆斯和她們的首領不可饒恕的褻瀆。

詩人母親異常憤怒地作出反應。這並不是僅僅由於缺乏幽默感，而是由於她相當準確地察覺到，丈夫把阿波羅套在襪子裏是爲了發出一個他出於禮貌不能直接表達的信息：以這種玩笑的方式，他要讓她知道，他拒絕她的世界，他的屈服只是暫時的。

這具雪花石膏的雕像於是成了一個眞正的古代神祇：一個不時介入人類事務，使人的一生困惑，設下陰謀，顯示神跡的冥冥之神。年輕的女主人公把他視爲同盟，她那充滿渴望的女性想像力把他變成了一個活生生的人，他的瞳孔彷彿閃爍著生氣，嘴唇顫動著聲息。她愛上了這個爲她而橫遭凌辱的裸體青年。當她凝視著那張俊秀的臉時，她產生了一個願望，希望腹部裏正在生長的孩子與丈夫這個風度翩翩的情敵相像。這個願望如此強烈，以致她一面瞧著自己的腹部，一面想像著這個希臘青年才是孩子眞正的父親。她祈求神運用他的力量改變過去，改變她懷上兒子的經歷，就像偉大的提香❶曾經在一個拙劣畫家毀壞的畫布上畫出了傑作一樣。

在聖母瑪麗亞身上，她無意中發現了不需要生殖器而當母親的典範，於是她嚮往著一種沒有父親參與的母愛。她如痴如醉地渴望孩子叫阿波羅，在她看來這名字就如同意味著「他沒有人父」。當然，她知道兒子會因取了這樣一個高貴的名字而遇上麻煩，人們會嘲笑她和兒子。因此她尋找一個能配得上年輕的奧林匹斯神的捷克名字，最後她選定爲雅羅米爾，意思是「他愛春天」和「他被春天所愛」。這個選擇得到了大家的贊同。

當他們驅車把她送到醫院時，事實上春意正濃，盛開著紫丁香。幾個小時的陣痛後，幼小的詩人滑落到這世界的骯髒被單上。

2

他們把詩人放在母親床邊的一個有圍欄的小床上，她聽著那悅耳的號哭聲，疼痛的身軀充滿了自豪。

---

❶提香（一四七七～一五七六），義大利畫家。

我們不要妒忌瑪曼身子的滿足，迄今爲止，它還沒有體味到多少歡樂，儘管它還算迷人：不錯，背部沒有輪廓，腿有點短，但是胸脯卻非常豐滿，在一頭梳理得十分漂亮的頭髮（漂亮得難以相稱）下有一張並不炫目但卻動人的臉。

瑪曼一直覺得自己相貌平平，沒有魅力。這大半是因爲同她一起長大的姊姊是一個舞會上的皇后，在布拉格第一流的女裝店工作，她活潑美麗，喜歡打網球，輕易地就進入了高雅男人的世界。姊姊在社交活動中的成功助長了瑪曼帶有挑戰性的莊重；完全出於反抗，她開始喜歡感傷嚴肅的音樂和書籍。

其實在認識工程師之前，她就經常同一個年輕的醫科生約會，他是她父母朋友的兒子，但這種關係並沒能喚起她在身體上的自信。一個晚上，在一個夏日別墅裏，她同他在一起第一次體驗了性愛。第二天早晨她就同他絕交了，因爲她悲哀地確信無論她的感情還是感官都注定不能分享偉大的愛情。當時她正準備完成畢業考試，這次經歷使她能及時宣布，她已在腦力勞動中看到了生活的目的，她決定報考哲學系（儘管她有一個講究實際的父親）。

在大學課堂的硬板凳上坐了五個月後，她那失望的身軀一天在街上與一位剛畢業的年輕工程師相遇，他粗野地向它獻殷勤，幾次約會後就占有了它。由於當時肉體得到了意想不到的滿足，心靈很快就忘掉了學者生涯的抱負，與肉體息息相通了（一顆眞實的心靈總是這樣）。它欣然同意工程師的觀點，讚揚他的快樂無憂，欽佩他那迷人的不負責任。瑪曼雖然意識到這些特點與她長大的環境格格不入，但她卻打算與工程師的特性認同，在這些特性面前，她那憂鬱、純潔的身軀獲得了自信，對自己開始驚訝莫名的欣賞起來。

那麼瑪曼到底幸福不幸福？不完全幸福；她在信心和懷疑之間徘徊。當她在鏡子前脫下衣服時，她試圖通過丈夫的眼光來審視自己：有時她好像很有魅力，有時又似乎索然無味。把自己的身子交給他人的眼光去評判，這正是產生不安和懷疑的根源。

然而不管她怎樣在希望和懷疑之間徘徊，她還是完全消除了妄自菲薄。她不再爲姊姊的網球拍而沮喪，她的軀體終於變得活躍了，瑪曼學會了享受肉體存在的樂趣；她希望能確信新的生活會是一個永久的現實而不是一個完全靠不住的允諾；她渴望工程師能帶著她遠離大學講堂，遠離她的兒童教養院，把一個愛情故事變成一個眞實的生活故事。這就是她爲什麼這樣熱誠歡迎她的懷孕的緣故。她冥想著自己，冥想著工程師和孩子，這個三重奏好像是上達星空，充滿了宇宙。

在前一章我們已經提到：瑪曼很快就明白了，那個如此渴望愛情冒險的男人卻害怕生活冒險，不願同她一道去遨遊星空。我們也已知道在這種情況下，她的自尊經受住了情人的冷淡反應，發生了一個很重要的變化：瑪曼長期受情人目光支配的身軀，現在進入了一個新的歷史階段；它不再是別人眼光中的一個十足的物體，而是變成了一個獻身於某個還沒有眼光的人的活生生的肉體。它的外表已失去了意義；沿著一個內在的、看不見的表面，它觸及到了另一個軀體。因此外部世界的眼光只能捕捉住它那無關緊要的外殼。工程師的評價不再有任何意義，它對這個身軀的命運一點沒有影響。身軀終於變得獨立和自足了；變得越來越大、越來越醜的腹部充滿了自豪。

分娩之後，瑪曼的軀體又進入了一個新的時期。當她第一次感到兒子的嘴摸索著觸到她的胸脯時，一股甜蜜的顫動傳到內部深處，輻射到身體各個部位。這種感覺與愛情相似，但卻遠遠超過了情人的撫摸，它帶來了極大的寧靜的幸福和極大的幸福的寧靜。她過去從沒有體驗過這種感覺；當情人親吻她的胸脯時，那只是短暫地彌合了長時間的懷疑和不信任；但是現在她知道，有一張嘴在無限忠誠地依戀著她的胸脯，對這種忠誠她可以完全信賴。

如今還有了一些別的變化。過去，情人一觸到她的裸體，她就會感到羞恥。相互的吸引總是能克服陌生的感覺，軀體接觸的那一片刻是令人陶醉的，正因爲它僅僅是片刻。羞恥從未沉睡，它使情愛更加令人激動，但它也監視著軀體，防止軀體完全屈服。可是，現在羞恥消逝了，不存在了。兩個軀體忘情地互相敞開，無所隱藏。

她從來沒有像這樣獻身於另一個軀體，也從來沒有任何軀體像這樣獻身於她。情人使用她的肚皮，卻從沒有在那裏生活，他撫摸她的乳房，卻從沒有從那裏吮吸。啊，哺乳的歡樂！她鍾愛地瞧那張無牙的嘴魚一般地游動，想像著她那些最隱祕的思想、觀念和夢想通過奶水流進了嬰兒的體內。

這是伊甸園的境界：肉體就是肉體，無需用遮羞布來掩蓋；母親和兒子沉浸在無限的安寧之中；他們像亞當和夏娃品嘗知識果之前那樣生活在一起；他們居住在超越善惡的軀體裏。而且，在伊甸園裏絕沒有美醜之別，身體的各個部分既不醜也不美，而只是賞心悅目。無牙的齒齦是可愛的，胸脯是可愛的，肚臍和小臀部也是可愛的。內臟叫人愉快，它運行得有條不紊。那個滑稽腦袋上長出的短髮也叫人愉快。她熱心地觀察兒子打嗝、小便和咳嗽，這不僅僅是對嬰兒健康的無微不至的關心——不，她是懷著激情投入了嬰兒身體活動的每一過程。

這是一個嶄新的態度，因爲從幼年起，瑪曼對包括她自己的一切身體的需要，就抱有一種強烈的反感；每當坐在抽水馬桶上她就憎惡自己，試圖確信沒人看見她走進浴室；她曾經一度不好意思當著衆人吃飯，因爲咀嚼和吞嚥的程序使她感到厭惡。如今兒子身體的需要是那麼崇高，超越了一切醜陋，對她產生了特殊的淨化作用，也使她自己的軀體變得正當。那些偶爾滲出在起皺的乳頭上的奶滴就像一滴露水那樣富有詩意。她常常伸手去輕輕地揉擠乳房，以便產生那些神祕的奶滴。她用小指頭蘸著那些白色液體，然後品嘗它：她對自己說，她這樣做是爲了對滋養兒子的液體了解得更多一點，但實際上她是對自身的味道感到好奇，甜蜜的奶味使她與身體的其他排泄物和分泌物重歸於好。她開始覺得自己是高雅的；她的軀體變得就像大自然的任何物體——一棵樹，一叢灌木，一片湖——一樣愜意，一樣正當。

不幸的是，由於瑪曼的軀體給了她無窮的歡樂，她沒能充分注意到它的需要。當她意識到這點時，已經爲時過晚：腹部的皮膚已變得粗糙多皺，下面的韌帶呈現出微白的條紋；皮膚看上去好像不是軀體的眞實部分，而像一床寬鬆的被單。瑪曼對這個發現儘管感到詫異，但並沒有因此過分不安。不管有沒有皺紋，她的身子都是幸福的，因爲它是爲一雙眼睛而存在，這雙眼睛看到的只是這個世界的模糊輪廓，這雙眼睛（這雙伊甸園的眼睛）還沒有意識到在這個墮落、殘酷的世界裏，身體是分爲美與醜的。

這些變化，嬰兒的眼睛雖然看不到，丈夫的眼睛卻注意到了。雅羅米爾出生後，丈夫企圖與瑪曼重歸於好。經歷了一段長時間，他們又重新開始作愛。但已經和過去不同了：他們先得有一定的時間親熱，然後才在黑暗中猶豫不決的作愛。瑪曼對這一點毫不在意，她意識到她那變得難看的身軀，她害怕充滿激情，無所顧忌的作愛會使她失去兒子所賦予的內心平靜。

不，不，她決不會忘記丈夫帶給她的激動只是充滿了風險和不安，兒子卻給了她充滿幸福的寧靜；這就是她繼續依戀兒子以求得安慰的緣故（兒子已經開始蹣跚行走，牙牙學語了）。一次孩子病重，瑪曼幾乎有兩星期沒有闔眼，日夜守護在這個發著高燒、受病痛折磨的小軀體旁邊。這段時間也叫人心醉神迷；兒子病癒後，她覺得自己好像抱著他的身子穿過了地獄，有過這樣的經歷，再沒有什麼能把她和兒子分開的了。

丈夫的軀體裹在外套或睡衣裏，把自己單獨封閉起來，離她愈來愈遠，一天比一天變得陌生，兒子的軀體卻繼續依靠她；她已不再給兒子餵奶，而是教他使用抽水馬桶，她爲他穿衣脫衣，給他梳頭，替他選擇衣服，通過熱心爲他準備的食物，每天都與他的內臟保持接觸。兒子四歲時開始顯露出缺乏食慾的跡象，她對他嚴格起來，強迫他吃飯，她第一次感到她不僅是兒子軀體的朋友，而且也是它的統治者。這個軀體反抗著，不願意呑嚥，可是最後不得不屈從；她帶著愉快觀察這徒勞的反抗，屈服，還有那瘦弱的脖子，通過它，她可以監視那不受歡迎的食物通過。

啊！兒子的身軀，她的樂園，她的家，她的王國……

3

那麼兒子的靈魂呢？不也是她的王國的一部分嗎？噢，是的，當然是的！當雅羅米爾發出的第一個詞就是「媽媽」時，她簡直欣喜若狂。她對自己說，兒子的大腦——現在還只有一個概念——全靠她來塡充，甚至以後他的大腦開始發育，抽枝，開花，她將仍然是他的根。這想法使她歡欣鼓舞，她開始仔細留心兒子的學語，由於她覺得生命是漫長的，記憶是短暫的，她便去買了一本深紅色封面的筆記本，開始把兒子嘴裏發出的一切都記錄下來。

如果我們查閱瑪曼的筆記本，就會看到在「媽媽」後面，緊接著又有許多詞，「粑粑」，「呀呀」，「嘟嘟」，「呼呼」，「哼哼」，「嚕嚕」，第七個才是「爹爹」。看了這些簡單的詞語（瑪曼的筆記本裏常寫有簡短的注釋和日期），我們感到對句子的初次嘗試。我們得知在第二個生日之前他曾宣稱「媽媽好」。幾個月後，他又說，「**媽媽是卡卡**」❷，因爲瑪曼拒絕在午餐前給他山莓汁吃，爲了這句話，他背上挨了一巴掌。他哭著叫嚷，**我要另一個媽媽**！但不一會兒他就說，**我的媽媽很漂亮**。這使瑪曼非常快活。還有一次他說，**媽媽，我舔你一個吻**。意思是說他要伸出舌頭，舔瑪曼的整個臉。

假如跳過幾頁，我們便會看到一個有著驚人的韻律感的句子。女用人安娜有一次答應雅羅米爾，要給他一串山楂，但她後來忘了，自己把山楂吃掉了。雅羅米爾感到受了騙，非常生氣，激烈地反覆說，**醜安娜，偷山楂**。

從某種意義上講，這句話與前面所舉的**媽媽是卡卡**很相似，但這次雅羅米爾的背上卻沒有挨巴掌，所有的人包括安娜都大笑起來，這句話以後還常被引用來給大夥逗笑(當然，雅羅米爾是明白這一點的)。當時，雅羅米爾不可能知道他成功的內在原因，但我們卻非常清楚，正是這句話的韻律使他免挨了一巴掌。這是雅羅米爾初次與詩歌的神奇力量相遇。

以後的篇頁記滿了大量押韻的詞句，根據瑪曼的注釋，這些詞句顯然給全家帶來了歡快和樂趣。例如，雅羅米爾對女用人外表的速寫是這樣的：**我家用人的衣裳，就像是一隻山羊**。緊接著又是這樣的句子：**我們在樹林裏歡鬧，心兒是多麼的美好**。瑪曼感到，雅羅米爾除了具有創造性的天賦，他那詩情的

❷一種紐西蘭產的鸚鵡。

活躍還源於押韻的兒童讀物的影響。她經常熱心、固執地給他讀這些書，以致孩子竟完全相信他的整個母語都是由抑揚格組成的。這裏，我們得做點糾正：雅羅米爾詩情的勃發並不是因爲他的天資，也不是因爲他對文學典範的模仿，眞正的源頭是他的外祖父。這是一個冷靜而實際的人，與詩歌毫無緣分，他想出這些最拙劣的聯句，暗地裏教給他的外孫。

不久雅羅米爾就意識到他的詞語產生的影響，於是開始表現起來。最初，他使用語言僅僅是爲了讓別人懂得他。現在他說話卻是爲了博得讚賞、欽佩和笑聲。他期望他的言語會產生效果，由於常常不能得到所期待的反響，他便信口胡說一氣，試圖引起大家的注意。他爲此付出了代價：一次，他對媽媽和爸爸說，**你們都是刺**（他曾聽到隔壁院子的一個男孩用過這詞，還記得當時所有的男孩都高聲笑起來）。但爸爸非但不覺得有趣，反而給了他一耳光。

從那以後，他開始仔細注意大人的用詞——哪些詞是他們珍視的，哪些詞是他們認爲合適或不合適的，哪些詞使他們感到震驚。這種觀察使他有一天同瑪曼站在花園裏時，能學著外婆的口吻，說出一句憂鬱的話：**媽媽，生命眞像這些野草**。

很難說準他腦袋裏在想什麼。他顯然沒有想到野草那生機勃勃而沒有價值的特性。也許他只是想表達生命悲哀和空幻這樣一個很模糊的概念。但即使是他所說的話與他所想表達的話不同，這句話產生的印象卻令人難忘：瑪曼一下子驚呆了，然後她撫摸他的頭髮，眼淚汪汪地凝視他的臉龐。那充滿狂喜、讚揚的凝視使雅羅米爾心醉神迷，他渴望著再次得到它。當他與瑪曼散步時，他對著一個石頭踢了一腳，然後說，**媽媽，我剛才踢了石頭，現在我為它感到難過**——於是他彎下腰，輕輕地撫摸石頭。

瑪曼確信她的兒子不僅有才華（他剛五歲就學會了閱讀），而且特別敏感，與別的孩子截然不同。她經常向外公和外婆表露這看法，雅羅米爾一邊假裝玩他的士兵或木馬，一邊側耳傾聽。他盯著客人們的眼睛，幻想著客人們把他看作是一個非凡的天才兒童，或者看作是一個特殊人物，而不是一個兒童。

在他的六歲生日臨近時，他準備上學了，家裏人堅持認為他應有一間自己的屋子，單獨睡覺。瑪曼感嘆著時光的無情流逝，不過她還是同意了。她和丈夫決定把頂樓一個小房間送給兒子，作為他的生日禮物，並用一張長沙發和一些適宜的家具布置這間屋子：一個書櫥、一面提醒他保持乾淨和整潔的鏡子，一張小小的寫字檯。

爸爸提出用雅羅米爾自己的畫裝飾房間，並著手把那些畫有蘋果和房子的幼稚的塗鴨貼在牆上。瑪曼走到他身邊，說：「我想要你給我一樣東西。」他瞧著她，她有點害臊但又堅定地繼續說：「我想要你給我幾張紙和一些顏料。」她在自己房間的梳妝台前坐下，把紙鋪開，練習寫了很長時間的大寫字母；最後她用筆蘸上紅顏料，開始寫第一個字母，一個很大的L，然後是字母I，很快就寫完了整個句子：**生命猶如野草**。她滿意地檢查著她的作品：這些字母筆畫整齊，間隔均勻。她又拿起一張紙，重新寫下這句話，這次用的是深藍色，因為深藍色更能恰當地表達兒子思想的深刻憂鬱。

接著她想起雅羅米爾還說過醜安娜，偷山楂。她嘴上帶著幸福的微笑，開始用鮮紅色寫下：我們親愛的安娜，喜歡上一串山楂。然後她笑著想起了你們都是刺，但她沒有把這句話寫下來。她用綠色顏料寫道：我們在樹林裏歡鬧，心兒是多麼美好。她又用紫色寫道：我家安妮的衣裳，柔軟得像一隻山羊（雅羅米爾實際上說的是「我家用人的衣裳」，但瑪曼認爲「用人」這個詞太粗俗）。然後她回想起雅羅米爾愛撫石頭的情景，略微沉吟後，她用淺藍色寫道：我甚至不願傷害一個石頭。她有點窘迫地用橙色加了一句：媽媽，我舔你一個吻。最後她用金黃色寫道：我的媽媽很漂亮。

生日前夕，父母把激動萬分的雅羅米爾送到樓下和外婆睡在一起，然後開始搬運家具，裝飾他的房間四壁。早晨，當他們把孩子叫到煥然一新的房間時，瑪曼早已疲倦不堪。雅羅米爾的反應使她感到困惑。他顯然吃了一驚，侷促不安地站在房子中央，一言不發。他只對寫字檯表現出興趣，而這興趣也是游移和遲疑的。這是一件古怪的家具，有點像學校裏的課桌：裝有活葉的傾斜的桌面，可以用來寫字，還可作一個小貯藏室的蓋子，同座位連成一體。

瑪曼再也忍不住了：「咳，你覺得怎樣？喜歡你的房間嗎？」

「是的，我喜歡。」孩子回答說。

「你最喜歡什麼？來，告訴我們！」外公提示道，他和外婆從半開著的門後面瞧著他。

「這個。」孩子說。他坐在寫字檯前，把裝有活葉的桌面上下掀動。

「這些畫你覺得怎樣？」爸爸指著那些帶框的畫問。

孩子抬起頭來微笑：「我熟悉它們。」

「但是把這些畫掛在牆上你覺得怎樣？」

孩子仍然坐在寫字檯前，點了點頭，表示他喜歡牆上的畫。

瑪曼的心有點作痛，她很想躲起來，但她不得不堅持到底。由於她的沉默也許會被認爲是責難，她不能不睬那些鮮艷的題字了，於是她說：「瞧瞧這些！」

孩子把頭埋得更低，目不轉睛地看著桌子抽屜。

「你知道，我想要……」瑪曼不知所措地繼續說，「我只是想要你回憶起一些事，這些事能提醒你是怎樣長大的，從搖籃一直到課桌，因爲你是一個非常聰明的孩子，你使我們大家那樣幸福……」她抱歉地講著，非常窘迫，把同一句話反覆講了幾遍，直到她不知道該再說什麼，變得緘默下來。

如果她認爲雅羅米爾不欣賞這個禮物，那她就錯了。他也不知道該說什麼，可是他是滿意的。他一直都爲他的話而自豪，他並不希望它們消失在空中。看到它們被細心地記在紙上，變成圖畫，他有一種成功的感覺——的確，這個成功如此之大，如此出乎意料，以至於他不知道怎樣作答，這使他感到不安。他知道他是一個語出驚人的孩子，他覺得這樣的孩子在此刻應該說點有意義的話，但是他什麼話也想不出來，所以他才緘默地垂著頭。但當他從眼角瞥見自己的話牢固地展現在房間，比他自己更大、更長久，他不禁欣喜若狂。他覺得好像被他的自我包圍起來，處處有他——他充滿了房間，充滿了整個別墅。

4

雅羅米爾在入學前就學會了識字。因此，瑪曼決定讓他直接上二年級；她設法得到教育部的特殊許可，經過了一個委員會的考試，雅羅米爾獲准坐在比他大一歲的學生中間。學校裏人人都羨慕他，因此對他來說，教室不過是一面映照出家庭的鏡子。母親節那天，在學校的慶祝活動中，學生們爲家長表演了節目，雅羅米爾最後一個出場，朗誦了一首關於母親的動人詩歌，他爲此贏得了長時間的掌聲。

然而，有一天他卻發現，在爲他鼓掌的公衆背後，還埋伏著另一個完全不同的、危險的、敵意的公衆。他按約去看牙科醫生，碰巧遇上一個同學。他們站在擁擠的候診室窗戶旁邊閒聊，這時雅羅米爾注意到一個成年男人帶著友好的微笑在聽他們談話。雅羅米爾於是提高嗓門，大聲問他的同學，假如他是教育部長，他將做些什麼。那個男孩不知道該怎樣回答，於是雅羅米爾開始詳細闡述他從外祖父那裏經常聽到的有關這個題目的見解。就是說：如果雅羅米爾是教育部長，學校將只上兩個月課，假期持續到十個月，教師要聽孩子們的話，從麵包店裏給他們帶來蛋糕。雅羅米爾繼續興致勃勃、大著嗓門描述各種各樣即將發生的巨大變化。

這時診療室的門開了，護士送出來一個病人。一位婦女把書放在膝上，轉過身帶著憤怒的顫聲對護士說：「小姐，請你管管那邊那個小孩，他在那裏吵吵鬧鬧，炫耀賣弄，眞討厭。」

聖誕節剛過，教師叫每個孩子到教室前面來談談節日。當輪到雅羅米爾時，他大談特談他所收到的不尋常的聖誕禮物——積木，滑雪屐，溜冰鞋，圖書；但是不久他就注意到同學們並沒有分享他的熱情，一些同學以冷淡的甚至敵意的目光瞧著他。他突然停了下來，沒有再繼續列舉其餘的禮物。

不，不，不用擔心——我們不打算重複一個富孩子和他的窮同學的陳腐故事。畢竟，雅羅米爾班上有好幾個男孩的家庭比他家富裕得多。可是這些孩子與班上的其他同學都很融洽，沒有人忌妒他們的優裕背景。那麼，是什麼使雅羅米爾得罪了他的同學呢？

幾乎難以啓齒：不是財富，而是母愛。這種愛到處留下痕跡；它粘在他的襯衣上，他的頭髮上，他裝課本的皮包上，甚至他讀來消遣的書上。一切都專門爲他選擇好，鍾愛地爲他準備好了。襯衣是節儉的外祖母爲他縫的，不知怎麼像女孩的罩衫，而不像男孩的襯衣。他的長髮用瑪曼的髮夾別住，以免遮住他的眼睛。每逢下雨，瑪曼總是拿著一把大雨傘在校門前等他，而他的同學卻把鞋揹在肩上，赤足蹚過水窪。

母愛在孩子前額上留下了一排斥小伙伴友誼的印記。隨著時間的流逝，雅羅米爾學會了巧妙地掩飾這個印記，但他在學校裏初出鋒頭後，緊接著度過了一兩年艱難風月，在這段時期，同學們都極力嘲笑他，羞辱他，有好幾次他們甚至痛打他。但是，即使在最黑暗的時期，雅羅米爾也有幾個可靠的朋友，對他們的忠誠，他一生都感激不盡，現在讓我們來談談他們：

第一個朋友是他的爸爸。他有時和雅羅米爾帶著足球到院子裏去（爸爸年輕時是一個優秀的足球運動員），雅羅米爾總是站在兩棵樹之間，爸爸把球踢給他，雅羅米爾則充當捷克斯洛伐克國家隊的守門員。

外祖父是他的第二個朋友：他常常帶雅羅米爾去參觀他的兩個店；其中一個是大藥店，已經由外祖父的女婿在經營；另一個經營的是香水店，由一個很有魅力的女人負責；她總是對孩子殷勤地微笑，讓他聞各種各樣的香水，以致雅羅米爾學會了靠氣味來辨別不同的牌子。他總是要外祖父把小瓶子湊到他鼻子下，考考他鑒別香味的能力。「你是一個嗅覺靈敏的天才。」外祖父讚揚他，於是雅羅米爾就幻想著成爲一個新型香水的發明家。

第三個朋友是阿里克，一條神經質的小狗，曾經在別墅裏住過一段時期；儘管它沒有經過訓練，毫不聽話，雅羅米爾仍然把它幻想成一個忠實的伙伴，在教室外面等他，陪伴他回家，它的忠誠引起了所有同學的忌妒。

對狗的幻想成了雅羅米爾孤獨的癖好，把他引向古怪的摩尼敎：狗變成了動物中善的象徵，一切自然美德的化身。他想像出狗與貓之間的多次戰爭（有將軍、軍官、所有設施，是他過去同他的錫兵遊戲時採用過的兵法），他總是站在狗的一邊，正如一個人應該永遠站在正義一邊。

很多時候，他都在爸爸的房間裏拿著紙和筆畫畫，狗成了他繪畫的主要對象：在種種不著邊際的壯觀場面中，狗被描繪成將軍、士兵、球星和騎士。由於它們四肢的姿勢與人物角色的適當舉止相牴牾，雅羅米爾便把這些動物畫成人的身軀。這是一個偉大的發現！每當雅羅米爾試圖畫人時，他總會遇到一個嚴重的困難：他不知道怎樣畫人臉。另一方面，他卻掌握了畫一個細長狗頭的眞正技巧，畫完後在口鼻上點一滴黑墨水。這樣，出於幻想和稚拙，一個狗頭人身的奇異世界便誕生了。這個世界的人物能迅速地描繪出來，毫不困難地同描繪戰爭、足球比賽和海外冒險聯繫在一起。

第四個朋友是一個被大家鄙棄的同學，他的父親是學校的看門人，一個疑心很重的小個兒男人，經常在校長面前告一些學生的狀。這些孩子就向他的兒子報復，使他在學校裏活得像狗一樣。雅羅米爾逐漸被所有同學拋棄後，看門人的兒子仍然是他唯一的忠實崇拜者，有一次他還被邀請到別墅裏度過了一天。大家請他在那裏用了中飯和晚餐，兩個男孩一起玩積木，然後雅羅米爾幫助他的朋友做功課。下個禮拜天，雅羅米爾的爸爸帶他們去看足球賽。這是一場激動人心的比賽，爸爸給他們留下了深刻的印象：他知道所有球員的名字，他談起這場球賽就像是一個眞正的行家，看門人的兒子聽入了迷，雅羅米爾感到非常自豪。

在表面上，兩個朋友是截然不同的一對：雅羅米爾總是穿著整潔，看門人的兒子卻穿著一件磨損破爛的外套；雅羅米爾的家庭作業總是做得仔細認眞，他的伙伴卻是一個反應遲鈍的學生。儘管如此，同這個忠誠的朋友在一起，雅羅米爾感到很自在，因爲看門人的兒子身體非常結實。一個冬日下午，他倆遭到一大羣男孩的襲擊，他們成功地擊敗了這羣男孩；雅羅米爾很高興他們幹得這樣棒；而且成功抵禦所帶來的光榮，與進攻所帶來的光榮是不同的。

一次，他們正漫步穿過城郊的空地，遇到了一個男孩，這個男孩洗得乾乾淨淨，穿著整整潔潔，好像是剛參加了一個兒童舞會。「媽媽的小寶貝。」看門人的兒子說，上前擋住這個男孩的路。他們戲弄他，向他提一些可笑的問題，對他畏縮的回答感到很開心。最後這個男孩鼓起勇氣，想把他們推開。「你竟敢這樣！你要爲此付出代價！」雅羅米爾嚷道，好像這男孩的動作是一個莫大的侮辱；看門人的兒子把這話當成信號，給了那男孩臉上一拳。

智力和體力可以結成天造地設的一對。拜倫不就是對傑克遜拳師充滿溫情嗎？後者以各種運動辛勤地訓練這位虛弱的勛爵。「別打他，抓住他就行！」雅羅米爾對朋友叫道。他拔了一把長在垃圾堆裏的帶刺蕁麻，強迫那個可愛男孩脫下衣服，然後渾身上下抽打他。「看見你這樣一個可愛的紅小孩，你媽媽會高興的！」雅羅米爾嘲弄道。一股對朋友的溫暖友情，對所有娘娘腔的媽媽寶貝的同仇敵愾掠過了他的全身。

5

爲什麼雅羅米爾仍然是家裏唯一的孩子？他的母親對一個大家庭不感興趣嗎？恰恰相反，她渴望重溫第一次當母親時的那種幸福體驗，但她丈夫總是找理由拖延。不久，她就不再懇求他，她怕遭到進一步的拒絕，怕拒絕所帶來的恥辱。

但是，她越壓抑自己不提想當母親的慾望，這個慾望就越占據她的心；她把這種渴望看作是某種不可接受的，祕密的，甚至不正當的想法；丈夫能在她內部產生一個孩子的念頭具有一種誘人的、淫蕩的色彩。**來呀，讓我懷一個小女孩**。她在心內懇求丈夫，這話聽起來很有挑逗性。

一天深夜，這對夫婦心情愉快地從一個晚會上回到家裏。雅羅米爾的父親在妻子身邊躺下，熄滅了燈（自從婚禮後，他總是在黑暗中占有她，讓觸覺而不是視覺來引導他的慾望），拉過被子，跟她作愛。也許這在他們的房事中是少見的，或者是酒的影響，那天晚上，她神魂顛倒地把自己給了他，很長時間她都沒有體驗到這種狂喜了。

她整個身心都充滿了**他們正在造一個嬰兒**的想法；當她感覺到丈夫已接近高潮時，她再也控制不住自己，狂醉地衝他大叫，要他別畏畏縮縮，同她待在一起，讓她懷一個孩子，懷一個小女孩。她痙攣著著緊緊抓住他，以致他不得不使盡全力才掙脫開，並確信她的願望是不會實現的。

後來，當他們筋疲力盡地躺在一起時，瑪曼緊緊偎依著他，重新在他的耳邊悄聲說，她渴望和他再生一個孩子；她並不想讓他煩惱，不，她只是想解釋她剛才的舉動爲什麼這樣激烈和衝動（也許還這樣下作，她樂意承認這一點）。她喃喃說這次他們肯定會有一個女孩，這個小女兒會成爲他的掌上明珠，就像雅羅米爾是她的掌上明珠一樣。

工程師提醒她（這是結婚以來第一次），他從來就不想要孩子；當時他是被迫妥協的，現在該輪到她妥協了；如果她眞的想要他在另一個孩子身上看到他自己的形象，那麼他可以告訴她，在那個絕不會誕生的孩子身上，他會更清楚地看到自己。

他們沉默地躺了一會兒，然後瑪曼開始哭了起來，整個晚上她都在哽咽；她的丈夫沒有撫摸她，只是喃喃說了幾句安慰話。這些話甚至沒能穿透她那悲哀的外殼。她似乎終於明白了一切：同她朝夕相處的這個男人從來就沒有愛過她。

她陷入有生以來最深的悲傷之中。幸運的是，丈夫雖然沒有給她任何安慰，另一個人卻給了她安慰，這就是：歷史。那天晚上的三周後，丈夫接到軍事動員的命令。他打好行裝，奔赴前線。空氣中充滿戰爭氣氛，人們買下防毒面具，修建地下掩蔽所。瑪曼把國家的不幸緊緊抱在懷中，好像這是她的救星；她沉浸在祖國的痛苦中，花了大量時間去教導兒子有關這個國家正在發生的事。

大國在慕尼黑會晤，達成了一個協議。德國軍隊占領了邊境要塞，雅羅米爾的父親回到了家。從那以後，全家人夜夜坐在樓下外祖父的房間，討論歷史的各種過程。在他們看來，歷史迄今一直在沉睡（至少是假裝沉睡），現在它突然伸伸懶腰，站了起來，它那巨大的身影使一切黯然失色。啊，瑪曼是多麼歡迎這個巨大的陰影！一羣羣的捷克人逃離了邊境，波希米亞就像一個剝了皮的桔子，毫不設防地袒露在歐洲中部；六個月後，德國人的坦克突然出現在布拉格的大街上，而瑪曼卻獻身於一個被騙取了爲國作戰機會的士兵；她完全忘記了這正是那個從來沒有愛過她的男人。

但即使在歷史風暴狂嘯的時代，日常平凡的東西也遲早會從陰影中顯現出來，夫妻床第生活在極端的瑣屑和驚人的固執方面顯得尤爲突出。一天夜裏，當雅羅米爾的父親把手放在瑪曼的胸脯上時，她意識到正在撫摸她的男人就是曾經侮辱過她的那個人。她把他的手推開，輕輕地提醒他從前對她講過的那些無情話。

她並不想報復。她只是想暗示國家的大事件不可能拭去卑微心靈對往事的記憶；她想給丈夫一個機會改正她那些無情無義的話，治癒她的創傷。她相信國家的災難已使他更有情感，她樂意接受任何溫柔的動作，作爲他們開始新的愛情生活的標誌。然而，丈夫伸過來的手遭到拒絕後，他只是翻了個身，很快就睡著了。

在布拉格的學生大示威以後，德國人關閉了捷克的大學，瑪曼徒勞地等待丈夫在被子下面伸手摸她的胸脯。外祖父發現香水店裏那個迷人的女人多年來一直在暗地裏打劫他，大爲震驚，死於中風。捷克學生被裝在悶罐車裏運到集中營，瑪曼去看醫生，醫生憂慮地發現她的精神狀況很不好，建議她長期休息。他告訴她溫泉療養地旁邊有一個公寓，靠近幾個湖泊和一條河。每年夏天，都有許多熱愛大自然的人聚集在那裏釣魚、游泳，划船。現在正是早春，瑪曼被沿著湖畔靜靜地散步的想法迷住了。但想到歡快的舞曲她又感到不安，這些音樂好像總是飄浮在野外夏日餐館的空氣中，令人留戀地回想起已逝的夏日時光，她自己的悲傷也使她憂慮，於是她決定不單獨去度假。

當然，她很快就意識到該帶誰去！近來，一半由於婚姻的煩惱，一半由於渴望生第二個孩子，她幾乎把他忘記了。她眞蠢，竟然忘記了她的寶貝，簡直是在自我毀滅！她悔恨不已地俯向他：「雅羅米爾，你是我的第一個孩子；也是我的第二個孩子！」她緊緊抱住他，喋喋不休地講瘋話：「你是我的第一個，我的第二個，我的第三個，我的第四個，第五個，第六個，第十個孩子……」她吻遍了他的臉。

6

他們在車站受到一個高個兒灰髮、舉止傲慢的女人的迎接；一個魁梧的馬車夫提起兩個皮箱，把它們送到外面人行道上，那兒已經等著一輛黑色輕便馬車；馬車夫爬上駕駛座，雅羅米爾、他的母親和那個高個兒女人面對面坐在裝有皮面的座位上；得得得的馬蹄聲伴著他們馳過小城街道，通過廣場，廣場一邊是文藝復興時期式樣的拱廊，另一邊是圍著綠色欄杆，有著爬滿長春藤的古老府第的花園。然後他們朝著河邊馳去；雅羅米爾看到一排黃色的船艙，一個跳水板，白色的桌椅。再往後他瞥見一行沿河的白楊，接下來馬車已載著他們駛向散布在河邊的孤立的別墅。

在一座別墅前，馬停了下來，馬車夫跳下來，拿起行李。雅羅米爾和母親跟在他後面穿過花園、門廳，上了一段樓梯，進到一間屋子，裏面按照爲夫婦安排的習慣並排放了兩張床。有兩扇大落地窗，其中一扇通向陽台，面對花園和河流。瑪曼扶住陽台欄杆，深深地吸了幾口氣，「啊，多麼美好的寧靜！」她說，又深深地呼吸，眼望著碼頭，那兒有一隻紅色的划艇正在輕輕地簸動。

那天晚上吃晚餐時，瑪曼和住在這所公寓的一對老夫婦交上了朋友；此後，每天晚上，小飯廳裏便響起低低的傾談聲；大家都喜歡雅羅米爾，瑪曼喜歡聽他的故事、看法、謹愼的誇耀；是的，謹愼的：雅羅米爾決不會忘記在牙科醫生的候診室裏受到那位女人羞辱的經歷，他總是在尋找一個盾牌來防備她那嘲弄的目光。當然，他仍舊渴望讚美，但他已學會了用天眞、謙遜的態度和簡潔的語言來得到它。

雅羅米爾進入了一個心蕩神怡的世界：別墅坐落在寧靜的花園中間，深沉的河流和停泊的船隻令人幻想起遠航；停在車道上的那輛黑色馬車不時把那個儀表像神話故事中伯爵夫人的高個兒女主人帶走；人們可以乘輕便馬車去偏僻的浴場，就像往返於世紀、往返於夢幻之間。在文藝復興時期的廣場上，勇敢的騎士曾在它那狹窄拱廊的陰影裏決鬥。

這個美麗的神話故事世界還包括一個帶著狗的男人。他們第一次看見他時，他正佇立在河岸上，凝視著滾滾的河水；他穿著一件皮外套，身旁蹲著一條黑色的德國狼狗，人和狗僵化的姿勢使他倆看上去像是來自另一個世界。他們再次碰到他時是在同一地點；他仍然穿著那件皮外套，他把樹枝扔出去，然後狗把它們叼回來。當他們第三次同他相遇時（仍然是同樣的景色：河流和白楊），這人對瑪曼微微鞠了鞠躬，他們走過去以後，好奇的雅羅米爾發現他回過頭來看了好幾次，次日，當他們散步歸來，看見那條黑色的德國狼狗蹲在別墅的大門前面。他們走進門廳，聽見了談話聲，他們毫不懷疑說話的男人就是那條狗的主人，他們好奇不已，便留在門廳裏，懶懶地盤桓和說話，直到女主人走出來。

瑪曼指著那條狗問：「它的主人是幹什麼的？我們散步時好像總要碰到他。」

「他是我們這裏中學的美術老師。」瑪曼表示她很想同一位美術老師談談，因爲雅羅米爾喜歡繪畫，她渴望聽到一個專家的意見，女主人把那個男人介紹給瑪曼，雅羅米爾於是被打發跑上樓，到他的房間去取素描簿。

然後這四個人在小客廳裏坐下來——女主人、雅羅米爾、狗的主人和瑪曼。那個男人翻看著畫簿，瑪曼在旁邊不斷地作解說；她解釋道，雅羅米爾總是喜歡動的場面，而不喜歡靜的風景；她說，她眞的覺得他的畫具有不尋常的生命和動態，儘管她困惑不解爲什麼所有人物都是狗頭人身，要是雅羅米爾畫眞正的人像，他的作品或許會有點價值；她不太有把握孩子這種嘗試是不是有道理。

狗的主人愉快地審視著這些畫，然後他評論說，他感到如此著迷的恰恰是動物頭和人身的結合。這兩個世界的奇異結合顯然決非偶然，大量有關這個題目的畫淸楚表明，這個觀念深深地吸引住孩子，在他神祕的幼小心靈深處生了根。僅憑孩子再現外部世界的能力來判斷他的才能是錯誤的；任何人都能學會這樣做。作爲一個藝術家（這就暗示教書僅僅是爲了謀生的一個必要的不幸），使他著迷的是小傢伙在紙上表現出來的富有創造性的內心世界。

瑪曼聽見誇讚雅羅米爾，感到很高興，女主人撫摸著孩子的頭髮，宣告他有一個遠大的前程，雅羅米爾盯著地板，把每一個字都銘刻在他的記憶中。畫家說，明年他將轉到布拉格的一所學校，他希望瑪曼繼續把雅羅米爾此後的作品帶給他看。

內心世界！多重要的詞，雅羅米爾非常滿意地聽到它們，他從來沒有忘記，他五歲時就已被稱爲是一個不尋常的孩子，與別的小孩，不同。同學們的態度，他們對他的皮包和襯衫的大肆嘲笑，都在不斷使他想到他的卓然超羣（儘管是痛苦的）。然而，迄今爲止，他的與衆不同一直是某種空洞的模糊的東西，一個不可理解的希望，或者是一個不可理解的否決；如今，它終於有了一個明確的名稱：有創造性的內心世界。同時這個名稱還被賦予了具體明確的內容：一個狗頭世界的意象。當然，雅羅米爾非常淸楚，他對受到稱讚的狗頭人的發現完全是出於偶然，這僅僅是由於他不會畫人臉；這使他產生了一個印象，他那內心世界的獨特不是出於任何積極的努力，而是他頭腦裏亂七八糟掠過的一切。這是賜予他的一個天賦。

從此，他開始細心注意他的所有思想、念頭，並讚賞它們。比如，他突然想到，假如他死了，他一直生活在其中的這個世界就將不再存在。最初，這個思想只是在頭腦裏一閃而過，但現在既然意識到了他的內在創造力，他就沒有讓這個思想像過去許多想法一樣溜掉。他抓住它，觀察它，從各個方面檢查它。他沿著河邊散步，不時閉上眼睛，然後問自己，當他的眼睛閉上時，這條河是不是還存在。當然，每次他睜開眼睛，河水都在他的面前繼續流淌，但值得注意的是，這一事實並不能證明當雅羅米爾不看它時，河水還在那裏。他覺得這非常有趣，在這個實驗上花了大半天時間，然後把這事全告訴了瑪曼。

假期愈臨近結束，他們就覺得談話愈快活。夜色降臨後，他們走出去，坐在正在碎裂的木凳上，手拉著手，凝視著波濤，一輪圓月在河面上來回晃動。「眞美啊！」瑪曼嘆道。他的兒子望著月光映照的漩渦，幻想著在河上遠航。然後瑪曼想到很快就要重新開始的乏味日子，說：「親愛的，我心裏感到非常憂傷。但你不可能明白我的意思。」她望著兒子的眼睛，它們看上去充滿了愛，充滿了渴望理解。這使她感到害怕：把一個女人的心事吐露給一個孩子！但那雙富於理解的眼睛仍像一個隱祕的邪惡吸引著她。他們緊挨著躺在兩張並排的床上，瑪曼回憶起在雅羅米爾滿六歲之前他們一直都是這樣睡在一起，那些日子他們是多麼幸福啊：她突然想到兒子才是唯一使她在床上感到幸福的男人。這個想法使她感到好笑。可是她又看了看他那溫柔的眼睛後，她對自己說，這孩子不僅分散她的心事（這樣就給了她遺忘的安慰），而且還能專注地聽她訴說（這樣就給了她理解的安慰）。「讓我告訴你一個大祕密：在我的生活中很少有愛情。」她對他說。還有一次她甚至告訴他：「作爲一個媽媽我是幸福的，但媽媽也是一個女人。」

是的，這些半呑半吐的親暱具有一種罪惡的誘惑力，她知道這一點。一次，他出乎意料地回答她：「媽媽，我並不是您所想的那麼小，我理解您。」她吃了一驚。當然，孩子頭腦裏並沒有什麼具體的念頭，他只是想對母親表示他渴望分擔她的全部憂傷。不過，他的話有幾種可能的意思。它們突然使人看到了危險的深淵，遭禁的親暱的深淵，以及不正當的理解。

7

雅羅米爾獨特的內心世界進展得如何呢？

不太順利；在小學期間，學業對他來說就像輕鬆的兒童遊戲，進入中學後卻變得困難多了，他那內心世界的榮耀開始消失在暗淡的日常功課和家庭作業之中。老師以嘲笑的口吻談到那些只描寫人世痛苦和不幸的悲觀主義書籍，雅羅米爾關於生命猶如野草的看法現在對他來說就像是帶有侮辱性的陳詞濫調。他不再有把握他過去的任何思想和感覺是否眞正屬於他自己，他的想法是否僅僅是人類思想庫藏中的一個公共部分，它們永遠是現成的，人們只是借用一下，就像圖書館裏的書籍。那麼他是誰？他的內在自我到底像什麼？他試圖就近探索一下內在生命，但他所窺見的不過是他自己在覷伺的眼光。

於是，他開始想念兩年前第一個談到他內心世界的那個男人。他的美術成績一直都很一般（當使用水彩時，顏料總是溢出鉛筆草圖外）。瑪曼因此決定完全有理由應允兒子的懇求，去找到那個美術家，安排家庭教學，幫助雅羅米爾在班上趕上去，提高他的美術成績。

就這樣，雅羅米爾有一天發現自己已經來到畫家的工作室。工作室在一個公寓樓房的頂樓，有兩個房間：第一間擺滿了書架；第二間沒有窗，只有一個安在傾斜的屋頂上，由幾塊乳白色大玻璃鑲成的天窗。在這間畫室裏有幾個畫架，裝著未完成的畫，一張散亂著紙張和有色墨水小瓶的長桌；牆上貼滿了奇形怪狀的黑臉，畫家把它們畫得像非洲人的面具；雅羅米爾很熟悉的那條狗蹲在角落裏的長沙發上，默默地打量著來訪者。

畫家讓雅羅米爾在長桌旁坐下，然後翻看他的素描簿。「這些畫千篇一律，」他最後說，「這不會使你有所造就。」

雅羅米爾很想提醒畫家，這些畫正是他從前非常喜歡的狗頭人，他是專門爲了他才畫的，可是他是那樣的失望和自憐，以至於說不出一句話來。畫家在雅羅米爾面前擺了一張白紙，打開一瓶墨水，然後把畫筆放在他手中。「想到什麼就畫什麼，別想得太多，盡量隨心所欲……」但雅羅米爾是如此畏怯，什麼也想不出來，當畫家再次鼓勵他時，他不安地又畫出長在瘦瘦的身軀上的百試不爽的狗頭。畫家感到不滿意，困惑不解。雅羅米爾說，他想學會正確使用水彩，因爲在學校裏，他從來無法讓顏料乾淨地留在鉛筆草圖內。

「這你母親對我講過。」畫家回答，「但現在把水彩忘掉，也把狗忘掉吧。」然後他把一本厚書放在孩子面前，翻到一頁，上面畫著一條頑皮、稚氣的線條，扭動著穿過著色的背景。這線條使雅羅米爾想到蜈蚣、海星、爬蟲、星星和月亮。畫家要孩子發揮他的想像力，畫出相似的東西。「可是我應該畫什麼呢？」雅羅米爾問，於是畫家告訴他，「畫一條線。畫讓你快活的那種線條。記住，畫家的工作決不是摹仿，而是在紙上創造出一個他自己的線條世界。」於是雅羅米爾畫著那些他一點都不喜歡的線條，畫滿一張又一張，最後，按照母親的囑咐，他交給畫家一張鈔票，便回家去了。

這次訪問的結果與他所期望的完全不同。它沒有導致重新發現他失去的內心世界。恰恰相反，雅羅米爾可以眞正稱作自己的唯一作品——長著狗頭的足球隊員和士兵被奪走了。儘管如此，當母親問他對這堂課的看法時，他還是向她作了一個熱情洋溢的彙報；並不是因爲他虛僞：他的訪問雖然沒有把內心世界歸還給他，但至少向他提供了一個獨特的外部世界，這個世界從不向任何人開放，卻特許他瞥了幾眼，以此獎賞他：比如，他看到了一些不尋常的畫，這些畫儘管使他茫然失措，但卻傳達出與家裏所掛的風景畫和靜物畫截然不同的鮮明特徵（他立刻就認識到這特徵是多麼鮮明）；他還聽到幾句很有價值的話，這些話他頓時就接受了：比如，他明白了「布爾喬亞」這個詞是一種侮辱；布爾喬亞就是那種要求繪畫看上去像現實生活的人；但我們可以嘲笑這樣的人（雅羅米爾喜歡這句話），因爲他們已經死亡，但卻不知道這一點。

因此，雅羅米爾渴望繼續去看畫家，希望能重新獲得那些狗頭人身畫曾經得到的成功；然而，白搭了：那些被認爲是米羅❸畫作變種的潦草塗鴉，全是呆板的摹仿，一點也沒有兒童幻想的魅力，那些非洲人面具的畫仍然是笨拙的複製，不能像畫家希望的那樣激發起孩子自己的想像力。雅羅米爾已經數次訪問了他的家庭教師，竟沒有得到一句讚揚的話，他感到無法忍受，決定採取一個大膽的行動：他帶去他的祕密素描本，裏面有他畫的裸體女人畫。

這些畫主要是雅羅米爾從外公書房的一本雜誌上看到的照片摹仿下來的。因此素描簿頭幾頁上的畫都是些成熟、端莊的女人，姿態高貴，典型的十九世紀的諷喻人物。不過，接下來的部分倒是有一些更有趣的東西，有一頁畫了一個無頭女人，在畫著女人脖子的地方紙被剪掉了，看上去好像頭是被砍掉的，留下一個想像中的斧子痕跡。紙上的切口是雅羅米爾的鉛筆刀搞的；雅羅米爾發現班上一個女孩特別迷

❸米羅（一八九三～一九八三），西班牙超現實主義畫家。

人。他經常凝視她穿著衣服的身子，渴望看到它裸露出來。碰巧他有一張這個女孩的照片，於是他把照片上的頭剪下來，把它貼在素描簿上的一個切口，從而實現了他的願望。後面幾頁的裸體畫都是無頭的，都有一個切口。其中一些人物的狀態稀奇古怪：蹲著的彷彿是在小便，在燃燒的木柴上的像聖女貞德❹，或者是其他一些遭受折磨的場面。比如，一個無頭女人被釘在柱子上，另一個的腿被砍掉，第三個失去了一隻臂膀。還有一些場面我們最好不要提了。

誠然，雅羅米爾不知道畫家對這些畫會作何反應：它們肯定遠遠比不上畫家室裏的畫和他那些厚書裏的畫。儘管如此，雅羅米爾還是覺得他這本祕密素描簿上的畫與畫家的作品有共同之處：它們都是不合慣例的：它們都與家裏的畫不同：像畫家這樣的畫，肯定會遭雅羅米爾家庭中任何成員或他們家常客的譴責和誤解。

畫家輕輕翻完了那本素描簿。他一言不發，遞給孩子一本大畫冊，然後坐下來，忙著整理桌上的紙張。雅羅米爾開始仔細翻看畫冊。他看到一個裸體男人臀部翹得老遠，不得不用一根拐杖支住：一個雞蛋開出一朵花：一張臉爬滿了螞蟻：一個人的手在變成一塊岩石。

畫家走到雅羅米爾身邊。「注意，」他說，「達利❺是個多麼出色的製圖員！」然後他把一個裸體石

---

❹貞德（一四一二～一四三一），法國民族女英雄，喚起法國民族精神抵抗英國，後被燒死。

膏像放在雅羅米爾面前。「我們一直都忽視了繪畫技巧，這是一個錯誤。在我們能對世界作根本改變之前，我們得學會以本來的面目看它。」於是雅羅米爾的素描簿上開始畫滿了女人的軀體。凡是畫家仔細檢查過的地方，輪廓和比例都作了修改。

8

如果一個女人不能從她的肉體充分地享受生活，她就會把她的肉體看作一個敵人。瑪曼對雅羅米爾從外面帶回家的那些奇怪塗鴉一直不太滿意，當他開始把裸體女人畫給她看時，她的不安變成了強烈的反感。幾天以後，她從窗口看見女僕馬格達正在摘櫻桃，雅羅米爾爲她扶著梯子，他的眼睛一直在姑娘的裙子下面瞟來瞟去。瑪曼覺得他近來一直被成堆的女人胸脯和臀部包圍起來了，她決定反擊。那天下午，雅羅米爾又該去上他的美術課；她很快穿好衣服，趕在兒子之前到了畫家的工作室。

「我絕不是淸教徒，」她說，一屁股坐進扶手椅，「但你知道，雅羅米爾現在正進入一個危險的年齡。」她曾仔細想過該對畫家講些什麼，可是現在她卻笨嘴笨舌。當然，在家裏熟悉的環境中，襯著花園

---

❺達利（一九〇四～一九九〇），西班牙超現實主義畫家。

裏總是默默爲她的思想叫好的青枝綠葉的背景，她已排練過要講的話。但是這裏卻沒有綠色大自然的痕跡。這裏周圍都是畫架上奇特的畫和一條蜷伏著的狗，這條狗就像一個多疑的斯芬克斯從長沙發上盯著她。

畫家幾句話就駁回了瑪曼的批評，接著說，他對雅羅米爾在學校的成績絲毫不感興趣，因爲學校的美術教育只能扼殺一個孩子身上可能具有的任何才能。不，她兒子的畫深深吸引他的是，他那獨特的、幾乎是病態般敏感的想像力。

「注意這奇怪的形式。幾年前你給我看的那些畫——都是狗頭人身像。最近，他一直在畫裸體女人——但她們全都是無頭的。你不覺得他拒絕承認人臉，拒絕賦予人以人性是有意義的嗎？」

瑪曼說，她認爲很難相信她的兒子已經變得這樣悲觀，竟然要剝奪人性。

「自然，他並不是經過了悲觀的思索才畫出這些畫來的。」畫家反駁道，「藝術並不是源於理性。雅羅米爾畫狗頭人身或者畫無頭女人的衝動都是出於本能。我敢肯定他不清楚怎麼會想到這些東西的。他的潛意識低聲告訴他這些形體——奇特的、但決不是沒有意義的形體。你不認爲在雅羅米爾的想像和這場戰爭之間有一條祕密的鏈環嗎？戰爭震撼著我們，使我們每日每夜、每時每刻都在戰慄。難道不是這場戰爭奪去了男人的臉和頭嗎？我們不正是生活在一個充滿了渴求得到無頭女人軀幹的無頭男人的世界裏嗎？所謂對世界的現實主義看法不正是最大的幻覺嗎？我問你，你兒子的畫難道不是更有眞實性和現實性嗎？」

她來是爲了責備畫家，可是現在她卻像一個害怕受到責罰的膽小女孩那樣慌亂失措，不知道怎樣回答。

畫家從椅子上站起來，走到畫室的角落，那裏有幾幅未裝框的油畫靠在牆上。他拉出一幅，把它轉過來，使有畫的那面朝著外邊，往後後退了幾步，蹲了下來。「過來」，他對瑪曼說。她順從地走過去，他把手放在她腰上，把她拉得更近一點，於是他們並排蹲著，瑪曼瞧著一組奇特的紅棕色的形狀，這些形狀可以看作是一片燒盡的、光禿禿的景物裏的暗火，但也可能是血的紋路。在這片景物中幾筆抹了一個拿著調色刀的人形，一個奇特的人形，好像是由白色繩子構成的（這效果是由空白的畫面造成的）。它好像是在漂浮而不是在行走，是在遠處閃爍而不是實際存在。

瑪曼再一次不知道該說什麼，畫家繼續他的演說；他談到戰爭的變幻不定，它遠遠超過了現代畫家們的想像；談到令人恐怖的意象；樹枝上纏著人肉的樹，樹上有人的手指，一隻眼睛從樹幹往外凝視。然後他說，處在這樣一個毀滅的時代，他對任何事情都不再感興趣，除了戰爭和愛情。一種在血淋淋的戰爭現實後面閃爍的愛情，就像瑪曼在那幅畫上所看見的人形一樣（在這次談話中間，瑪曼第一次感覺到她理解了畫家的話，因爲她也看出這幅畫是一種戰爭場面，她也認出那個白色形體是一個人形）。畫家談到他們初次見面時的河岸。他說，她就像那團幽晦的白色的愛從霧般的朦朧裏現出來。

然後他把蹲著的瑪曼轉過來對著自己，並且吻她。他在瑪曼還一點沒意識到所發生的事就吻了她。這同他們之間已往發生的一切實際上是一致的；事情往往來得太突然，好像總是出乎她的意料；她還沒來得及想一想，就被吻了，隨之而來的反應無法改變已發生的事，只能證實這個事實：發生了某種不對頭的事；瑪曼甚至不能確定這是不是不對頭，於是她把這個問題推遲到以後去解決，集中精神對付眼前的時刻。

她感覺他的舌頭伸在她的嘴裏，立刻意識到自己的舌頭軟奄奄的毫無生氣，畫家準會覺得它像一塊濕漉漉的面巾。她感到慚愧，忿忿地想，度過了這些沒有愛的歲月，難怪她的舌頭已經變成了一塊面巾！她迅速地用舌尖去回報畫家的舌頭，他把她抱起來，帶到長沙發那裏（那條一直盯著他們的狗跳起來，躺到門邊去了），輕輕地把她放下，愛撫著她的胸脯。她感到一種滿足和驕傲；畫家的面孔顯得年輕、激情。她擔心她已不再知道怎樣作出反應，因此，她命令自己要力圖表現得年輕、激情，在她還沒有意識到時（事情的發生又一次快得使她來不及思索），他已經成了深深進入她的體內和她的生活的第三個男人。

突然，她意識到她的確不知道自己是否需要他。她想到自己的舉動仍然像一個愚蠢的、缺乏經驗的小女孩，如果她對正在幹的事稍加考慮，決不可能發展到目前的狀況。這個想法使她平靜下來，因爲這就是說，她對婚姻的不忠不是由於情慾而是由於無知。這個想法反過來激起她對那個使她處於一種不成熟的天眞狀態的男人愈加忿恨，這種忿恨像帷幕遮住了她的頭腦，使她完全停止了思索，只感覺到自己快速的心跳。

他倆的呼吸使她平靜，頭腦甦醒過來，爲了躲避自己的思想，她把頭埋在畫家的懷裏，讓他撫摸她的頭髮，呼吸著令人鎭靜的油畫氣味，等待著看誰先說話。

但是第一個發出聲音的不是他，也不是她——是門鈴。畫家站起來，迅速穿上褲子說：「雅羅米爾。」她嚇壞了。

「沒關係，別著急。」他撫撫她的頭髮，然後走出畫室。

他迎著孩子，讓他坐在外間屋子的桌旁。「畫室裏有我的一個客人，我們就待在這裏，把你帶來的畫給我看看。」雅羅米爾把素描簿遞給畫家。畫家細看了一遍他的作業，在他面前放好顏料，遞給他紙和畫筆，出了一個題目，要他開始畫。

他返回畫室，發現瑪曼已經穿好衣服，打算離開。「你幹嘛讓他留下來？你幹嘛不把他打發走？」

「你這樣急著要離開我，是嗎？」

「眞是瘋了，」她說。畫家再次摟住她。這次，她對他的撫摸既不抵抗也不回報。她像一個沒有靈魂的軀體靠在他的懷裏。畫家對這個遲鈍的軀體悄聲耳語，「是的，是瘋了。愛情要嘛是瘋狂的，要嘛什麼都不是。」他讓她坐在長沙發上，吻她，撫摸她的乳房。

然後他又走出去看雅羅米爾畫得怎樣了。這次，他布置的題目不是想要提高孩子手上的靈巧。相反，他要他畫一個最近給他留下印象的夢的場面。畫家瞧了一眼雅羅米爾的作業，開始大談起幻想來，夢最美麗的是幻想中的見面可以發生，是在日常生活中決不可能發生的人和物之間的邂逅。在夢裏，一隻船可以從開著的窗戶駛進房間，一個死了二十年的女人可以從床上站起來，走進那隻船，然後船突然變成一具棺材，棺材可以漂浮在撒滿鮮花的河岸。他引用勞特蒙特❻關於美的名言——**在手術台上邂逅一把雨傘和一台縫紉機就是美**。然後畫家說：「這樣的邂逅是美的，但在一個畫家的房間邂逅一位女人和一個孩子則更美。」

雅羅米爾注意到他的老師好像比往常更加活潑。他感覺到當畫家談到夢和詩歌時，聲音裏有一種特殊的溫情。雅羅米爾喜歡這種溫情，他很高興自己激起了這樣熱情洋溢的談話，他明白畫家最後那句關於邂逅一個女人和一個孩子的話。當畫家最初告訴他，他們要待在外間屋子時，雅羅米爾馬上就猜到畫室裏可能有一個女人；要是連雅羅米爾都不許瞅她一眼，那她就不是一般女人，而是一個特殊的女人。但是，他距離成人世界還太遠，不可能試圖解答這個祕密；他更感興趣的是畫家說話的方式，是把他雅羅米爾的名字同那位神祕的女士連在一起的最後那句話。雅羅米爾覺得，不知怎麼，正是他的在場使那

❻勞特蒙特（一八四六～一八七〇），法國詩人。

位女士在畫家眼中顯得更加重要。他很高興，畫家喜歡他，也許還把他看作對他生活有影響的人，在他倆之間有一種深刻的、祕密的親和力，這種親和力年輕而無經驗的雅羅米爾不可能完全理解，而他那聰明、成熟的家庭老師卻一清二楚。這些想法使雅羅米爾快樂、當畫家又給他布置作業時，他急切地用畫筆蘸上顏料，俯在素描簿上畫起來。

回到畫室，畫家發現瑪曼在哭泣：「行行好，讓我馬上回家吧！」

「走吧，你倆可以一道離開。雅羅米爾就要做完作業了。」

「你是個魔鬼。」她流著淚說，畫家吻吻她。接著他又穿梭般地回到鄰室，誇讚雅羅米爾的作業（呵，那天孩子是多麼幸福呀！），把他打發回家。他回到畫室，把哭泣的瑪曼放倒在顏料斑斑的舊沙發上，吻著她柔軟的嘴和濕濕的面頰，然後跟她作愛。

9

瑪曼同畫家的戀情從未失去打一開始就已注定的那種特性：這不是她夢寐以求的愛，也不是深思熟慮的愛；這是一種未曾料到的愛，出其不意地就抓住了她。

這個愛不斷使她想到，對事情的發生她心裏總是毫無準備。她缺乏經驗，不知道怎麼行動，怎麼談話；當著畫家那富有特色、急切的臉孔，她對自己的每句話、每個姿勢都感到慚愧。她的肉體同樣沒有準備好；她第一次開始後悔生下雅羅米爾後她對身軀的忽視，鏡子裏映照出來的腹部上暗淡、褶皺的皮膚，使她感到恐懼。

呵，她多麼嚮往一種肉體和靈魂會在其中和諧到老的愛（是的，那種她預先期待的愛，坦然自如的愛）。但是，在她如此唐突地進入的這個苛刻的關係中，她的靈魂顯得令人痛苦的年輕，而她的肉體卻顯得令人痛苦的蒼老，竟使她在通過這場冒險時，好像雙腳戰戰兢兢走在繃緊的繩索上，靈魂的不成熟和肉體的衰老都同樣能給她帶來毀滅。

畫家對她關懷備至，並想把她拉進他那繪畫和思想的世界。瑪曼喜歡他這樣。這證明了他們的結合不只是兩個軀體在合謀開拓一個有利的境遇。但是，如果愛情不僅要占有肉體，而且還要占有靈魂，那就需要更多的時間，爲了替她經常不在家辯護（特別是對外婆和雅羅米爾），瑪曼不得不常常編造一些新朋友。

她總是在畫家工作時坐在他身邊，但這並不使他滿足；他向她解釋，藝術，按他所理解的，僅僅是發掘生活中神奇禮物的一種方法；這樣的禮物甚至一個正在玩耍的孩子或一個沉浸在夢中的普通人也能發現。他給了瑪曼紙和有色墨水，要她在紙上點上墨水，然後把它們吹散；斑斕的色彩參差不齊地在紙上滲開，形成一個錯綜複雜的網狀。畫家把瑪曼的作品裱在書櫥的玻璃板上，驕傲地向客人炫耀。

就在她最初的一次訪問中，當她準備離開時，他把幾本書放在她懷裏，要她帶回家去讀。她不得不偷偷地讀這些書，因爲她害怕雅羅米爾產生好奇，問她這些書從哪兒來的，或者家裏其他人問同樣的問題。要作出一個合適的回答是困難的，因爲這些書的封面甚至看上去都很特別，與她的親戚和朋友們書架上的任何書都不一樣。因此，她把這些書藏在胸罩和睡衣下面的衣服籃子裏，在她獨自一人的時候才拿出來讀。也許是感到自己在幹犯禁的事，害怕被發現，這使她不能專心致志地讀書。可以想見她收穫甚小，實際上有許多頁她都沒看懂，儘管她讀了兩三遍。

她把這些書還給畫家時，就像一個沒有完成家庭作業的女學生那樣緊張。他會馬上問她對某本書的看法，她知道他對似是而非的回答不感興趣，他想同她分享共同發現的眞理。瑪曼知道這一點，但這並不能幫助她理解這些書的全部內容，也不能幫助她理解畫家認爲十分重要的地方。因此，像一個狡黠的女學生，她找到一個藉口：她抱怨說她不得不偷偷地讀這些書，以免被人發現，所以她不能全神貫注在它們上面。

畫家相信了她的辯解，並找到一個聰明的解決辦法。在雅羅米爾下次來上課時，畫家給他作了關於現代化藝術潮流的講演，然後借給他幾本有關這個題目的書，孩子樂巴巴地接受了。當瑪曼最初看見這些書擺在雅羅米爾的書桌上時，意識到這些違禁品是偷偷爲她準備的，她感到非常害怕。迄今爲止，她冒險的全部重擔一直都是由她獨自承擔，而現在她的兒子（純潔的象徵）卻成了他們私通的不知情的信使。但是，毫無辦法。這些書就放在他的書桌上，除了以關心兒子爲藉口，把它們翻閱一遍外，瑪曼沒有別的選擇。

一次，瑪曼鼓足勇氣告訴畫家，他借給她看的那些詩歌好像毫無必要地含混不清。她剛一說出口就後悔了，因爲對畫家的觀點只要有一點異議，他都會認爲是不忠。瑪曼趕緊彌補這一損害。當畫家把不悅的臉轉向畫布時，她迅速地脫下外套和乳罩。她的乳房很美麗，她知道這一點。此刻，她驕傲地（但有點猶豫地）挺著它們走到畫室的另一頭，在由畫架半掩著的畫家面前停下來。畫家陰沉沉地在畫布上方調著畫筆，不時氣惱地瞥一眼從油畫後面偷覷的瑪曼。她從他手中拔下畫筆，咬在牙齒之間，咕噥著說出一個她從未對任何人講過的字眼，一個粗俗的、猥褻的字眼。她把這個字重複幾次，直到看見畫家的惱怒變成含情脈脈的慾望。

不，她以前從來沒這樣做過，現在這樣做也是非常費力，僵著肌肉。從他們曖昧關係一開始，她就清楚地知道，他盼望她帶著戲謔和放縱表達她的感情。他要她完全放蕩不羈，不受習俗、羞恥和禁錮的束縛。他喜歡說：「我不想要你任何東西，只要你的自由。我要你把自己的完全自由作爲禮物送給我！」他要求不斷地證明這個禮物。漸漸地，瑪曼多少有些相信，這種放蕩不羈的行爲準是一個很美好的東西，但同時她又擔心她永遠學不會它。她愈是努力想學會放浪，她的放浪就愈成了一個負擔。它變成了一項任務，一項必須在家裏準備好的任務（考慮好哪句話，哪個願望，哪種行爲最能使畫家驚異不已，並相信她是出於自然的），結果她開始在放浪的責任下呻吟，就像在沉重的負擔下呻吟一樣。

「最糟的事不是人世不自由，而是人們忘卻了他們的自由。」他常常對她講，她覺得這句話用在她身上眞是恰如其分，她正是屬於那個畫家認爲應該完全捨棄的舊世界。「假如我們不能改變這個世界，那我們至少應該改變我們的生活，自由自在地活著。」他總是說，「如果每個人的生命都是獨特的，那就讓我們獨特地生活吧。讓我們拋棄一切陳舊的東西。絕對的現代是必要的。」他引用韓波的話，她虔誠地聽著，對他的話充滿信任，對自己充滿懷疑。

她想到藝術家的愛也許完全是出於誤會，她老問他爲什麼愛她。他總是回答，他愛她就像拳擊手愛蝴蝶，歌唱家愛沉默，惡徒愛村姑。他總是說，他愛她一如屠夫愛小牛膽怯的眼睛，閃電愛寧靜純樸的屋頂。他告訴她，他喜歡她是因爲她是從一個沉悶的世界中解放出來的一個令人興奮的女人。

她喜歡不盡地聽他說話，一有機會就去看他。她感到自己像一位凝目旖旎風光的旅遊者，因爲太匆忙而透不過氣來，竟不能飽賞眼前的美景。她的確不會享受她的戀情，但她明白這是一個重大而美好的東西，她決不能輕易放過它。

雅羅米爾呢？他感到很自豪，畫家把自己書房裏的書借給他（畫家有好幾次告訴孩子，他一般決不讓他的書出房間，但他把雅羅米爾作爲一個特殊的例外），由於有大量時間可以支配，他夢幻般地沉浸在這些書頁裏。那個時候，現代藝術還沒有成爲布爾喬亞的陳舊貨色，還保留了一個流派的有吸引力的氣息，一種對童年——一個總是嚮往著祕密會社，團體，幫派的浪漫色彩的年齡——有著神奇吸引力的孤芳自賞。雅羅米爾陶醉在這些書的神祕氛圍中，他的閱讀與母親截然不同，母親讀這些書就像讀會受到考查的課本一樣，孜孜不倦，一字不漏。而不用害怕考試的雅羅米爾實際上卻沒有讀完一本書。他信手翻著它們，不時在一頁上停下來，沉思冥想著幾行詩句，對詩的其餘部分全無興趣，好像它們根本沒有意義。一行詩、一段散文都足以使他快活，不僅因爲它們很美，而且因爲它們是通向上帝選民王國的神祕之門，這些人的靈魂對衆生昧昧的事物是很敏感的。

瑪曼知道，兒子不會滿足於僅僅當一個信差，那些只應該傳給她看的書，他卻帶著眞正的興趣去閱讀。因爲她開始同他談論共同的讀物，問他一些她不敢向情人提的問題。當她發現兒子甚至以比畫家更大的熱情捍衛這些借來的書時，她不禁大爲吃驚，她注意到，在一本艾呂雅的詩選裏，他用鉛筆在一些詩句下劃了線：**睡著了，一隻眼睛裏有月亮，一隻眼睛裏有太陽**。「你在這句詩裏看見了什麼？爲什麼我應該在一隻眼裏含著月亮睡覺？**石頭的腿，穿上了沙的長襪**。長襪怎麼能用沙子縫製？」雅羅米爾懷疑母親不僅在取笑詩，而且也在取笑他，認爲他太小，讀不懂這些詩。於是他生氣了，粗暴地回答了她。

天哪，她甚至在一個十三歲的孩子面前都失敗了！那天她去看望畫家，覺得自己像一個穿著敵服的間諜。她的行爲失去了任何本能的意味，一言一行都像一個怯場的業餘演員，膽怯地念著台詞，生怕被哄下台。

那會兒，畫家剛發現了照相機的妙處，他把他初次照的照片給瑪曼看，一個奇怪地堆積著的物體的安寧世界，一個被拋棄、被遺忘的東西組成的古怪風景。然後，他讓她在天窗下擺好姿勢，開始給她照相。起初，瑪曼感到如釋重負，因爲她不必說話，她只需站立、坐著、微笑、聽從畫家的指揮，聽著他不時給予她身材或臉龐的讚美。

但是突然，他的眼睛炯炯發亮：他拿起畫筆，蘸上黑顏料，輕輕地將瑪曼的頭往後擺，在她臉上畫了兩條粗線條。「我把你劃去了！我取消了上帝的創造！」他大笑起來，給鼻子上交叉著兩條粗線的瑪曼拍照。然後他把她引到浴室，給她洗臉，用毛巾擦乾。

「剛才我把你劃掉了，爲的是我能重新創造你。」他說。他再次拿起畫筆，又開始在她臉上畫起來。他畫了些像古代象形文字的圓圈和線條。「面孔——預言，面孔——字母。」他說，又把瑪曼安置在傾斜天窗的光線下，不斷地揿著快門。

過了一會兒，他讓她躺在地板上，在她頭旁放了一個石膏模型的古頭像，在上面也畫了同瑪曼臉上一樣的線條。他給兩個頭照相——一個眞的，一個塑像——然後洗掉瑪曼臉上的符號，重新畫上線條，又照了幾張相。然後把她放在沙發上，開始給她脫衣。瑪曼擔心他會在她的胸脯和腿上畫上符號，她甚至想微笑著表示反對（這需要很大的勇氣，因爲她總是害怕她的幽默企圖會失敗，會被認爲是趣味不高），但是畫家不再對畫她感興趣。他同她作愛，撫弄她的頭，彷彿他覺得同一個他自己創造的女人、他自己想像的作品、他自己的心像作愛特別令人激動。彷彿他是上帝，躺在他爲他自己創造的女人身邊。

實際上，此時此刻，瑪曼不過是他的心像，他的發明。她知道這一點，她極力控制自己，不讓他知道這一點，不讓他意識到她不是他的另一半，不是一個值得愛的神祕的匹配，而僅僅是一個沒有生命的反照，一面順從的鏡子，一個他在上面投射了他們渴望的心像的被動表面。她成功了。藝術家達到了興奮的高潮，快活地從她身上滑下來。當她回家時，她好像經歷了一場嚴酷的考驗，那天晚上入睡前，她哭了。

在下一次對畫室的訪問中，又是繪畫和照相。這一次，畫家讓她的乳房裸露，在那對美麗的弓形表面上畫起來。但是，當他打算把她的衣服脫光時，瑪曼第一次反抗了她的情人。

很難察覺她那聰明的技巧，在與畫家各種各樣的調戲中，她都成功地遮掩住了她的腹部。甚至在脫去衣服時，她也總是紮著寬腰帶，暗示這可以使她的裸體更加令人興奮；她總是懇求在半明半暗中作愛；她總是輕輕地把情人撫摸的手從腹部拿開，移到胸脯上。當她無計可施時，她便求助於她的羞怯，這是他所讚揚和崇拜的（他曾多次告訴她，她是潔白的象徵，他第一次想到她就使他產生靈感，在畫布上抹了一個拿調色刀的白色形體）。

但是現在畫家要她像一個活雕像那樣赤裸著站在畫室中間，把自己奉獻給他的眼光和畫筆。她反抗了。當她告訴他——就像她第一次訪問時那樣——他的要求是瘋狂的，他像那時一樣回答，是的，愛情是瘋狂的，然後把她的衣服脫掉。

就這樣，她站在房子中間，除了她的腹部什麼也不能想。她不敢往下看，但她仍然看見它呈現在眼前，因爲無數次從鏡子裏絕望地瞥見它，她太熟悉它了。她覺得自己像是一個巨大的肚子，一個醜陋起皺的皮袋。她感到像是一個躺在手術台上的女人，腦袋裏空空如也，聽天由命地相信到最後一切都會順利，手術和疼痛全會過去，而現在除了忍受沒有任何辦法。

畫家拿起畫筆，蘸上顏料，觸到她的肩膀、肚臍、大腿，往後退了幾步，拿起相機；然後他把她引到浴室，讓她躺在空空的浴缸裏，在她身上放了一根彎曲的金屬淋浴軟管，一端有個孔，告訴她，這條金屬蛇不會吐水，只會吐出致命的毒氣，它壓在她身上就像戰爭之手掐住愛情的咽喉，然後他把她帶回房間，又照了幾張相，她順從地忍受，不再企圖遮掩她的腹部，但在想像中她仍然看見它在眼前，她看見他的眼睛和他的肚子，她的肚子和他的眼睛……

最後，他把渾身塗著顏料的她放倒在地毯上，在那個冷漠的、美麗的古代頭像旁邊同她作愛。瑪曼再也忍受不住了。在他的懷裏啜泣起來。他也許沒有理解她爲什麼哭泣，因爲他相信，他那充滿激情的專注轉化爲美妙、持續和律動的動作，只會使對方銷魂蕩魄。

瑪曼意識到畫家沒有理解所發生的事，於是她恢復過來，停止哭泣。但當她走上家裏的樓梯時，他感到一陣頭暈目眩，倒在樓梯上，擦破了膝蓋。外婆嚇壞了，把她扶回房間，摸摸她的前額，在她的胳膊下放了一支溫度計。

瑪曼在發高燒。瑪曼的精神崩潰了。

10

幾天以後，從倫敦派遣的捷克傘兵殺死了波希米亞的德國領主。宣布了戒嚴令，在大街轉角處貼出了布告，上面是一長串被處決人的名單，瑪曼躺在床上，醫生每天都來給她打針。丈夫常常來坐在她的床頭，握住她的手，凝視著她的眼睛。瑪曼知道，他把她的精神崩潰歸於當代事件的恐怖，她羞愧地意識到她在欺騙他，而他卻是那樣親切、溫存，像一個眞正朋友一樣想幫助她度過艱難時期。

一天，在別墅裏住了多年的女用瑪格達哭著回到家裏（關於這位女用人，外婆喜歡她——帶著優良、古老的民主傳統風氣——她不把她看作是用人，而看作是家庭的一個成員），因爲她得知她的未婚夫被蓋世太保逮捕了。果然，幾天以後他的名字就以黑體字出現在深紅色的布告上那些被處決的人質名字中間，瑪格達離開了幾天去看望那個年輕人的父母。

瑪格達回來後說，她未婚夫的家屬甚至沒有得到他的骨灰盒，也許他們永遠也不會知道他們兒子的遺骸在何處了。她突然哭起來，以後幾乎每天都不停地哭，一般她都在自己的小房間裏哭泣，好讓她的嗚咽被牆壁擋住，但有時在吃飯的當兒她也會突然迸出眼淚；自從她發生了不幸後，家裏人就讓她同他們一道吃飯（以前她在廚房裏單獨用飯），這種不尋常的好意每天都使她重新想起她在服喪，她是人們憐憫的對象，於是她的眼睛就會發紅，淚珠滾下面頰，落在湯盤裏。瑪格達企圖掩飾她的眼淚和充血的眼睛；她低著頭，希望她的悲哀不被人注意，可是這只能使他們更加擔憂；要是有人決意說幾句開心話，她就會失聲痛哭起來。

雅羅米爾觀察著這一切，就像在看一場精采的戲劇表演；他盼望窺見姑娘眼中的淚珠，然後看到她企圖掩蓋悲傷時的羞怯，然後瞧著當悲傷占了上風時，眼淚終於掉了下來。他貪婪地盯著她的臉（偷偷地，因爲他感到自己在幹某件遭禁的事），內心充滿激動，渴望輕輕地遮住這張臉，撫摸它，安慰它。夜裏，當他獨自躺在床上時，他想像自己撫摸著這張臉，一邊說，別哭，別哭，別哭，因爲他想不出別的話來。

瑪曼的精神崩潰漸漸好了（她靠的是行之有效的家庭療法，即長時期的臥床休息），她又開始在屋裏到處走動，去市場購買東西，照料家務，儘管她還是抱怨頭痛、心悸。一天，她在書桌前坐下來，開始寫信。她還沒寫下第一句話就意識到，畫家準會認爲她愚蠢、多愁善感，她害怕他的論斷。但接著她鎮靜下來，對自己說，對這些話她既不要求也不期望回答，這是她跟他講的最後的話，這想法給了她繼續寫下去的勇氣。懷著一種輕鬆的感覺（一種奇特的挑戰感）她造出句子，在其中重新認出了她的自我——在遇到他之前那些美好日子的眞實的、熟悉的自我。她寫道，她愛他，她決不會忘記他們在一起度過的那些心蕩神馳的時刻，然而，是告訴他實話的時候了：她與他所想像的不同，完全不同；實際上，她不過是個普通的舊式女人，她怕有一天不能直視她那天眞無邪的兒子的眼睛。

那麼，她終於對他講了眞話？哦，一點也沒有。她甚至沒有向他暗示，她曾經所稱的愛情幸福實際上只是一場心勞日拙；她一點也沒寫到她那醜陋的腹部和她的精神崩潰，她碰破的膝蓋和一周的臥床休息。她沒有寫這些事，因爲這樣的眞誠本與她無關。雖然她終於想要恢復自我，可是只有在不眞誠中她才能恢復自我。畢竟，如果她坦白地把一切都傾訴出來，這就正如袒露著起皺的腹部躺在他的面前。不，她不會再把自己展露給他，無論是內心還是外表；她想把自己安全地藏在莊重之中，因此她不得不虛僞，除了孩子和做母親的神聖職責，什麼也沒寫。在她寫完信時，她自己都深信，造成她精神危機的既不是她的腹部，也不是對畫家思想心力交瘁的附和，而是她厭惡一種偉大而邪惡愛情的母性的感覺。

此刻，她不僅把自己看作無限悲傷，而且把自己看作崇高、不幸和堅強；幾天前還僅僅是刺痛的悲哀，如今卻訴諸尊嚴的語言，給了她一種欣慰。這是美麗的悲傷，她看見自己被憂鬱的光輝所照亮，既悲傷又美麗。

多麼奇特的巧合！被瑪格達的淚眼搞得神魂顚倒的雅羅米爾，也懂得了悲傷的美，全身心沉溺在悲哀的樂趣之中。他仍在繼續翻著畫家的書，不斷地背誦艾呂雅的詩歌，讓自己陶醉在那些迷人的詩行中：

在她身軀的靜謐中，一粒雪珠，一隻眼睛的色彩；你眼睛裏浸潤著遙遠的大海；或者我所愛的眼睛裏印著悲哀。艾呂雅成了描寫瑪格達嫻靜身軀和盈盈淚眼的詩人。他發現自己完全被一句詩鎮住了：鬱鬱動人的臉。是的，這就是瑪格達：鬱鬱動人的臉。

一天晚上，全家人都出去看戲了，只有他和她單獨留在家中。他早已熟記她的個人習慣，他知道這是星期六晚上，瑪格達總要去洗澡。由於她的父母和外婆一星期前就計劃去戲院，因此他有時間把一切都準備好。幾天以前，他就把浴室門上的鎖孔蓋去掉了，然後用一塊捏好的麵包把它封起來。爲了擴大視野，他拔掉門上的鑰匙，把它藏了起來。沒有人注意到鑰匙不見了，家裏人都沒有把自己鎖在浴室裏的習慣。只有瑪格達才鎖浴室的門。

整幢房子很靜謐，似空無一人。雅羅米爾的心在胸膛裏怦怦跳動。他待在樓上自己的房間裏，翻開一本書，以防有人問他在幹什麼；不過他並沒有在看書，只是在傾聽。終於，他聽到了管子裏流動的水聲和水流衝在浴缸裏的嘩嘩聲。他關掉過道裏的燈，踮著腳走下樓梯；他很走運；鎖孔仍然沒有遮蔽，他把眼睛湊上去，看見瑪格達俯在浴缸上，光著身子，露出乳房，只穿著一條短褲。他的心跳得厲害，他看見了他從未見過的東西，他知道很快就會看見更多的東西，誰也不能阻攔這事。瑪格達直起身，走到鏡子跟前（他看見了她的側面），照了一會兒鏡子，然後轉過身來（現在他看見了她的正面）走到浴缸前。她停下來，脫掉內褲，把它們扔到一邊（他仍然看得見她的正面），然後爬進浴缸。

即使在浴室裏，雅羅米爾仍看得見她，但由於水面一直齊到她的肩部，她又變成了一張臉，還是那張熟悉的，眼睛被淚水浸濕的悲哀的臉——可是同時又是一張不同的臉。他不得不在腦子裏給她加上（此刻，下次，永遠）一對裸露的乳房，肚皮，大腿，屁股。這是一張被裸體照亮的臉。這張臉仍然能激起他的溫情，但即使這種溫情也不同於過去，因爲它現在伴隨著急速的心跳。

接著，他突然發現瑪格達正直盯著他的眼睛。他擔心他已經被發現了。她正帶著微笑凝視著鎖孔（有點羞澀，有點溫柔）。他趕緊離開門。她是不是看見了他？他對這個鎖孔試驗過多次，從裏面肯定不會看到一隻窺視的眼睛。但是，如何解釋瑪格達的表情和微笑呢？她只是偶然望著他這個方向，還是僅僅因爲雅羅米爾有可能往裏面窺視而微笑呢？但不管怎樣，與瑪格達的目光相遇使他大爲惶惑，以至於他不敢再靠近門邊。

過了一會兒，他鎮定下來，一個驚人的念頭閃過腦海：浴室沒有鎖上，瑪格達並沒告訴他她要洗澡。假若他裝做完全不知道，只是碰巧走進浴室呢？他的心又開始劇跳起來。他想像著這個場面：在開著的門口，他停下來，大吃一驚，然後很不在意地說，**我只是想拿我的牙刷**。若無其事地從赤裸的、目瞪口呆的瑪格達身邊走過；她那張美麗的臉蛋看上去窘迫不安，就像在飯桌上突然迸淚時那樣。他走過浴缸，到了臉盆架前，拿起牙刷，停在浴缸邊，朝瑪格達彎下身，朝那浸在淺綠色水下閃爍的裸體彎下身；他凝視著她的臉，她那羞怯的臉，撫摩和愛撫它……啊，一想到這點，他頭腦裏就激動得成了一片空白，不能再往下想。

爲了使他的闖入顯得很自然，他悄悄地爬回到樓梯上，然後故意把腳步放得很重地下來；他察覺到他在發抖，很擔心他完全不能用平靜、漠然的口氣說，**我只是想拿我的牙刷**；然而他繼續往前走，快到浴室時，他的心怦怦跳得厲害，幾乎透不過氣來，他聽到了：「雅羅米爾，我正在洗澡！別進來！」他回答說：「噢，不，我是到廚房去。」於是他眞地穿過門廳去另一邊，到了廚房，把門打開，關上，然後回到自己的房間。

只是在這時他才意識到，那幾句意想不到的話並不能作爲他膽小屈服的理由，他本來可以很自然地回答，**沒關係，瑪格達，我只是來拿我的牙刷**，然後就直接走進去，瑪格達肯定不會告發他；她喜歡他，因爲他一直對她很好。他再次想像他會怎樣大模大樣地走進浴室，躺在浴缸裏的瑪格達正好暴露在他面前，大聲叫道：**你幹什麼，走開**！但是她什麼也不能做。她無法保護自己，就像她對未婚夫的死無能爲力一樣，她躺在浴缸裏不能動彈，而他則俯向她的臉蛋，俯向她的大眼睛……

但是這幻想不可挽回地消逝了，雅羅米爾聽見水從浴缸裏徐徐流進遠處管道的沉悶聲音，這個千載難逢的機會已經一去不返了，他非常惱怒，因爲他知道也許要很長時間他才能有機會跟瑪格達單獨再在一起，即使有了這樣的機會，浴室門的鑰匙也早就換了，瑪格達會把自己安全地鎖在裏面。他萬分沮喪地靠在沙發上。然而使他更爲痛苦的，還不是他錯失良機，而是他缺乏勇氣——他的軟弱，他那顆愚蠢跳動的心，這使他驚慌失措，把一切都給搞糟了。他突然對自己充滿了強烈的嫌惡。

對這樣的嫌惡該怎麼辦？這種感覺完全不同於悲傷；事實上，它恰恰是悲傷的反面。每當人們衝雅羅米爾發令，他總是把自己關在房間裏哭泣，但那是快活的，可以說是歡樂的眼淚，愛的眼淚，雅羅米爾可藉此感到自憐，也可藉此得到安慰。相反，這種突如其來的嫌惡向雅羅米爾顯示了他的弱點，使他打心裏感到很不愉快。這種嫌惡像侮辱一樣清晰明了，像挨了耳光一樣明白無誤。唯一的解救就是逃之夭夭。

但假如我們驀然面對自己的渺小，我們能逃往何處？要擺脫卑賤，唯一的出路就是往高處走！於是他坐下來，翻開一本書（正是畫家聲稱除了雅羅米爾他從未借給任何人看的那本珍貴的書），他極力想全神貫注在他所喜愛的詩歌上面。他又讀到你眼睛裏浸潤著遙遠的大海，眼前又出現了瑪格達。他身軀靜謐中的那粒雪珠就在那兒，波浪的激濺像河水流過窗子的聲音，在詩歌裏迴響。雅羅米爾悲傷萬分，他把書合上，拿起一支鉛筆，開始寫起來。他想像著自己就是艾呂雅，內茲瓦爾❼，以及其他詩人，寫出短短的一行行詩，既無格律又無韻腳。它們是一連串，他剛讀過的詩的改頭換面，但這種改頭換面也有他個人的生活體驗。詩中有悲哀，它融化並變成了水，詩中有綠水，水面升得愈來愈高一直齊到我的眼

❼內茲瓦爾（一八九〇～一九五八），捷克當代詩人。

睛，詩中有軀體，悲傷的軀體，水中的軀體，在這後面我跨著大步，跨過無邊無際的水域。

他反覆朗誦他的詩，帶著唱歌般的憂鬱的語調，感到洋洋自得。這首詩的中心是正在洗浴的瑪格達，以及他那緊貼在門上的臉。因此他發現自己並沒有超出他的經驗的範圍，他正在它的上面升騰；他對自己的嫌惡被留在了下面。在下面，他的手心由於緊張而在出汗，而在上面，在詩的領域，他已遠遠高出了他的笨拙。鎖孔與他的怯懦的這段插曲變成了一個他如今在其上騰躍的彈簧墊。他不再受他的經歷的控制；他的經歷受到了他寫的東西的控制。

第二天，他請求外婆讓他使用打字機；他把詩打在專門的紙上，這首詩顯得比他朗讀它時還要美麗，因爲它不再是一組純粹的詞語，而是成爲了一個物體；它的獨立是無可懷疑的；普通的詞語一說出口就無影無蹤了，因爲它們只是用作片刻的思想交流；它們從屬於物體，僅僅是物體的符號。藉著詩歌，詞語本身變成了物體，不再從屬於任何東西。它們不是短暫的符號，不會轉瞬即逝，而會亙古長存。

雅羅米爾前一天經歷的事如今寫進了詩裏，可是與此同時，它又像果實裏垂死的籽在漸漸枯萎。我沒入水中，我的心跳在水面上蕩起圓圈。這句詩描寫了一個站在浴室門前發抖的男孩，而同時這男孩又被這句詩所吞沒；它超過了他，比他活得更長久。呀，我水中的愛人，另一句詩寫道，雅羅米爾知道這水中的愛人就是瑪格達；他還知道沒有人能在這句詩裏發現她，她失蹤了，銷聲匿跡了，隱匿在這句詩裏了；他寫的這首詩就像現實本身一樣獨立存在，深奧難懂。現實不議論，它只是存在。這首詩的獨立爲雅羅米爾提供了一個隱蔽的奇異世界，提供了一個第二存在的可能性。他非常喜歡它，第二天他又試著寫了一些詩，他漸漸沉湎於這種創作活動中。

11

儘管她已離開了病床，像一個恢復中的病人在住宅裏四處走動，但她還是一點也不快樂。她已棄絕了畫家的愛，卻未相應得到丈夫的愛。雅羅米爾的爸爸簡直是很少在家！他們已經習慣了他深夜回來，甚至對他三、四天不見也習以爲常，因爲他們知道他的工作有大量出差，但這一次他什麼也沒說，只是晚上沒有回家，瑪曼一點也不知道他在什麼地方。

雅羅米爾簡直很少看見父親，他甚至沒察覺到他不在家。他待在自己的房間，想著詩歌：假如一首詩要成爲眞正的詩，除了作者還得讓別人來讀它；只有那時才能證明它不僅僅是一篇改頭換面的日記，它可以獨立存在，不依賴於那個寫它的人。最初，他想把他的詩拿給畫家看，但它們對他是那樣重要，以至於他不敢讓它們遭到一個如此嚴厲的批評。他渴望找到一個對這些詩的感覺和他一樣的人，他隨即便省悟到這位命定的讀者是誰了；他看見他那位潛在的讀者眼睛裏含著悲傷，聲音裏流露出痛苦，在住宅裏四處走動，雅羅米爾覺得她好像徑直朝他的詩歌走來。他懷著激動的心情把幾首用打字機仔細打出的詩交給瑪曼。然後跑回他的房間，等待著她讀完這些詩就來叫他。

她讀著，她哭了。也許連她自己都不清楚爲什麼要哭，但我們卻不難想見。她的眼裏流下了四種淚水。

首先，雅羅米爾的詩與畫家借給他讀的那些詩之間的相似打動了她，她的眼裏充滿了痛悼失去的愛情的淚水。

然後，她感覺到從兒子的詩行裏透出一種普遍的悲傷，她想起丈夫已經離家兩天，竟然也不打一聲招呼，於是她流下了受到侮辱和傷害的眼淚。

幾乎與此同時，她流下了安慰的眼淚，因爲她的兒子——他懷著如此羞怯的摯愛把自己的詩交給她——是治癒所有這些創傷的源泉。

把這些詩反覆讀了幾遍後，她最初流下了深深崇拜的眼淚，這些詩對她來說似乎玄之又玄，因而她覺得其中包含著她不能理解的深意，那麼，她是一個極有天才的孩子的母親了。

她叫他進來，但當他一站在她面前，她的感覺就像畫家問到關於借給她的書時那樣：她不知道對這些詩說什麼好；她看著他那急切期待的臉龐，除了摟抱親吻他，什麼也想不出來。雅羅米爾很緊張，能把臉埋在瑪曼的肩頭使他感到輕鬆。反過來，感覺到懷中的小軀體，她也擺脫了畫家的沉重陰影，鼓起勇氣，開始說話。但是，她不能掩飾嗓音的沙啞和眼睛的潮濕，而這些在雅羅米爾看來比她的話更有意義。母親嗓音和眼睛裏流露的感情是他的詩有力量——眞正的、有形的力量——的神聖保證。

天漸漸黑了，雅羅米爾的爸爸還沒有回家，瑪曼突然覺得雅羅米爾的臉上洋溢著一種溫柔的美，這是畫家和丈夫都無法相比的；這個不適當的念頭是那樣牢固，以致她無法擺脫它；她開始對他講起在她懷孕期間，她是怎樣經常用懇求的眼光望著阿波羅雕像，「你瞧，你果眞和阿波羅一樣漂亮，你長得就像他。人們說，母親懷孕時的想法有時會在孩子身上得到應驗，我開始覺得這說法不單是一個迷信。你就繼承了他的七弦琴。」

然後她告訴他，文學一直都是她最大的愛好。她進大學主要就是爲了攻讀文學，只是因爲結婚（她沒說懷孕）才使她未能獻身於這一深深的愛好。要是他現在知道雅羅米爾是一個詩人（是的，她是第一個把這偉大的稱號歸於他的人），那是多麼令人驚訝的事，但那也是她早就盼望的事。

他們在彼此的身上找到了安慰，這兩個不成功的戀人，母親和兒子，一直長談到深夜。

第二章 澤維爾

1

他的耳際還充斥著課間的喧鬧聲，聲音越來越小。一會兒，那位數學老教授就要走進教室，開始用滿黑板的數字來折磨他的那些同學們。一隻沒頭蒼蠅的嗡嗡聲將塡滿教授提問與學生回答之間那段沒完沒了的時間……但到那時他早已走得遠遠的了！

這是大戰後一年的春天，陽光明媚。他朝莫爾道河❶走去。沿著碼頭閒逛。教室的天地已經離得遠遠的，只有一個裝有幾本筆記本和一本課本的棕色小書包把他同教室聯繫在一起。

他來到查理大橋。那排傾斜在水上的塑像在召喚他通過。幾乎每次逃學（他經常逃學，渴望逃學！）查理大橋都要對他產生很大的吸引力，把他拉過去。他知道今天他還要通過大橋，停在橋下，那裏有一塊陸地，旁邊是一幢黃色的舊房子，三樓的窗戶與大橋石墩齊平，只有一步之遙。他喜歡朝窗子凝望（它總是關著），想知道什麼人住在那裏。

這一次，百葉窗是開著的（也許因爲這是一個非常晴朗的天氣）。一隻鳥籠掛在牆上。他停下來，望

❶即伏爾塔瓦河，流貫布拉格城。

著那個白色金屬絲編製的複雜纖巧的籠子，接著他注意到房間的暗處襯出一個人的輪廓。即使只看見人體的背部，他也辨出這是一個女人，他盼望她轉過身來，好讓他能看見她的臉部。

人影果然移動了，但卻是朝著相反的方向；漸漸消失在暗處。可是窗戶是開著的，他深信這就是一個鼓勵，一個無言的親密的暗示。

他情不自禁，跳到橋墩上。窗戶和橋樑之間隔著一條壕溝，壕溝底部鋪著石頭。書包妨礙著他。他把它從打開的窗戶扔進昏暗的房間，然後跟著它跳進去，落在窗台上。

2

這個長方形的窗子的高度剛好同澤維爾一般高，它的寬度則與他伸直的手臂相等。他從後至前地打量著房間（就像那些被遠處吸引的人們），因此首先映入他眼瞼的是後面的門，然後是靠左牆的一個大腹便便的衣櫃，右邊是一張有雕花擋頭的木床，房子中間有一張針織桌布覆蓋的圓桌，桌上有一瓶花。這時他才注意到他的書包，它就躺在腳下飾有流蘇的廉價地毯上。

正當他望著書包，打算跳進房間把它取回來時，處於昏暗的房間後部的門打開了，走出來一個女人。她一下就看見了他；房間裏很暗，窗戶的長方形閃著光，彷彿一邊是黑夜，一邊是白晝。在那個女人看來，出現在窗口上的這個男人看上去就像金色背景上的一個黑色剪影，一個在白晝與黑夜之間保持平衡的男人。

如果說那女人被光線弄花了眼，看不清闖入者的面容，澤維爾的情況則要好一些。他的眼睛已經適應了半明半暗，能看清那女人柔和的線條，憂鬱的臉色，它的蒼白即使在最暗處也是一眼可以看出的。她站在門中間，打量著澤維爾：她既沒有大叫大嚷，顯出嚇得閉氣的樣子，也沒有機敏地向他招呼。

他們互相審視著對方模模糊糊的臉，好一會兒澤維爾才打破沉默：「我的書包在這兒。」

「書包？」她問，澤維爾的聲音似乎使她消除了顧慮，她把背後的門關上。

澤維爾在窗台上蹲下來，指著地板上的皮包說：「這裏面都是重要的東西，一本數學筆記簿，一本理科書，一本捷克語作文本。我剛寫了一篇作業，題目是：今年春天是怎樣到來的。這費了我很多工夫，我不願絞盡腦汁再來一遍。」

那女人朝房間裏走了幾步，以便澤維爾能在更亮的光線下看清她。他的第一印象是準確的：柔和而憂鬱。在那張模糊的臉上他看見兩隻眼睛飄浮不定，他突然想到另一個詞：驚嚇。不是因他出乎意料的闖進而受驚，而是因一樁發生在很久以前的事，這樁事還留在她那雙瞪著的大眼睛裏，她的蒼白裏，她那像是在請求原諒的表情裏。

是的，這女人確實在請求原諒！「對不起，」她說。「可是我眞的不知道你的書包怎麼會掉到我們房間裏的。剛才我正在打掃房間，沒有看見任何不屬於這裏的東西。」

「沒關係，」澤維爾說，仍然蹲在窗台上。他指著地板：「看見它還在這兒我很高興。」

「我也很高興你找到了它。」她微笑說。

他倆面對著面，中間只隔著有針織桌布和插滿蠟紙花的玻璃花瓶的桌子。

「可不，丟了它會是件很討厭的事！」澤維爾說，「語文教師偏偏不喜歡我，要是我丟了作業，他肯定會給我不及格。」

女人臉上流露出同情。她的眼睛變得那樣大，以致澤維爾除了那雙大眼什麼也沒有感覺到，彷彿她臉上的其餘部分和身軀都僅僅是眼睛的附屬物。他不太清楚那女人的面容或體形什麼樣——這些都是他注意的範圍。那女人給他的最主要印象實際上僅限於那雙以褐色光輝沐浴著一切的大眼睛。

澤維爾現在正繞過桌子朝那雙眼睛移去。「我是個老留級生。」他說，把手放在她肩上（啊，那肩膀就像胸脯一樣柔軟！）。「相信我，」他繼續說，「再沒有比一年後又回到同樣的教室，坐在同樣的舊課桌前更傷心的事了……」

接著他看見那雙褐色的眼睛朝他抬起來，一股幸福的浪潮席捲了他。澤維爾知道，現在他可以把手再往下移動，撫摸她的胸脯，她的腹部，或別的什麼，她已驚恐萬分了。但他沒有移動他的手；他用手掌把她的肩頭托起來，一個美麗的小山看上去眞美，眞令人滿足；他不想再要別的什麼了。

有一陣子，他們一動不動地站著。女人好像在仔細聆聽，接著她悄聲說：「你得離開，快點。我丈夫要回來了！」

對澤維爾來說，撿起書包，從窗戶跳到橋墩上，沒有比這更簡單的事了，但他沒有這樣做。他內心充滿了幸福，這個女人正處於危險中，他必須同她待在一起：「我不能扔下你！」

「我的丈夫！走開！」她懇求道。

「不，我要跟你待在一起！我決不是膽小鬼！」澤維爾宣布道。這當兒，已經能清清楚楚聽見樓梯上的腳步聲了。

女人試圖把澤維爾推向窗戶，但他知道他決不會拋下一個正處於危險中的女人。從寓所的深處他已經聽到了開門的聲音。在最後一刻，澤維爾撲在地板上，爬到床下。

3

床用五塊木板托著撕破的褥墊，地板與床之間的空間同一口棺材大小差不離。但與棺材不同的是，這裏的氣味很好聞（是床墊的稻草味），而且聽得清楚（腳步聲發出很大的回響），看得分明（灰色褥套的斜上方現出那張他知道他決不會拋棄的女人的臉，一張被三束褥套裏伸出的草戳穿的臉）。

他聽見那腳步聲很重，他轉過頭去，看見一雙皮靴重重地穿過房間。接著他聽到一個女人的聲音，一種深切的痛苦感掠過周身：那聲音聽上去就像幾分鐘前他聽到的那樣憂鬱，驚恐和動人。但是，澤維爾是理智的，克制住了他那突發的忌妒痛苦；他明白那女人正處在危險中，她在用可供她使用的武器保護自己：她的臉和她的憂鬱。

他聽到一個男人的聲音，這聲音似乎同他剛才看見的那雙大步走過樓板的黑皮靴非常相配。然後他聽見女人說，不，不，不。腳步聲蹣跚著朝他的藏身處走來，他躺在下面的那低矮的床頂更加往下陷，幾乎觸著了他的臉。

他又聽見女人說，不，不，不，請不要在現在，澤維爾看到她的臉靠在粗糙的褥套上，那張臉像是在對他訴說它的羞辱。

他很想從他的棺材裏站起來，他渴望去拯救那個女人，但是他知道他決不能這樣，她的臉看上去那樣近，就俯在他的上面，哀求他，從她臉上伸出來的三束草就像是三支箭。澤維爾頭上的木板開始有節奏地晃動，像三支箭刺穿女人臉的稻草有節奏地搔他的鼻子，使得他突然打了個噴嚏。

澤維爾頭上的所有動作都停止了；床也不動了。聽不到一點聲音，澤維爾也屏聲靜氣。接著，「那是什麼？」「我什麼也沒聽見，」女人的聲音回答，沉默了片刻，那男人說，「那是誰的書包？」澤維爾聽見很響的腳步聲，看見皮靴大步朝窗戶走去。

「這傢伙竟穿著皮靴在作愛！」澤維爾憤怒地想。他很氣忿，感到他的時候到了。他雙肘著地，從床下往外爬，直到能看見室內發生的事。

「誰在那兒？你把他藏在什麼地方了？」男人的聲音吼道，澤維爾看到黑皮靴的上方是一條深藍色的馬褲和深藍色的警察制服。那男人仔細地審視房間，然後朝那個大腹便便的衣櫃奔去，衣櫃的形狀就像在暗示有一個情人藏在裏面。這當兒，澤維爾從藏身處跳起來，輕快如貓，敏捷似豹。穿著制服的男人打開裝滿衣服的衣櫃，把手伸到裏面。此時澤維爾已經站在了他身後，當這人準備再次把手伸進去抓隱藏的情人時，澤維爾從後面揪住他的衣領，猛地把他推進衣櫃。他關上衣櫃門，鎖上它，把鑰匙放在口袋裏，然後朝女人轉過身去。

4

他面對著那雙睜得大大的褐色眼睛，聽見衣櫃內咚咚的撞擊，響聲與叫聲被大量衣服捂住，以至於聽不清那男人的叫罵。

他在那雙大眼睛的注視下坐下，輕撫著女人的肩膀，他的手掌感覺到她裸露的皮膚，這時他才意識她只穿了一件薄薄的套裙，袒露的酥胸在套裙下面誘人地起伏。

衣櫃裏的撞擊聲仍在繼續，澤維爾把女人緊緊摟在懷裏，恨不得把她的身子吸進去，但她的輪廓似乎在逐漸溶化，最後只剩下那雙明亮的眼睛。他告訴她不要害怕，並把鑰匙給她看，證明衣櫃已安全地鎖上了，他提醒她，她丈夫的牢房是由堅固的橡木做的，那位俘虜既不能打開鎖，也不能破門而出。然後他開始親吻她（他的雙手仍然摟著她的袒肩，他是如此情意綿綿，以致不敢把手移下去觸摸她的乳房，不敢拿它們令人眩暈的誘惑冒險），他的嘴唇接觸到她的面頰時，他覺得自己像是被一片浩瀚無邊的水淹沒了。

「我們打算怎麼辦呢？」他聽見她在問。

他撫摸著她的肩膀，回答說，用不著擔憂，一切都很好，他比以往任何時候都更加幸福，對衣櫃裏的噪音他不感興趣，就像對電唱機裏發出的風暴或城市另一頭發出的狗吠聲一樣。

為了證明他對情勢的控制，他站起來，鎮靜自如地視察房間。接著他大笑起來，因為他看見桌上有一根鉛頭棍棒。他把它撿起來，走到衣櫃跟前，對著衣櫃側面狠狠敲了幾下，以回答從裏邊傳出的撞擊聲。

「我們打算怎麼辦呢？」女人又問。澤維爾回答說，「我們離開這兒。」

「那他怎麼辦？」她問。「一個人兩三個星期可以不吃東西，」澤維爾說，「等我們一年後回來，就會發現一具穿著制服和皮靴的骷髏。」他再次走到那件砰砰作響的家具前，用棍棒敲擊它，笑著，並望著女人，希望她會同他一起笑。

但是她仍然很嚴肅，重複道，「我們到哪兒去？」澤維爾試圖解釋，可是她打斷他的話說，這是她的家，而澤維爾要帶她去的地方既沒有她的衣櫃，也沒有她的小鳥。澤維爾回答說，家既不是衣櫃，也不是籠中的鳥，而是我們所愛的人的存在。接著他又說，他自己就沒有家，或更確切地說，他的家是由四處漂泊組成。他說，他只有靠從一個夢到另一個夢，從一處景色到另一處景色才能生存，假如他在一個地方待得太長，他肯定會死去，就像她丈夫在衣櫃裏如果待上幾星期肯定會死去一樣。

談話間，他倆都感覺到衣櫃裏已經安靜下來。這沉寂是那樣顯著，就像一場風暴後令人神爽的間歇使他們興奮；那隻金絲雀開始唱起來，窗戶上灑滿夕陽的餘輝。這情景就像一次邀人旅行一樣美好，像主的恩惠一樣美好，像一個警察之死一樣美好。

女人撫摸著澤維爾的臉，這是她第一次出於自願接觸他，也是澤維爾第一次看清她眞正的、實在的輪廓。她說，「好吧，我們走。你想去哪兒我們就去哪兒。請等一下，我要拿幾樣東西。」

她再次撫摸他，微笑著，朝門口走去。他望著她，眼光中忽然充滿了安寧；他看到她的步態像一個水生動物一樣柔軟而飄逸。

然後他躺在床上。他感覺很好。衣櫃很安靜，那男人好像睡著了，或是上吊了。萬籟俱寂中傳來太空的悄語，莫爾道河的呢喃和城市壓抑的聲響，這聲音是那樣遙遠，就像森林裏的颯颯聲。

澤維爾覺得自己又要開始漫遊了。沒有比旅行前那段時光更美好的了，那時明天的地平線會來看望我們，宣布它的許諾。澤維爾躺在縐巴巴的毯子上，一切都融爲奇妙的一體：柔軟的床像一個女人，女人像水，水像柔軟而有彈性的床鋪。

門開了，那女人回到房間裏。她穿著綠色服裝。綠得像水，綠得像永遠令人神往的地平線，綠得像他正在慢慢而無奈地漂進的睡眠。

是的，澤維爾睡著了。

5

澤維爾並不是爲了恢復精力以對付醒時的生活而睡覺的。不，那個單調的擺——睡眠，醒來——一年來回擺動三百六十五次，在他是一無所知的。

對他來說，睡眠不是生活的反面——睡眠就是生活，而生活就是夢。他從一個夢渡到另一個夢，彷彿從一種生活渡到另一種生活。

天黑了，除了提燈一片漆黑。在刺穿黑夜的圓錐形光束下，大片大片的雪花在飛旋。

他跑過車站大門，迅速地穿過候車室，到了月台，一列車窗被燈光照得通明的火車正在發出嘶嘶的蒸汽聲。一個晃著提燈打他身旁走過的老頭，關上了車廂的門。澤維爾迅速跳上火車，老人高擎著提燈在空中劃弧線，沉著的汽笛聲從月台另一頭回應著，火車開了。

6

一進入車廂，他就停下來，試圖歇一口氣。他又一次在最後一刻趕到了，趕得巧是他特別引以自豪的事。別人總是按照安排好的時刻表準時到達，因此他們的一生都平淡無奇，彷彿他們在抄寫老師指定的測驗。他想像著他們坐在車廂裏預先就已定好的座位上，進行那些預先就可知道的談話——他們打算在那裏度過一周的山間別墅，他們在學校就已熟知的日常生活次序，因此他們可以總是盲目、機械地生活而不會越雷池一步。

而澤維爾卻出於一時的心血來潮，在十一點鐘出乎意料地到了車站。此刻他站在車廂的過道上，不知道是什麼使他與那些討厭的同學及鬍子裏有跳蚤的禿頭教授一塊參加了學校的遠足。

他開始在車廂裏漫步；男孩們站在過道裏，在蒙霜的窗子上呵氣，透過霜花消融的孔隙朝外窺望；其他人則懶洋洋地靠在車廂座位上，他們的滑雪屐在頭上的行李架上交叉著撐住提箱。後面一個地方有人在打牌，另一個車廂裏有人在大聲唱著一首調子簡單的沒完沒了的歌，一遍又一遍地重複七個字：**我**

的金絲雀死了，我的金絲雀死了，我的金絲雀死了……

他在這個車廂停下來朝裏看。裏面有三個年齡較大的男孩和他班上的一個金髮女孩。她看見他時，臉上不禁一紅，但爲了掩飾它便繼續唱著歌，她的一雙大眼瞅著澤維爾：我的金絲雀死了，我的金絲雀……

澤維爾走開了，通過其他車廂，這些車廂裏迴盪著學生們的歌聲和嬉鬧聲。他看到一個穿著列車員制服的男人朝他走來，在每一個車廂門停下來查票。澤維爾沒有受制服的愚弄——在列車員的帽子下，他認出了拉丁語教授那張確切無疑的臉，他知道他必須不顧一切躲開他，不僅因爲他沒有車票，而且因爲很長時間（他甚至記不得有多長）他都沒去上拉丁語課了。

趁拉丁語教師俯下身去的時候，他迅速地從他身旁擠過，來到車廂前面，那兒有兩扇門通向兩個小房間：盥洗室和廁所。他打開盥洗室的門，看見一對奇異的男女關在裏面摟抱：捷克語教師，一位五十歲左右，嚴肅正經的女人，一位澤維爾的同學，他總是坐在頭一排，澤維爾在自己寥寥可數的上課期間，對他從未予以多少注意。當看見澤維爾時，這對受驚的情人迅速地分開，俯在盥洗台上，在水龍頭流出的一股細流下認眞地洗著手。

澤維爾不想打擾他們，他回到車廂之間的通道上；那位金髮的女同學站在那裏，用她那雙藍色的大眼睛望著他；她的嘴唇不再動了，她已不再唱那首金絲雀的歌，一首澤維爾覺得會無休無止唱下去的歌。

噢，眞是發瘋，他想，竟相信一首歌會永遠唱下去，彷彿世上的一切不是以一開始就注定了的。

懷著這種思想，他盯著金髮女孩的眼睛，心裏明白他決不會贊同那種短暫被視爲永恆、渺小喬裝成偉大的虛假遊戲，他決不會讚賞那種被稱爲愛情的虛假遊戲。於是他轉過身，再次走進盥洗室，看見那位高大的捷克語教師重又偎依在那個矮小的男學生身上，摟著他的腰。

「對不起，請不要又洗你們的手！」澤維爾對他們說。「我要洗一洗。」他小心地從他們當中擠過去，擰開水龍頭，俯在盥洗台上，這樣既可讓自己獨處一隅，又可讓站在身後的那對尷尬情人不受干擾。「我們到隔壁去吧，」那位女教師斷然地悄聲說，接著澤維爾聽到門的卡嗒聲和四隻腳朝隔壁廁所走去的聲音。現在他是獨自一人了。他心滿意足地靠在牆上，沉湎於愛的虛榮的思考，由一雙懇求的藍色大眼睛照亮的甜蜜的思考。

7

火車停了，響起了陣陣號聲，喧鬧聲，撞擊聲，跺腳聲；澤維爾離開他的藏身處，加入到衝向月台的人羣中。他看見了山崗，一輪大月亮，耀目的雪；他們徒步穿過亮如白晝的夜，排成長長的行列，滑雪屐指向上方就像是神聖的象徵，就像是雙雙手臂在發出神聖的誓言。

隊伍很長，澤維爾把手放在口袋裏行走，因爲他是唯一沒有帶滑雪屐，沒有帶那立誓象徵的人。他一邊行軍，一邊聽那些沒精打采的同伴的談話。他轉過頭去，看見那個虛弱、嬌小的金髮姑娘始終落在隊伍後面，在沉重的滑雪屐下跌跌絆絆，深陷在雪裏。過了一會兒，他又轉過頭去，看見數學老教師把她的滑雪屐放在他肩上，與他自己的重疊在一起，並用空著的手扶著姑娘。這是一幅苦樂參半的畫面，不幸的老年安慰著不幸的青春；澤維爾瞧著，覺得眞不賴。

接著他們聽見了隱隱約約的舞曲聲，當他們來到一個餐館時，舞曲聲變得愈來愈響。餐館周圍是木頭房子，澤維爾的同學開始在那裏安頓下來。但澤維爾沒有預定的房間，沒有滑雪屐要放，也沒有衣服可換。於是他逕直朝大廳走去，那兒有一個舞池，一個爵士樂隊，還有幾位坐在桌旁的賓客。他立刻注意到一位穿深紅色毛衣和緊身褲的女人被幾個喝啤酒的男人圍住。他隨即看出這女人很高雅、驕傲，她正感到厭煩。他走到她身邊，請她跳舞。

他們在舞池中央跳舞，只有他倆。澤維爾注意到女人的脖子憔悴得美，眼睛周圍的皮膚皺褶得美，臉上的皺紋很深。他很快活，懷中擁著一個歷經滄桑的人，他，不過是一個學生，卻摟著一個幾近完結的生命。與她跳舞他感到驕傲，他希望那位金髮姑娘會來，目睹他的高傲，彷彿他舞伴的年齡是一座高山，而那位年輕女孩僅僅是一片在山腳下哀憐仰望的草葉。

他的願望實現了：男孩們開始擁進大廳，身旁是那些脫掉滑雪褲換上裙子的女孩；他們占據了所有的空桌子，這樣澤維爾便和那位穿深紅色毛衣的女人在一大羣觀衆中央跳著舞。他看見金髮少女在一張桌旁，感到心滿意足。她穿著一件漂亮的衣服，與昏暗的大廳相比顯得過於漂亮，這件白色細軟的衣服使她看上去更加不勝嬌弱。澤維爾明白她是爲了他才穿這件衣服的，他決心不讓她走，他要完全爲了她而度過這一晚上。

8

他告訴穿紅色毛衣的女人，他不想再跳了；他不能忍受那些愚蠢的臉從啤酒杯上盯著他們。那女人表示贊同，笑了起來。儘管樂隊奏的曲子剛到一半，舞池中只有他們倆，他們還是停了下來（人人都看得清清楚楚），手挽手離開了舞池，經過桌子，到了白雪皚皚的戶外。

寒冷的空氣向他們襲來，澤維爾想，那位嬌弱多病、穿白衣服的女孩很快就會跟在他們後面出來，到冷地裏。他挽著深紅色女人的胳膊，把她引向更遠的曠野。他覺得自己像是一個拐人的流浪藝人，他的舞伴便是他正在吹奏的笛子。

一會兒，餐館的門開了，金髮女孩走了出來。她顯得比以前更虛弱，她的白衣服和雪混在一起，使她看上去就像是在雪地裏移動的雪。澤維爾緊緊摟住穿毛衣的女人——一位穿得暖和，雍容華貴的老婦

——他吻她，觸摸毛衣下面的身體，從眼角瞥見那個小小的白雪姑娘正悲傷地凝視著他們。

然後他把那位老女人放倒在雪地裏，撲在她的身上。他知道，天愈來愈晚，女孩的裙子很薄，嚴寒正在撫摸她的小腿，她的膝蓋，正觸摸她的大腿，愈來愈朝上摸，一直觸到她的股間和腹部。然後他們站了起來，老女人把他帶到一幢住所，她在那裏有一個房間。

房間在底樓，窗戶幾乎與雪原齊平。澤維爾看見金髮少女就在幾步遠的地方望著他。他不想讓那女孩從視野中消失，他全身心都充滿她的形象，於是他擰亮燈（那個老女人見他需要燈，淫蕩地笑起來），牽著她的手，走到窗戶邊，他摟抱她，把她那厚厚的粗毛線衣往上拉（一件適合蒼老軀體的暖和毛衣），一邊想著那個女孩，她也許已凍僵了，凍得已沒有了知覺，在凍僵、麻木的肉體裏沒有一星微弱顫動的火花，這具肉體已經失去了一切觸感，對於澤維爾所愛的一顆靈魂——啊，他以這樣深的愛崇拜著靈魂——它僅僅是一個僵死的外殼。

誰能承受這樣深的愛？澤維爾感到他的胳膊變得虛弱了，虛弱得甚至不能把那沉重的毛衣拉上去，露出老女人的胸脯。他整個身軀都感到一種沉重，於是倒在床上。很難描繪他那極樂的滿足感。當一個人感到極度幸福時，睡眠就會作爲一種報酬降臨。澤維爾微笑著，沉沉睡去。他沉入了一個美麗迷人的夜，那兒輝映著兩隻凍僵的眼睛，兩輪清冷的寒月。

9

澤維爾的生活決不像一根灰色的長線，只是從生到死單調地度過。不，他不是在過日子——他是在睡日子，在那種睡眠生活中，從一個夢跳到另一個夢。他做夢，然後在做夢中間入睡，然後又做了一個夢，因而他的睡眠就像一疊盒子，一個套著一個。

瞧！此刻他就同時在查理大橋旁邊的一所房子裏和山間一幢住宅裏睡覺。這兩個睡眠就像兩個風琴音調一樣迴盪，現在正有第三個音調加入進來：

他正站著四下張望。街道顯得空蕩蕩的，時而掠過一些人影，很快消失在拐角或門洞裏。他也不想被人瞧見，躡手躡腳地穿過郊區的小巷。城市的另一頭傳來了炮火聲。

最後，他走進一幢房子，下了樓梯。幾扇門通到地下室過道。他摸索著右邊那扇門，然後敲了三下，過了一會兒，又敲了三下。

10

門開了，一個穿工裝褲的年輕人把他讓進去，他們穿過了幾個堆滿零星雜物的房間，衣架上掛著衣服，而且角落裏堆放著槍支。接著他們走過一條長長的通道（他們準已遠遠越出了這幢房子的界限），來到一個小小的地下室，大約有二十五個人坐在那裏。

他在一張空椅上坐下，打量著在場的人，只有幾個他認識。會場前端，有三個人坐在一張桌子後面。其中一個戴尖頂帽子的人正在發言——有關一個祕密的，很快將來臨，並將決定一切的日期。一切都將按照計劃進行：傳單，報紙，無線電，郵局，電報，武器。然後他詢問了每個人所分派的任務。最後他轉向澤維爾，問他是否把名單帶來了。

這眞是個可怕的時刻。爲了確信名單是在安全地方，澤維爾早就把它抄在捷克語筆記簿的最後一頁上。這本筆記簿與其他課本一起放在他的書包裏。但是，書包哪兒去了？它沒有在他身邊！

戴帽子的人再次問他。

天哪，書包哪兒去了？澤維爾絞盡腦汁地想，接著，從腦海深處，一個模糊而顯著的記憶，伴隨著一陣甜蜜的狂喜浮到表面。他想要抓住這個記憶，但已來不及了，所有的臉都轉向他，等待著，他不得不承認他沒有名單。

所有人的表情——他所信任的同志們——都變得嚴厲起來，戴帽子的人用冷冰冰的語氣說，如果這份名單落在敵人手裏，那麼他們寄予全部希望的這次行動將毀於一旦，仍將像以往一樣：徒勞和死亡。

澤維爾剛要回答，主席台後面的一道門開了，一個人把頭伸進來，尖利地吹了一聲口哨。人人都知道這是警報信號。沒有等戴帽子的人發出命令，澤維爾叫道：「讓我第一個走！」因爲他意識到等待著他們的將是危險的路程，衝在最前面的人將冒生命危險。

澤維爾明白，由於忘了帶名單，他必須彌補他的過錯。但不僅是出於內疚，他才去冒危險，那種使生命僅僅成爲活著，把人變成不完整人的狹隘他嗤之以鼻。他想把他的生命置於天平上，天平的另一端放著死亡。他想使他的每一個行爲，每一天，是的，每時每分都値得與終端——死亡——等量。這就是他爲什麼想衝在隊伍前面，在深淵上面走鋼絲，腦袋被子彈的光環照亮，最後在每個人的眼裏長大，直到變得像死亡本身一樣廣大無邊……

那位戴帽子的人用冷峻的眼光瞧著他，那裏閃出一星理解的火花。「好吧。」他說，「你帶頭。」

11

他從一道金屬門擠過去，發現自己進入了一個狹小的院子。天黑了，聽得見遠處的炮火聲，他抬起頭，看見探照燈光在房頂上掃來掃去。一架窄窄的鐵梯從地面一直搭到五層樓頂。他開始往上爬，其他人跟在後面進入院子，聚集在牆下，等待他爬到房頂，發出道路暢通無阻的信號。

然後他們在房頂上爬行，悄然無聲，小心翼翼，由澤維爾在前面帶路。他像貓一樣地移動，眼睛洞察著黑暗。他在一處停了下來，向戴帽子的人示意，指著下面遠處急促奔跑的人影，這些人從四面八方出現，手中拿著短槍，「繼續前進。」那人對澤維爾說。

澤維爾重新開始艱苦的行進，從一個房頂跳到另一個房頂，爬上金屬短梯，躲在煙囪後面，避開不停地掃射房子、屋簷和街道的令人討厭的探照燈光。

這是一次美好的旅行，悄然無聲的人們變成了一羣小鳥，從敵人頭上飛過，落在城市另一邊的屋頂上，那兒沒有危險。這是一次美好、漫長的旅行。但是它變得太慢長了，澤維爾開始感到疲勞，這種疲勞使感覺遲鈍，使頭腦裏充滿幻覺。他好像聽見了一首送葬曲，那首通常在鄉村葬禮上，由銅管樂隊吹奏的著名的蕭邦葬禮進行曲。

他沒有放慢步子，而是盡量打起精神，祛除這個不祥的幻覺。徒勞，哀樂聲在他耳邊執拗地縈迴，彷彿在預兆他的厄運已近，彷彿在試圖以臨近的死亡黑紗罩住這場戰鬥。

爲什麼他要如此強烈地抵抗這一幻覺？他不是嚮往一個崇高的死亡使他的屋頂歷險成爲一個難忘的偉績嗎？預言他死亡的輓歌不正是一首讚揚他勇氣的頌歌嗎？他的戰鬥是一個葬禮，他的葬禮是一場戰鬥——生與死如此優美地結合在一起，這不是完美無缺了嗎？

不，澤維爾不是害怕死亡的召喚，而是害怕此刻他無法再依靠他的感官，由於他的耳朵被悲哀的送葬曲所麻醉，他不能再聽見敵人正在布下奸詐的圈套（他對同志們的安全作過保證）！

但是，一個幻覺和現實竟如此相似，這可能嗎？一首想像中的蕭邦進行曲能如此充滿令人心醉的節奏和單調的長號音調，這可能嗎？

12

他睜開眼睛，看見一個房間，房間裏有一個簡陋的衣櫥和一張床，他正好躺在床上面。他滿意地注意到他一直是穿著衣服在睡覺，所以不必穿衣，只需套上放在床下的鞋子。

可是，這悲傷的哀樂，這聽上去那樣眞實的銅管樂隊是從何處來的？

他走到窗前。地面上的雪幾乎沒有了，一小羣人一動不動地站在那裏。他們穿著黑色的衣服，背朝著他，像周圍鄉村一樣悲傷，淒涼。殘餘的白雪在潮濕的地上就像一條骯髒的破布衫。

他打開窗子，探身出去。頓時他明白了。那些衣著陰鬱的人們正聚集在一口棺材周圍，棺材旁邊是一個深穴。在墓穴的另一邊，還有一羣穿黑衣服的人持著銅管樂器，樂器上夾著小小的樂譜簿。他們一邊吹奏蕭邦的進行曲，一邊專心地看著音符。

窗戶幾乎與地面齊平。他跳出去，加入了哀悼的人羣。這時，兩個魁梧大漢將繩子置於棺材下，把它移到墓穴上方，然後慢慢地往下放。站在送葬者中間的一對老夫婦開始啜泣起來，其餘的人挽著他們的胳膊，極力安慰著他們。

棺材到了穴底。穿黑衣服的人們一個接一個走上前，將一把把泥土撒在棺材頂上。澤維爾也排在隊伍最後，抓起一把混雜著雪塊的泥土，扔向墓穴。

在場的人中，唯有他是陌生人，唯有他了解所發生的一切。他是唯一知道那個金髮少女是如何死的，爲什麼死的。唯有他知道那隻摸過她小腿、腹部和胸部的冰冷的手。除了他沒有人知道是誰造成了她的死亡。唯有他知道她爲什麼希望埋在這個地方，在這裏她曾備受折磨，在這裏她曾渴望死而不願看見她的愛遭到背叛和遺棄。

他是唯一了解實情的人。其餘在場的人僅僅是一無所知的公衆，或是一無所知的犧牲品。他看見他們背後襯著巨大的山影，覺得他們彷彿消失在無邊的遠方，就像那個死去的少女消失在塵世的無限之中一樣。他覺得自己（知道一切的人）好像比潮濕的鄉間還要廣闊無邊，以至於一切——送葬者，死去的少女，手拿鐵鍬的掘墓人，草地和山崗——都進入了他，消失在他的廣大裏。

他心裏充滿了這幅景象，充滿了倖存者的悲傷和女孩的死亡，他感覺體內有個東西在延伸，彷彿那裏有顆樹在生長。他感到自己正在變大，現在他把自己的身軀僅僅看成是一件外套，一個面具，掩飾自己羞怯的面具。這般僞裝了自我後，他走到死者的父母身邊（父親的面孔使他想起了死者的容貌，儘管這張臉哭得很紅）表示了他的同情。他們毫無感覺地同他握手，他覺得他們的手在他手掌裏是那樣虛弱無力。

他久久地待在曾經最後看見金髮少女和睡著了的木頭房子裏，靠在牆上，望著送葬的來賓三三兩兩消失在朦朧的遠處。突然，他感到什麼在撫摸他的臉。是的，他的確感到一隻手的觸摸。他深信自己懂得這一表示，於是感激地接受了它。他明白這是原諒的手。金髮少女在告訴他，她還愛著他，這愛的存在是墳墓隔不斷的。

他在夢裏飄盪。

13

最美妙的時刻是：當一個夢還很生動，而另一個他意識到的夢已經開始出現。

當他站在高山平地上時，那雙撫摸他的手已經屬於下一個夢中的女人。可是，澤維爾還不知道這一點，因此這雙手是獨立存在的；在空蕩的空間沒有實體、無所歸屬、神奇的手，在兩次冒險之間的手，在兩個生命之間的手，不承受軀體和頭顱負擔的手。

噢，讓那隻神奇的手永遠撫摸下去吧！

14

接著，他感到不僅一雙手，而還有一個柔軟的大胸脯緊緊壓在他的胸上，於是他看見一個黑髮女人的臉，聽見她的聲音。「醒醒！看在上帝面上，快醒來！」

他正躺在一張蓬亂的床上，昏暗的小房間裏還有一個大衣櫃。澤維爾回憶起他是在大橋旁邊的房子裏。

「我知道你還想再睡一會兒，」她說，彷彿在求他原諒，「但是，我不得不叫醒你，因爲我害怕。」

「你怕什麼？」

「天哪，你什麼都不知道？」她說，「聽！」

澤維爾仔細傾聽。遠處傳來槍聲。

他跳下床，跑到窗戶前，一隊隊穿藍色工作服的人，端著自動步槍，正在橋上巡邏。

像是一個記憶穿過幾道牆發出回聲。澤維爾明白了，這些武裝工人正在保衛街道，但他仍然覺得自己好像忘記了什麼，這種事能解釋他與眼前情景的聯繫。他知道，他實際上屬於這個情景，由於某種錯誤，他脫離了它，像一個演員在適當的時候忘記了出場，這台受到削弱的戲在沒有他的情況下繼續演下去。驀地，他回想起來了。

就在這一瞬間，他掃視了一眼房間，鬆了一口氣，書包還在那裏，靠在牆邊，沒有人拿走它。他撲過去，把它打開。所有的東西都在裏面：數學筆記本，捷克語練習簿，理科課本。他取出捷克語練習簿，從後面翻開，再次鬆了口氣。那個黑頭髮男人問他要的名單就在本子裏——字跡雖小，但很清楚。澤維爾再次爲自己聰明的念頭感到得意，把這份重要文件藏在練習簿裏，前面還有一篇作文，題目是「今年春天是怎樣到來的」。

「你到底在看什麼?」

「沒什麼。」澤維爾回答。

「我需要你,我需要你的幫助。你瞧瞧發生了什麼!他們正在挨家挨戶搜查,把人拖出去,處死他們。」

「別擔心,」他笑道,「不會有誰被處死的!」

「你怎麼知道?」她反駁道。

他怎麼知道?在革命的第一天將被處死的所有人民敵人的名單還在他的筆記簿裏:因此,不會有誰被處死的。不管怎樣,他對這位漂亮女人的焦慮並非漠不關心。他聽見了槍砲聲,看見了人們在保衛橋樑,他一心只想著他與同志們曾熱情計畫過的那個事件已經突然來臨了,而他正好睡過了它。他一直在別處另一個房間,另一個夢裏。

他想跑出去,出現在穿工作服的同志們的面前,把那份只有他才有的名單交出去,沒有這份名單,革命便是盲目的,不知道該逮捕誰,處死誰。但他隨即意識到這是不可能的:他不知道當天的口令,他早已被視爲叛徒,沒有人會相信他。他在一個不同的生活中,一個不同的故事裏,再也無法挽回另一個生活,一個他已拋在後面的生活。

「你怎麼啦?」那女人焦急地問。

於是澤維爾突然想到，如果他已不能再挽回失去的生活，他至少可以使此刻正在過的生活變得崇高。他望著那位美麗順從的女人，知道他必須離開她，因爲生活在外面，遠在窗戶的那邊，從窗外傳來柔和的槍聲，就像鳥兒的咕咕聲。

「你要到哪兒去？」她叫道。

澤維爾微笑著指著窗外。

「可是你答應帶我一道走的！」

「那是從前。」

「你是想背棄我？」

「是的。我要背棄你。」

她跪在他面前，抱著他的腿。

他低頭看著她，覺得她是多麼可愛，要離開她還眞有點依依不捨。但是，窗外的世界更加美麗。如果他爲此而離開一個可愛的女人，這個世界會因爲他付出了背棄愛情的代價而更加迷人。

「你很美麗，」他說，「但我必須背棄你。」

於是他掙脫她的手臂，大步朝窗戶走去。

第三章 詩人自瀆

1

雅羅米爾把他的詩拿給瑪曼看的那天，她徒勞地等待著丈夫歸來。以後的日子他也沒有回家。瑪曼接到蓋世太保的官方通知，她的丈夫被捕了。戰爭快結束時，又來了一份官方通知，大意是她的丈夫已死在一個集中營。

她的婚姻也許是一個不幸，但她的孀居卻莊重而崇高。她有一張丈夫的大照片，是他們訂婚時候照的，她把它裝上金框架，掛在牆上。

後來戰爭結束了，布拉格的市民興高采烈，德國人撤離波希米亞，瑪曼開始過著一種節衣縮食的生活，這種生活被簡樸的美所照亮，從父親那裏繼承的錢已經用光，她不得不解雇了女用人。阿里克死後，她不願再買一條狗，而且她必須找一個工作。

還發生了一些變化：她姊姊決定把市中心的住房讓給剛結婚的兒子，同她丈夫和小兒子搬到父母別墅的底樓。外婆和孀居的瑪曼則搬到二樓。

自從瑪曼聽到姊夫宣稱伏爾泰是發明伏特的物理學家後❶，她對他只有輕視。姊夫一家總是吵吵嚷嚷，成天迷於粗俗的娛樂。底樓的歡快生活與二樓的憂鬱王國眞有天壤之別。

但是，瑪曼走路的姿態比過去興旺時期顯得更加高傲了，彷彿她頭上頂著（像巴爾幹半島的女人頂著葡萄籃）她丈夫無形的骨灰盒。

2

浴室架上放滿了小香水瓶、油膏管和雪花膏，但瑪曼幾乎沒有再用過它們。不過她還是常常停下來望著它們，嘆一口氣，這些東西使她想起死去的父親，他的藥店（現在這財產已落到可憎的姊夫手中），以及從前那快樂無憂的歲月。

她往日同父母和丈夫的生活好像籠罩在悲哀的半明之中，這種昏暗的感覺壓抑著她。她意識到只有現在，當他永遠消失了，她才懂得了那些年頭的美好，她責備自己對婚姻的不忠。毫無疑問，她丈夫一直在冒著生命危險，他的內心一定緊張不安，但爲了保持她的安寧，他從來未向她吐露一句他的地下活動。她仍然不知道他爲什麼被捕，他屬於哪一個抵抗組織，他的實際使命是什麼。對這一切她一無所知，她把自己的無知看作是對她女性的狹隘心理，對她把丈夫的行爲僅僅想像成冷酷的令人屈辱的懲罰。一

❶伏爾泰（一六九四～一七七八），法國諷刺家、哲學家、劇作家及歷史家。

想到她的不忠正是他最後危險的時期，她就對自己無比輕視。

她在鏡子裏照著自己，驚訝地發現她的臉龐仍然年輕——事實上是沒有必要地顯得年輕，彷彿時光犯了個大錯誤，疏忽了這張臉似的。近來她聽說，有人看見她和雅羅米爾在街上走，還以爲他倆是兄妹哩。她聽了覺得很好笑。但儘管如此，她還是受到了恭維，從那時起，她就更加樂意帶雅羅米爾去劇院和聽音樂會了。

不管怎樣，除了雅羅米爾她還有什麼呢？

外婆的記憶力和身體愈來愈差。她整天坐在家裏給雅羅米爾縫補襪子，爲女兒熨燙衣服。沉浸在遺憾、回憶和憂慮之中，散發出一種可愛、憂鬱的氛圍。雅羅米爾就這樣生活在女人的房子裏。兩個寡婦的房子裏。

3

雅羅米爾孩提時代的妙語已不再用來點綴他房間的牆壁(瑪曼遺憾地把它們存放在抽屜裏)；取而代之的是他從雜誌上剪下來貼在紙板上的約莫二十張立體主義和超現實主義畫家的複製品。一個懸晃著電話線的話筒也掛在牆上（這是一個電話修理工的餽贈，在這個被切斷的話筒中，雅羅米爾看出了由於脫離上下畫面而獲得神奇力量的那種物體，它完全可以稱爲一種超現實主義物體）。然而，他經常凝目的還是掛在同一牆上鏡子中自己的形象。他對自己面孔研究得比任何東西都要仔細，沒有什麼比他的臉更折磨自己，同時他對自己的臉比任何東西都更有信心（即使這種信心是付出了巨大努力才獲得的）。

這張臉長得像他的母親，但由於他是個男人，它的俊秀就更引人注目；他有一個小巧好看的鼻子，一個微微向後縮的小下巴。正是這個下巴使他痛苦不堪。他曾在叔本華一篇著名的論文裏讀到，一個向後縮的下巴特別令人反感，因爲正是下巴的形狀把人和猿區別開。但後來雅羅米爾碰巧看到一張里爾克的照片，發現這位詩人也有一個向後縮的下巴，這使他得到了安慰和鼓舞。他常常在很多時間照鏡子，在一面靠猿一面靠里爾克的遼闊疆域裏絕望地徘徊不定。

實際上，雅羅米爾的下巴只是微微向後縮，瑪曼就很公正地認爲兒子的臉是迷人的。但正是這張比下巴本身更使雅羅米爾苦惱：俊秀的容貌使他看上去小好幾歲，由於他的同學都比他大一歲，他臉上的稚氣就更引人注目，避免不了，不斷被人提到，於是雅羅米爾時時刻刻都想到這一點。

帶著這樣一張臉是多麼沉重！那柔弱秀氣的容貌是多麼沉重的負擔！

（雅羅米爾有時做噩夢：他夢見他必須舉起一些非常輕的物體——茶杯，調羹，羽毛——但他舉不動。物體愈輕，他就變得愈虛弱，他沉到它的輕底下。他常常顫抖著醒過來，滿臉大汗。我們相信，這些夢同他那秀氣的臉有關，這張臉像蜘蛛網一樣輕飄——他徒勞地想把這張網拭去）。

4

一般說來，抒情詩人都產生在由女人主持的家庭：葉賽寧和馬雅可夫斯基的姊妹，勃洛克❷的姨媽，赫德林❸和萊蒙托夫的祖母，普希金的保母，當然，最重要的是母親——那些高聳於父親之上的母親。王爾德的母親和里爾克的母親把她們的兒子打扮得像小女孩。男孩子焦慮地頻頻照鏡子，這不是太奇怪嗎？**是成爲男人的時候了**，奧登❹在他的日記中寫道。抒情詩人一生都在自己臉上尋找男子漢的標誌。

雅羅米爾不斷地照鏡子，直到看見了他渴望看到的東西：眼睛裏嚴厲的神情，嘴唇邊冷酷的線條。爲了獲得這個，他當然得做出某種特別的微笑，或更確切地說，做出一副鄙夷的神氣，上嘴唇痙攣地往後縮。他也試圖改變頭髮的式樣來改變臉，把前額上的頭髮梨成卷，形成厚厚的、蓬亂的鬈髮。啊！他的頭髮，瑪曼如此喜歡並且還用一個髮夾留了一束的頭髮，最不合雅羅米爾的意：像剛孵出的小雞絨毛

❷勃洛克（一八八〇～一九二一），蘇聯詩人。

❸赫德林（一七七〇～一八四三），德國抒情詩人。

❹伊希·奧登（一九一九～一九四一），捷克詩人。

一樣黃，像蒲公英的冠毛一樣細軟。沒有辦法使它成形。母親常常撫摸它。說它是天使的頭髮，但雅羅米爾卻憎恨天使，喜歡魔鬼。他想把頭髮染成黑色，但又不敢這樣做，因為染色的頭髮甚至比天生的金髮更加女孩氣。他能做的只是盡量讓它留長。而從來不要梳頭。

他一有機會就審視和調整他的外貌。每次打商店櫥窗經過，他都要飛快地瞟一眼自己。他愈是關注自己的容貌，它就變得愈熟悉，而同時它也就變得更令他懊惱和痛苦。瞧：

他正從學校回家。街上空蕩蕩的，只有一個年輕女人從遠處朝他走來。他們不可避免地愈走愈近。雅羅米爾發現這位女人很美，於是他想到自己的臉。他企圖做出一種訓練有素的冷然一笑，但又害怕不會成功。他只想著自己那張愚蠢的臉。那女孩似的稚氣使他在女人們眼中顯得滑稽可笑。他整個人都是那張愚蠢小臉的體現，那張臉此刻變得很僵硬——多可怕！——羞愧難當。他加快步子，想盡量不讓那個女人瞧他，倘若一個美麗的女人看到他紅臉，他將永遠不能洗刷這一恥辱！

5

在鏡子前面花去的鐘點總是把他投入絕望的深淵。然而，幸運的是，還有一面鏡子使他升到了星空。這面天上的鏡子就是他的詩歌；他渴望還未寫就的詩句和已經創造出來的詩句，他帶著男人回憶美麗女人時的那種愉快收集他的詩歌；他不僅是它們的作者，而且是它們的理論家和編年史家；他爲他的詩寫文章，把他的作品分爲各個階段，給這些時期命名，結果在兩三年之內，他就學會了把他的詩看作一個值得文學史家重視的發展過程。

這給了他安慰：在深淵，他活在一個日常生活的領域裏，上學，同母親和祖母一道吃飯，面對著單調乏味的空虛。而在天上，卻是另一個世界，到處都是燈火輝煌的路標，時間分割爲一道道燦爛的光譜。他無比興奮地從一道光跳到另一道光，每次都堅信他將落在一個新的時代，一個具有巨大創造力的時代。

另一個使他充滿信心的原因是，他堅信他是一筆珍奇財富的繼承人，儘管他的容貌（以及他的生活）毫不出衆，可是他卻是一個上帝的選民。

讓我們來闡明這個意思：

雅羅米爾繼續去看畫家；但並不常去，因爲瑪曼經常勸阻他；他早就不再繪畫了，有一次他給畫家看了一些他寫的詩，從那以後，他漸漸把所有的詩都拿給畫家看。畫家津津有味地讀著這些詩，有時候還留下它們給朋友們看，這使雅羅米爾得意非凡，因爲對他來說，畫家——他曾對雅羅米爾的畫十分懷疑——始終是一個不可動搖的權威。雅羅米爾相信，估量藝術價值有一個客觀的標準（在初學者心中就像保藏在法國一個博物館的白金米達尺一樣神聖），而畫家就知道這一標準。

但有件事使雅羅米爾感到困惑：他總是不能事先猜到哪首詩會受到畫家的垂青。有時他會對雅羅米爾用左手隨意寫的一些小詩備加讚賞，有時他又會衝著作者本人認爲是自己傑作的一首詩打呵欠。這意味著什麼呢？

如果雅羅米爾不能認出自己作品的價值，這不就表示他是在不經意地、胡亂地、機械地寫詩，沒有眞正的理解，因而也沒有眞正的才能（正如他曾用一個偶爾創造出來的狗頭人世界使畫家著迷一樣）嗎？

「瞧這兒，」有一次談話涉及到這個問題時，畫家說，「你在這首詩裏表達的觀念並不是你思維的結果，對吧？是的，完全不是：它只是偶然產生的，突如其來、出乎意料地就來到你頭腦裏。這個觀念的眞正作者不是你，而是你內心的某個人，你頭腦中的一個詩人。這位詩人就是流過每個人身上強有力的潛意識流。這不是你的成就，而是潛意識流——它沒有偏愛——碰巧選擇你作了它的小提琴的弦。」

畫家是想來一番有關謙虛的佈道，但雅羅米爾卻立刻從這番話裏發現了一顆閃光的珠寶來裝飾他的自尊。好吧，就算這些詩歌的意象不是他創造的，但一種神奇的力量還是把他選爲了它的樂器。因此，他可以以某種比「才能」大得多的東西爲榮，他可以以「選擇」爲榮。

而且，他從來沒有忘記溫泉療養地那位女士的預言：**這個孩子有遠大的前程**。他相信這些話，彷彿它們是神的預言。在雅羅米爾的頭腦中，未來是地平線外未知的王國，在那裏，革命的模糊觀念（畫家經常談到革命的不可避免）和詩人狂放不羈的模糊觀念混雜在一起。他知道，這個未來的王國將滿載他的榮譽，這種認識給了他一種確信感，這種確信感（分離的，獨立的）同他所有痛苦的懷疑相互並存。

6

呵，每當雅羅米爾下午把自己關在房間裏，照著鏡子，時而望著這一面，時而望著那一面，日子顯得是多麼漫長和空虛啊！

這怎麼可能？人們不總是在說青春是人生的黃金時代嗎？那麼，爲什麼他感到如此缺乏生命力？如此空虛？

這個詞就像「失敗」一詞一樣令人不愉快。還有一些詞沒人敢當著他的面講（至少在家裏，在這個空虛的城堡裏）。比如，「愛情」或「女孩」這樣的詞。他多麼討厭居住在底樓的那三個親戚！他們經常舉辦舞會，一直折騰到深更半夜，不時傳來喧鬧的談笑聲，女人的尖叫聲，那聲音像在撕裂雅羅米爾的靈魂，他蜷縮在被窩裏，無法入睡。他的表兄只比他大兩歲，但這兩歲卻造成很大區別。表兄是一個大學生，常把一些迷人的女孩帶到自己的房間（得到他父母的理解和贊同），對雅羅米爾既和氣又冷淡。雅羅米爾的姨父很少在家（他一心忙於繼承的行當），但姨母的聲音卻在整幢房子裏響個不休。每當遇見雅羅米爾，她都要問那個千篇一律的問題：你同女孩們的關係處得怎樣？雅羅米爾眞想在她臉上啐一口，因爲她那居高臨下的快活的問題觸到了他的痛處。並不是他同女孩子們沒有任何來往，而是他與她們的約會非常少，像天上的星辰一樣寥寥。「女孩」這個詞就像「孤獨」和「失敗」這些詞一樣令人沮喪。

儘管他與女孩子們在一起的實際時間很短，但每次約會前，他都要長時間地期待。不僅僅是在做白日夢，而且是在做艱苦的準備。雅羅米爾深信，要使約會成功，最重要的是能說會道，避免令人尷尬的沉默。因此，一次約會主要是對談話藝術的一次練習。他爲此專門準備了一個筆記本，在上面寫下適合講述的故事。這些故事不是有關別人的軼事，而是有關他自己生活的故事。由於他自己經歷的冒險太少，於是他便編造了一些。他很有分寸：在這些杜撰（或讀來或聽來）的故事中，他都是讓自己做主人公，但並沒有使他變成一個英雄。它們只是爲了驅使他不引人注意地跨過沉悶不變的領域的界線，進入行動和冒險的領域。

他也從各種詩歌中抄一些詩句（我們可以注意到，這些詩歌並不是他自己特別喜歡的），這些詩讚揚了女性的美，可以冒充他自己的觀察。比如，他草草記下這句詩，「一面驕傲的三色旗是你的面孔：你的嘴唇，你的眼睛，你的頭髮……」這樣的詩句，只需移動一下有韻律的成分，便可以作爲一個突發的獨到思想講給女孩聽，就像是一句詼諧的恭維：「你知道，我剛剛意識到你的面孔像一面可愛的三色旗！你的眼睛，嘴巴，頭髮。從現在起，我將決不在別的旗幟下效勞！」

瞧：雅羅米爾正出去赴約。他一心只想著準備好的詩句，他擔心他的聲音會不自然，他的話聽起來會像一個拙劣的業餘演員在背誦台詞。在最後一刻，他決定不講這些話了，但由於他根本沒考慮過別的話，所以他無話可講。這天晚上的約會結果變得痛苦、尷尬，雅羅米爾感覺到女孩子在暗暗嘲笑他，於是他懷著徹底失敗的心情向她告別。

他一回到家就坐在桌前，憤怒地在紙上亂畫：**你的眼光就像溫熱的尿，我的火槍瞄準你有如脆弱麻雀的愚蠢思想開火，肥胖的青蛙撲通一聲躍進你大腿之間混濁的池塘……**

他寫了又寫，然後心滿意足地讀著他的詩句，對他那奔放不羈的幻想得意洋洋。

我是一個詩人，我是一個偉大的詩人，他對自己說，然後在日記裏寫道：**我是個偉大的詩人，我有非凡的敏感，我有惡魔的幻想，我敢於感覺……**

瑪曼回到家，逕直走進她的房間。

雅羅米爾佇立在鏡子前，研究著他那張可厭的孩子臉。他久久地凝視著它，直到終於辨出一點不尋常的、精選的東西。

在隔壁房間，瑪曼踮著腳把丈夫那張裝金框的照片從牆上取了下來。

7

那天她得知，她的丈夫曾長期與一位猶太姑娘有曖昧關係，甚至在戰前他們的關係就開始了。德國人占領了波希米亞後，猶太人不得不在衣袖上戴上屈辱的黃星，可是他沒有棄絕她，照樣去看她，並且盡量幫助她。

後來他們把她趕到特里森猶太人區，於是他採取了一個瘋狂的計劃：在幾個捷克看守的幫助下，他成功地溜進了嚴密看守的集中營，和他的情人見了幾分鐘面。被第一次的成功沖昏了頭，他企圖重建偉績，結果卻被逮住，他和那姑娘都沒有再回來。

頂在瑪曼頭上無形的骨灰盒隨著丈夫的照片一道被丟棄。她再沒有任何理由可以高傲地挺直走路，也沒有什麼東西可以使她高昂著頭。所有精神上的悲傷現在都是別人的遺產。

一個猶太老婦的聲音在她耳邊回響。這位老婦是她丈夫情人的一個親戚，她把全部經過都告訴了她：「他是我所認識的最勇敢的人。」接著又說：「現在我在這個世界上孤苦伶仃。我全家都死在集中營了。」坐在她面前的這位猶太女人充滿了莊嚴的悲哀，而瑪曼感受的痛苦卻毫無光彩。那是一種卑下的痛苦，可憐地在她內心扯動。

8

你的乾草堆在霧中冒煙

他寫道，想像著一個姑娘的屍體埋葬在田野裏。

死亡頻繁地出現在他的詩裏。瑪曼（她仍是他全部作品的第一個讀者）把這個意念錯誤地解釋爲由於過早地經歷了生活的不幸，使兒子的感覺變得早熟的緣故。

實際上，雅羅米爾描寫的死亡與眞正的死亡沒有多少關係。在現實生活中，死亡只有在它穿透了老年的罅隙時才會降臨。對雅羅米爾來說，死亡無限遙遠；它是抽象的；它不是現實，而是一個夢。

他在這個夢裏尋找什麼呢？

他在尋找無限。他的生命毫無希望地渺小，周圍的一切平淡而灰暗。死亡是絕對的。它既不能被分離，也不能被沖淡。

他同女孩們在一起的眞實經驗是微不足道的（幾次撫摸和許多毫無意義的話），她們的銷聲匿跡才是壯麗的。當他想像一個少女埋在田野裏時，他突然發現了悲傷的崇高和愛情的偉大。

在他的死亡之夢中，他不僅在尋求絕對，而且也在尋求快樂。

他夢想著一具屍體在土壤裏慢慢消融，他覺得這是一種很美的愛的行爲，一種軀體融入大地的甜蜜的轉化。

塵世繼續傷害他。一見到女人他就臉紅心跳，羞愧難當，到處都碰上嘲笑的眼光。在他死亡的幻想中，萬籟俱寂，可以不受干擾。靜靜地、幸福地生活。是的，雅羅米爾的死亡就是活著。它同一個人無需進入世界的那段時期極其相似，因爲在母親腹部的拱頂下，他自身就是一個世界。

他渴望在這樣的死亡中，一種近似於永恒的幸福的死亡中跟一個女人結合。在他的一首詩裏，一對情人緊緊擁抱在一起，直到他們融爲一體，變成一個不能移動的人，然後漸漸變成一塊堅實的化石，永世長存。

還有一次，他想像一對情人廝守在一起，日久天長，以至於他們身上長滿了苔蘚，最後他們自己也變成了苔蘚。後來，有人偶然踩在他們身上（因爲苔蘚碰巧在這時開花），他們像花粉一樣飛過空中，感到不可名狀的幸福，只有一對飛翔的情人才能這樣幸福。

9

你認爲事情既已發生，往日便已結束，不可改變了嗎？噢，不，往日裏在五顏六色的波紋綢裏，每次我們瞧它，都會看到不同的色彩。不久前，瑪曼還在指責自己同畫家一起背叛了她的丈夫，而現在她卻陷入絕望之中，正是出於對丈夫的忠實，她背棄了她那唯一眞正的愛。

她多麼怯懦！她那工程師丈夫一直過著非常浪漫的冒險生活，而她卻不得不滿足於乏味的殘湯剩飯，像一個家庭用人一樣。想到她一直備受焦慮和良心痛苦的折磨，以致她還來不及抓住她與畫家的冒險的意義，它已從她身邊消逝了。現在她看得一清二楚：她已錯過了生活賦予她的唯一良機。

畫家的形象開始狂熱地、固執地盤據在她心頭。應當指出，她的回憶並沒有投映在城裏他那間畫室的背景上，在那間畫室裏她曾體驗了肉體之愛的時刻，而是投映在一個田園詩景致的背景上，一個小小度假療養地的河流，小船，文藝復興時期的拱廊。她把心中這個天堂般的景致放在那段寧靜、輕鬆的日子裏，那時愛情還沒有誕生，而只是在孕育中。她渴望再見到畫家，請求他同她一道重返他倆初次見面的那個色彩輕淡的地方，以便使他們的愛情故事自由地、歡樂地、毫無阻礙地得到更生。

一天，她爬上他頂樓畫室的樓梯，但沒有撳門鈴，因爲她聽到門後有一個滔滔不絕的女人聲音。

以後的幾天，她都在他的房前走來走去，直到看見了他。他像過去一樣穿著那件皮大衣；他正挽著一位年輕女孩的手臂，送她去電車站。當他往回走時，她設法上前和他相遇。他認出了她，吃驚地向她打招呼。她也裝出對這次邂逅很吃驚的樣子。他請她到樓上的畫室。她的心開始怦怦跳動，她知道，只要他一接觸她，她就會融化在他的懷裏。

他給她倒了一些酒，把他的新畫給她看，用一種親切的方式對她微笑——就像我們對著往事微笑一樣。他根本沒有碰她一下，便把她送回了車站。

10

一天，下課後，同學們都聚在教室前面，雅羅米爾覺得他的時刻到了：他不引人注意地朝那個獨自坐在桌前的女孩走去；他早就喜歡上她了，他倆經常眉目傳情；此刻他在她身旁坐下。那些喧鬧的同學們看見他倆挨在一起，便存心搞一個惡作劇：他們低聲耳語，咯咯傻笑，悄悄地走出教室，把門鎖上。

只要周圍有其他同學，雅羅米爾便感到不引人注目，從容自在，但一當發現他和那女孩單獨留在空蕩蕩的教室裏，他就覺得自己像是坐在了燈光明亮的舞台上。他企圖用詼諧的談話來掩飾他的慌亂不安（現在他已學會了不完全依靠準備好的軼事來談話），他說，同學們的舉動恰恰證明了他們的計畫是失敗的：對搞惡作劇的人來說，這是不利的，他們被關在外面，不能滿足他們的好奇心，而對假想的受害者來說，卻是很有利的，他倆得其所願地單獨在一起了。姑娘表示同意，並說他們應當充分利用這一情形。一個吻懸浮在空氣中。他只需靠得更近一點。可是他好像覺得她嘴唇的這段路程漫長而艱難。他不停地說呀說，沒有吻她。

鈴響了，這就是說教師就要回來，並命令聚在外面的那夥同學打開門。鈴聲喚醒了裏面的那一對。雅羅米爾說，向班上同學報復的最好辦法就是讓他們忌妒。他用手指尖摸了一下姑娘的嘴唇（他哪來的勇氣？）帶著微笑說，被塗得這樣好看的嘴唇吻一下，肯定會在他臉上留下一個不可磨滅的印記。她同意地說，他們沒有互相接吻，這是一個遺憾。走廊裏教師憤怒的聲音已經聽得見了。

雅羅米爾說，如果老師和同學們都看不到他臉上接吻的痕跡，那就太糟了。他再次想靠近一點，但她的嘴唇再次顯得像埃非爾士峰❺一樣遙遠。

「來，讓我們眞地叫他們忌妒。」女孩說。她從書包裏掏出唇膏和手絹，在雅羅米爾臉上抹了一點鮮紅色。

門打開了，班上的同學衝了進來，最前面是怒沖沖的老師。雅羅米爾和女孩驀地站起來，就像行爲規矩的學生在老師進來時應當起立一樣。他倆獨自站在一排排空座位中間，面對著一大羣觀衆，他們的眼睛盯在雅羅米爾臉部那塊美麗的紅色斑點上。他感到幸福和自豪。

11

瑪曼辦公室的一位同事向她求愛。這位同事已經結了婚，他企圖說服瑪曼邀請他去她家。

---

❺即珠穆朗瑪（聖母）峰。

她急於想知道，對於她有性自由雅羅米爾會採取何種態度。她小心翼翼，拐彎抹角地對他講起那些在戰爭中失去男人的寡婦，她們開始過新生活所遇到的重重困難。

「你是什麼意思，『新生活』？」他念念地說，「你是說同另一個男人生活嗎？」

「噢，當然，那也是一個方面。生活得繼續下去，雅羅米爾，生活有它自己的需要……」

一個女人對死去的英雄忠貞不渝，這是雅羅米爾心目中最神聖的話語之一。它可以證明愛的絕對力量不僅是詩人的想像，而且具有值得爲之而活著的眞正價值。

「體驗過一個偉大愛情的女人怎麼還能同另一個男人沉溺於床笫之歡？」他痛責不貞的寡婦們。「當她們還記得被拷打被殺害的丈夫時，她們怎麼能容忍自己去接觸別的男人？她們怎麼能折磨墳墓裏頭的丈夫，又一次殺害他？」

往日裏在五顏六色的波紋綢裏。瑪曼婉言拒絕了那位討人喜歡的同事，她的整個過去再一次呈現出完全不同的色調。

事實上她背棄畫家並不是爲了丈夫；而是爲了雅羅米爾。她一直想爲了兒子維持一個體面的家！如果直到今天她的裸體都使她感到不安，那是因爲雅羅米爾已經永遠損毀了她的腹部。由於她執意要把雅羅米爾帶到這個世界來，她甚至失去了丈夫的愛。

正是從一開始，他就奪走了她的一切！

12

一次（此時他已體驗了多次接吻），他同一個在舞蹈班認識的女孩沿著斯特姆維克公園空寂無人的小路散步。他們談話中的停頓變得愈來愈長，到最後他們聽到的唯一聲音就是他們自己的腳步聲，他們共同的腳步聲，這聲音使他們意識到某種他們以前不敢正視的東西：他們不斷地在約會。而如果他們在約會，那他們一定彼此喜歡。他們的腳步聲證實了這種想法，他們的步子越來越慢，最後女孩突然把頭靠在雅羅米爾的肩上。

這是一個非常美好的時刻，但雅羅米爾還沒來得及盡情品嘗它的魅力，就感到自己變得興奮起來，那種方式任何人都容易明了。他試圖控制他的身軀，以便立即結束這種可恥的表現，但是他愈是努力就愈不成功。一想到女孩的目光也許會移到他的下身，發現他身軀洩露的表示，他就恐懼萬分。他極力談起雲彩和樹梢的小鳥，企圖把她的視線轉移上來。

這次散步充滿了幸福（以前還沒有任何女人把頭靠在他的肩上，他把這個姿勢看作是一個今生今世以身相許的誓約），但同時，這次出遊又使他羞愧萬分。他害怕他的身軀會重犯這種痛苦的失檢行爲。經過一番深思熟慮，他從瑪曼的內衣櫥裏取出一條又長又寬的帶子，在下一次約會前，在他的褲子下面做了妥當的安排，直到確信他那興奮的信號機制會一直拴在他的大腿上。

13

我們從許多插曲中選出這一段，目的是爲了說明，到目前爲止，雅羅米爾所體驗過的幸福頂點，不過是使一個女孩的頭靠在他的肩上。

女孩的頭對他來說比女孩的身子更有意義。他不太了解女人的身軀（漂亮的大腿到底像什麼？你怎麼判斷一個臀部？），而判斷一張臉他就很有自信，在他眼裏，一張臉龐就可以判斷一個女人可愛與否。

我們並不想說雅羅米爾對身軀的美不感興趣。不過一想到女孩的裸體，他就會感到頭暈目眩。還是讓我們來指出這一細微的區別吧：

他並不嚮往女孩的裸體；他嚮往的是被這裸體照亮的女孩的臉龐。

他並不想占有女孩的身子；他想占有的是願意委身於他、以證明她愛情的女孩的臉龐。

身軀超出了他的經驗範圍，正是因爲這個原因，它成了無數詩歌的主題。「子宮」這個詞在他那段時期的詩歌中出現了多少次？但是，通過詩歌的魔力（沒有經驗的魔力），雅羅米爾把交配和生育的器官變成了一個夢幻中烏有的意念。

在一首詩裏，他寫道，女性的身軀中央有一個滴答滴答的小鐘。

在另一句詩裏，他想像女性的生殖器是看不見的人家。

接著他又迷戀於一個環的意象，把自己看作是一個小孩的彈子，穿過一個孔穴不停地往下落，直到最後完全變成他穿過她的身軀不停地往下落。

在另一首詩裏，女性的雙腿變成了兩條匯流的河；在它們的交匯處，他想像有一座神祕的山，他用聽起像聖經中的名字的哈拉布山稱呼它。

另一首詩寫了一個騎腳踏車的人的長途漫遊（「腳踏車」這個詞在他看來就像落日一樣美麗），他疲倦不堪地蹬車穿過一片風景。這片風景就是一個女性的身軀，他渴望在上面憩息的兩堆乾草就是她的乳房。

一切都是那樣令人心醉神迷，在一個女人身上的這種旅行，這是一個看不見，無法辨認，不眞實的軀體，沒有瑕疵，沒有缺陷或疾病，一個完全奇異的軀體——一個田園詩般的遊樂場！

採用給孩子們講童話故事的語氣來描寫子宮和乳房，眞是絕紗極了。是的，雅羅米爾生活在柔弱之鄉，人造童年之鄉。我們說「人造」，因爲眞正的童年決非天堂，它也並不特別柔弱。

當生活突然踢了一個人一腳，把他推向成年的門檻時，他就會產生柔弱的感覺。他不安地領悟到了童年的一切好處。而作爲一個兒童，他從來沒有意識到這一點。

柔弱懼怕成熟。

它企圖創造一個小小的人造空間，在那裏大家公認，我們應把別人當作小孩。

柔弱也懼怕肉體的愛，它企圖從成人的領域裏把愛取出來（在那裏愛是附有義務的，不可靠的。充滿了責任和肉慾），把女人看作是一個小孩。

她的舌頭是一個歡快跳動的心臟，他的一句詩中寫道。在他看來，她的舌頭，她的小指，胸脯，肚臍都是用聽不見的聲音在說話的獨立的生命。在他看來，女性的身軀包含著千百個這樣的生命，愛這個軀體就是意味著聆聽衆多的生命，聽見**她的一對乳房用暗號在悄聲低語**。

14

她用回憶來折磨自己。但最後，當她沉思過去時，她瞥見了她曾與嬰兒雅羅米爾生活在其中的那個天堂，她改變了看法。不，事實上雅羅米爾並沒有奪走她的一切；相反，他給予她的比任何人都多。他給了她一份沒有被謊言玷污的生活。任何一個來自集中營的猶太人都不能把這份幸福貶斥爲虛僞和空虛。是的。這塊天堂是她唯一的眞實。

於是，過去（像變化萬千的萬花筒圖案）又顯得不同了：雅羅米爾從未奪走她任何有價值的東西，他只是把金色的帷幕拉開，揭示出謊言和虛僞。甚至在他出生前，他就幫助她發現了丈夫不愛她。十三年後，他又把她從一場瘋狂的只會給她帶來新的悲傷的冒險中救了出來。

她常對自己說，與雅羅米爾童年時代的相依爲命對他倆來說是一份保證和神聖契約。但是，她愈來愈感到兒子正在違背這個契約。她跟他談話時，發現他幾乎沒有在聽，他的頭腦中裝滿了不願意同她分享的思想。她獲知他恥於將他小祕密，那些身心的祕密告訴她，他正在把自己掩藏在她無法穿透的面罩後面。

她痛苦，她惱怒。他們在他幼年時簽訂的那個神聖的契約——它不是保證他要始終信任她，毫不羞恥地向她吐露心事嗎？

她渴望恢復在他倆相依爲命中曾經享有的那種眞實。正如她在他小時所做的那樣，每天早晨她都要告訴他穿什麼衣服，通過爲他選擇短褲和汗衫，她可以象徵性地整天伴隨在他身邊。當她覺察雅羅米爾對此感到不快時，她便爲他的內衣上有一點髒而責備他，以此作爲報復。在他穿衣和脫衣時，她喜歡待在他的房間，以此懲罰他那令人氣惱的羞怯感。

「雅羅米爾，過來，讓我來看看你像什麼樣子！」一次當客人們在場時，她對他叫道。當她注意到兒子精心弄亂的頭髮時，她大聲說：「我的天哪，你這個樣子眞怪！」她取來一把梳子，一邊繼續與客人談話，一邊給他梳頭。這位偉大的詩人，有惡魔的幻想和一張像里爾克靜坐時的臉——氣得通紅——聽從了瑪曼的擺布。唯一的反抗跡象是臉上的僵化和一絲殘酷的冷笑（這種冷笑他已經練習了幾年）。

瑪曼後退幾步，打量她那理髮手藝的效果，然後轉向她的客人，「有誰願意告訴我，我這個孩子是從哪兒弄來的這些怪相？」

雅羅米爾發誓要永遠效忠於對這個世界的根本改變。

15

他到達時，辯論已經在熱烈地進行。他們正在爭論進步的定義，以及像進步之類的東西是否眞的存在。他環視周圍，發現這個年輕的馬克思主義者圈子全是由一些典型的布拉格中學學生組成，是他的一位同學邀請他參加了他們的集會。這裏的氣氛似乎比那位捷克語教師在學校主持的辯論更加嚴肅，但即使這樣的集會也還是有時常搗亂的人。其中一個人拿著一朵枯萎的百合花，不時地嗅上一嗅，招來一陣陣咯咯的笑聲，以至於那個留著短短黑髮的人——他們就在這個人的房間集會——最後不得不把花從他的手中拿走。

接著，雅羅米爾豎起了耳朵，因爲這時有人宣稱：人們不能說藝術的進步，沒有人可以稱莎士比亞不如當代劇作家。雅羅米爾很想加入這個辯論，但他發覺對不熟悉的人講話很困難。他害怕人人都會盯著他的臉，臉會變紅，盯著他的手，手會做出笨拙的手勢。可是他又極想加入這個小圈子，他明白他必須講話才能加入進去。

爲了鼓起勇氣，他想到了畫家，那位他從來沒懷疑過的權威，於是提醒自己，他是他的朋友和弟子。這使他振作起來，終於大起膽子加入了討論，把他從畫家那裏聽來的觀點重複了一遍。這一次值得注意的還不是他沒有自己的觀點，而是他甚至沒有用自己的聲音。聽到從他嘴裏發出的聲音就像畫家的聲音，連他自己都嚇了一跳，而且這個聲音還影響了他的手，那雙手也開始模仿起畫家特有的姿勢。

雅羅米爾爭論說，在藝術中也不容置辯地產生了進步：現代潮流體現了千百年來藝術發展中的一切徹底的革命。藝術已經最終從宣傳政治和哲學觀點以及模仿現實的責任中解放出來，以至於人們甚至可以說，藝術的眞正歷史只是從現在才開始的。

這當兒有幾個人想要插話，但雅羅米爾決不願放棄發言。最初，聽到從自己嘴裏發出畫家的言詞和聲調，他覺得很不愉快，但過了一會兒，他就感到這另一個我是安全與保險的源泉；它像一面盾把他掩蔽起來。他不再緊張和羞怯。他喜歡他說話的聲調，於是他繼續說下去：

他援引馬克思的觀點，迄今爲止，人類一直生活在史前時期，它的眞正歷史僅僅始於無產階級革命，這場革命是從必然王國到自由王國的飛躍。在工藝史上，一個類似的決定性轉折點是安德列•布勒東及其他超現實主義藝術家發現了自動書寫，揭示了人的潛意識這一隱藏的珍寶的那個時刻。它與俄國社會主義革命發生在大約同一時期，這是很有象徵意義的。人類想像力的解放有如從經濟奴役中的解放一樣。同樣需要向自由王國飛躍。

這時，那個黑頭髮男人加入了辯論。他表揚雅羅米爾捍衛了進步的原則，但對是否可以把超現實主義同無產階級革命如此緊密聯繫起來表示懷疑。他陳述了他的觀點，現代藝術是頹廢的，最符合無產階級革命時代的藝術是社會主義現實主義。不是安德列·布勒東，而是伊希·沃爾克❻——捷克社會主義詩歌的創始人——必須成爲我們的典範！

雅羅米爾以前曾聽到過這樣的觀點。事實上，畫家曾用嘲諷的口吻把這些觀點描述給他聽過。雅羅米爾現在也試圖帶著嘲笑的口氣回答，從藝術的觀點看，社會主義現實主義並不是什麼新東西，而只是舊的資產階級「拙劣藝術」的複製品。黑頭髮男人反駁道，唯一的現代藝術是有助於建立一個新世界的鬥爭的藝術。這決不可能是超現實主義，因爲超現實主義是羣衆不能理解的。

這場討論很有趣味。黑頭髮男人很有說服力地發表了他的反對意見，不帶絲毫教條主義，因此辯論沒有變成一場爭吵——儘管雅羅米爾因成爲注意的中心而有點飄飄然，偶爾採取了過分辛辣嘲諷的態度。結果沒有得出定論。其他人發言了。雅羅米爾討論的這個問題很快就被其他問題所掩蓋。

❻伊希·沃爾克（一九〇〇～一九二四），捷克詩人。

但是，弄清楚進步是不是存在，超現實主義是資產階級運動還是革命運動，這的確很重要嗎？誰是對的，他還是他們，這眞的要緊嗎？對雅羅米爾來說，眞正重要的是，他現在同他們連在一起。他雖與他們爭論，但他卻非常同情這羣人。他甚至沒有再聽下去，他的內心充滿了幸福，他已找到了一羣人，在他們中間，他不再作爲母親的兒子，或班上的學生，而是作爲他自己而存在。他突然想到，一個人只有當他完全處在別人中間，他才能成爲他自己。

黑頭髮男人站起來，他們全都意識到該離開了，因爲他們的領導故意含糊地提到他還有工作要做，這給了他一種表示他很重要的意味。當他們聚集在過道門口，準備離開時，一個戴眼鏡的女孩走到雅羅米爾身邊。我們應當指出，在整個會上，雅羅米爾一點也沒有注意到這個女孩。不管怎樣，她一點也不引人注目，但卻難以形容——不醜，只是有點矮胖。她的頭髮很光滑地蓋住前額，式樣並不特別，沒有化妝，穿著那種僅僅爲了在人前不赤身裸體的衣服。

「你剛才講的眞有趣，」她對他說，「我很想跟你再探討一下。」

16

離黑頭髮男人的公寓不遠處有一個公園。他倆朝那裏走去，熱烈地交談。雅羅米爾得知這個女孩是一個大學生，比他整整大兩歲（這使他洋洋自得）。他們沿著環形小路散步，女孩的言談很有教養，雅羅米爾也用一種有分量的方式講話，他們都渴望讓對方知道他們想什麼，信仰什麼，是怎樣的人（女孩注重科學。雅羅米爾注重藝術）。他們列舉了他們崇拜的所有偉大的名字，女孩重又說她被雅羅米爾不落陳套的觀點吸引住了。她沉默了片刻，然後稱他是一個伊菲貝斯❼；是的，當他一走進房間，她就覺得他像一個迷人的伊菲貝斯。

雅羅米爾雖不知道這個詞的確切意思，但得到一個特殊的名稱——而且是一個希臘名稱，這似乎很不錯，他感到這個詞與青春有關係；這不是他從個人經歷中了解的那種笨拙、卑微的青春，而是強健的令人欣羨的青春。因此這位女大學生雖然暗指他不成熟，但同時又使這種不成熟失去了痛苦的性質，而使它成了一個優點。當他們第六次圍著公園散步時，雅羅米爾採取了一個大膽的行動，從一開始他就打算這樣做，但爲此他必須鼓足勇氣：他挽住了女孩的胳膊。

「挽住女孩的胳膊」還不完全確切，更正確地說，應該是他「把手小心地放在她的臀部和上臂之間」。他這樣做時毫不引人注意，彷彿他希望女孩也不會注意到，的確，她對他的動作毫無反應，以致他的手就像一個不相干的東西，一個她已經忘記並快要掉下來的手提包或包裹一樣不穩定地貼在她的身上。但

❼古希臘剛成公民的男青年。

接著這隻手突然感覺到它緊貼著的那隻胳膊已經意識到它的存在。他的腿開始感覺到女孩的步子逐漸慢了下來。過去他曾經歷過這樣的時刻，知道某種不可避免的東西已懸在空氣中。像通常所發生的那樣，當某種不可避免的事臨近時，人們總會加速這個必然，至少加速一兩秒鐘（也許是爲了證明他們至少有某些自由意志）。不管怎樣，雅羅米爾的手剛才一直軟弱無力，此刻卻有了生氣，緊緊地壓住女孩的胳膊。就在這時，女孩突然停了下來，朝他抬起戴著眼鏡的臉，把書包扔在地上。

這個動作使雅羅米爾大爲驚異。首先，由於他處在心醉神迷的狀態，他根本沒意識到女孩帶了什麼東西。因此書包就像天上的啓示掉在這個場景裏。其次，雅羅米爾意識到女孩是直接從大學來參加馬克思主義討論的，那麼書包裏很可能裝有高等學術材料和學者的小冊子，他完全陶醉了。在他看來，她讓所有的自然科學和人文科學掉在地上，只是爲了能用空著的手臂抱住他。

書包的掉落的確富有戲劇性，他們開始狂吻起來，接吻持續了很長時間，最後當他們筋疲力竭時，他們一下子不知接下來該做什麼，她朝他傾著那張戴眼鏡的面孔，她的聲音裏充滿了不安的激動：「我敢肯定你認爲我和其他女人一樣！但我要告訴你，我不像她們！我和她們不一樣。」

這些話似乎比書包的掉落更包含著動人的力量，雅羅米爾驚異地意識到，他同一個愛他的女人在一起，一個奇蹟般地對他一見鍾情，不需要他付出任何努力的女人。他很快注意到（在他意識的邊緣，以後還會不斷地仔細回味）這個事實，她認爲他閱歷豐富，可以給任何愛他的女人帶來痛苦。

他向她保證，他並不把她看作像其他女人。她拾起書包（現在雅羅米爾終於能夠仔細瞧它了：它的確很重，外表令人難忘，裝滿了書），他們開始第七次圍著公園散步。當他們再次停下來接吻時，突然發現一道強光射著他們。兩個警察面對著他們，向他們要身分證。

兩個窘迫的情人在口袋裏摸索著身分證。他們用顫抖的手指把身分證遞給警察，這兩個警察不是想追蹤妓女，就是僅僅想在令人厭煩的巡邏中尋點開心。不管怎樣，對這對年輕人來說，這是一個令人難忘的事：那天晚上剩下的時間（雅羅米爾送女孩回家），他們討論了受到偏見、狹隘的世俗道德、愚蠢的警察、老一代人、過時的法律以及整個世界的腐敗狀況威脅的眞正愛情的困境。

17

這是一個美好的白晝，一個美好的夜晚，但當雅羅米爾終於回到家時，已經快半夜了，瑪曼正焦急地從一個房間走到另一個房間。

「我都急病了！你到哪兒去了？你一點不爲我著想！」

雅羅米爾仍然沉浸在他那不平凡的經歷中，他回答瑪曼的方式就像在馬克思主義者圈子裏那樣，模仿畫家那自信的聲音。

瑪曼立刻就認出了它。她聽見兒子用她過去情人的聲音對她講話。她看見一張不屬於她的臉，聽見一個不屬於她的聲音。她的兒子像一個雙重否定的象徵站在她的面前。她覺得這無法忍受。

「你要氣死我！你要氣死我！」她歇斯底里地叫道，跑進了隔壁房間。

雅羅米爾還站在原地，他嚇壞了，一種深深的罪惡感傳遍全身。

（噢，親愛的雅羅米爾，你將永遠不能擺脫這種感覺！你有罪，你有罪！每當你離開這幢房子，你都將帶著一道指責的眼光，命令你回來！你將像一條繫著長皮帶的狗在這個世上行走！甚至當你走得很遠很遠；你也還會感到脖子上的項圈！甚至當你同女人們在一起，甚至當你同她們躺在床上，一根長長的皮帶也將繫住你的脖子，在一個很遠很遠的地方，瑪曼的手裏將抓住皮帶的一端，從它的搖動感覺到你身軀可恥的運動！）

「瑪曼，請別生氣。請原諒我！」他焦急地跪在她的床邊，撫摸著她濕潤的臉頰。

（夏爾·波德萊爾，你四十歲上還會害怕她，你的母親！）

瑪曼爲了盡可能久地感到他手指在她臉上觸摸，隔了很長時間才原諒了他。

18

對澤維爾來說，這種事決不會發生，因爲澤維爾既沒有母親，也沒有父親，而沒有雙親是自由的首要前提。

但是要知道，這不是失去一個人的雙親的問題。傑拉德・奈瓦爾❽還是嬰兒時，她母親就去世了，可是他卻在她那美麗眼睛的催眠般的注視下，度過了他的一生。

自由並不是始於父母被背棄或被埋葬的時候；父母一出生，自由就死了。

不會意識到自己出身的人是自由的。

從掉在樹林中的雞蛋裏生出來的人是自由的。

從天空落下來，沒有一點感恩的劇痛而接觸到地面的人是自由的。

❽奈瓦爾（一八〇八～一八五五），法國最早的象徵派和超現實主義詩人之一。

19

在他與那個女大學生戀愛的第一星期，雅羅米爾感到自己得到了新生。他聽到自己被形容成一固伊菲貝斯，他被告知他很英俊，聰明伶俐，富於幻想。他發現這個戴眼鏡的女孩愛他，生怕他離開她（她告訴他，那天晚上他們告別後，她望著他邁著輕快的步子離去，她看到了他眞正的樣子：一個正在離去，走遠，消失的男人……）。他終於發現了他眞正的肖像，他在他的那面鏡子裏尋找了很久的肖像。

第一個星期，他們每天見面。他們花了三個晚上在全城久久地散步，一個晚上他們去了劇院（他們坐在一個包廂裏，接吻，對演出毫不注意），兩個晚上他們去了電影院。第七天他們又出去散步。外面刺骨的寒冷，他穿著一件輕便大衣，外套下面沒穿毛衣（瑪曼督促他穿的那件針織灰背心似乎只適合那些鄉巴佬），他也沒有戴帽子（女孩曾誇讚他蓬亂的頭髮，說他的頭髮就像他本人一樣不馴服）。由於那雙長統襪的鬆緊帶鬆了，襪子老是滑到他的小腿上，他便穿了一雙灰色短襪（他忽略了襪子與褲子的不協調，因爲他還不懂得雅致）。

他們在七點左右見面，開始朝城郊慢慢走去。通過郊區空地，雪在他們腳下嘎吱嘎吱地響；他們不時地停下來接吻。她身軀的順從給他留下相當深的印象。到那時爲止，他與女孩子們的關係就像一次沉悶的攀登，他緩慢地從一個台階爬到另一個台階：要等很久，女孩才會讓他吻她，又要等很久，才會讓他把手放在她的胸脯上，當最後他設法摸到她的屁股時，他自己認爲已走了很長的路——畢竟，他從沒有再繼續走下去。然而，這次關係從一開始就不同一般。這個女孩軟綿綿地倒在他懷裏，毫不防禦，百依百順，他想摸她什麼地方就可以摸她什麼地方。他把這看作是愛的示意，但同時他又感到窘迫，因爲他不很知道怎樣使用這一未曾料到的特權。

那天（第七天），女孩告訴他，他的父母經常不在家，她很想邀請雅羅米爾到她家去。這些眩惑的話一下子說出來以後，接著就是長時間的沉默：他倆都意識到在一幢無人的房子裏幽會意味著什麼（讓我們回想，這位年輕女孩在雅羅米爾的懷裏是毫不設防的）。他們一動不動，沉默了好一會兒，女孩才用一種平靜的聲音說：「我相信，平心而論，是沒有什麼折中的。愛就是你把一切都獻給對方。」

雅羅米爾非常贊同，因爲他也相信愛就是一切。但他不知道該說什麼，於是他停下來，帶著悲憫的神情凝視著女孩（忘記了這是夜裏，悲憫的神情在黑暗中很難看出來），然後開始狂熱地抱她，吻她。

沉默了一刻鐘，女孩又滔滔不絕地講起來，她告訴他，他是她邀請去她家的第一個男人。她說，她有許多男朋友，但他們不過是朋友而已。他們已習慣了這一點，開玩笑地稱她是石女。

雅羅米爾非常高興地得知，他是石女的第一個情人，但同時他又有一種怯場的感覺。他聽說過各種有關愛情行爲的故事，知道使一個女孩失去貞潔通常被認爲是相當困難的事。他發現他的思想在開小差，很難加入女孩的談話。他沉浸那在那個許諾的大事件的歡樂和不安之中，這個事件將標誌著他生活史上的眞正開端（他突然想起這個想法與馬克思關於人類從史前向歷史飛躍的著名論斷十分相似）。

儘管他們談話不多，他們還是在全城散步了很長時間。夜深了，天氣愈來愈冷，雅羅米爾感到寒氣透過了他穿得單薄的身子。他提議找一個地方暖和一下，但是他們離市中心太遠了，四下裏看不見一個旅館和其他公共場所。當他最後回到家裏時，他周身都凍僵了（散步快結束時，他不得不拚命不讓牙齒打戰）。第二天早晨醒來時，他的喉嚨痛得厲害。瑪曼拿來一支溫度計，診斷出他在發燒。

20

雅羅米爾的身子臥病躺在床上，他的頭腦卻在思考著那個即將來臨的大事件。對那個日子的期待包含著抽象的快樂和具體的焦慮。因爲雅羅米爾一點也不知道，在各種有關的具體細節上，同一個女人作愛是怎麼一回事。他只知道這樣的行爲需要準備，技巧，知識。他知道在性愛後面，懷孕將斜眼做著威脅的怪臉，他感到（這問題已與同學們討論過無數次）有辦法防止它。在那個野蠻的時代，男人們（像騎士在戰前披上盔甲一樣）在性高潮時戴上一種透明的保險套。從理論的角度講，雅羅米爾精通此類事。但是，怎樣才能搞到保險套呢？雅羅米爾根本不好意思在藥房要一個！而他又怎樣趁女孩不注意時戴上它呢？這個保險套似乎使他很窘迫，一想到女孩也許會發現它，他就忍受不了。在家裏事先戴上它行不行？或者是不是必須等到他光著身子站在女孩面前才戴上它？

他回答不出這些問題。而且，他根本沒有保險套，不過他對自己說，他一定要不惜一切代價搞到一個，試著把它戴上。他猜想在這件事上的成功主要在於速度和技巧，而這些要靠實踐才能達到。

他還爲別的事焦慮。作愛到底是什麼樣？人的感覺會怎樣？他的體內會發生什麼？要是這種快樂太強烈，使得人大聲叫起來，不能控制自己怎麼辦？這會不會使他顯得很可笑？整個事情會持續多久？噢，天哪，搞這種事毫無準備到底可不可能？

到那時爲止，雅羅米爾還沒有體驗過手淫。他認爲這樣的行爲是不值得的，一個眞正的男人應該避免它。他覺得自己注定是爲了偉大的愛情，而不是爲了自瀆。但是，沒有一定的準備，偉大的愛情又怎能實現？雅羅米爾漸漸相信手淫是這樣一個開端的必不可少的部分，他緩和了對手淫的根本反對。他不再把它看作是性愛的可憐的代替物，而看作是通向這一目標的必要步驟；它不是貧困的供認，而是富裕的基礎。

於是他開始進行他的第一次愛情動作排練（在一次體溫高於二一・二度❾的發燒期間）。他驚異地發

---

❾二・二度即三九・二攝氏度。

現手淫只持續了很短時間，並沒有刺激他狂喜地叫起來。這既叫人失望又叫人放心。以後幾天，他又重複了幾次這種實驗，但卻沒能增加任何新的知識。然而，他感到，靠了這種方法，他愈來愈能夠控制自己，現在他可以充滿信心地面對他的心上人了。

他脖子上纏了一條法蘭絨繃帶，已經在床上躺了三、四天。早飯後不久，外婆衝進他的房間，激動地說：「雅羅米爾！全城都發狂了！」他坐了起來。「發生了什麼事？」外婆解釋說，樓下的收音機裏宣布，一場革命爆發了。雅羅米爾從床上跳下來，跑到隔壁房間，打開收音機，於是聽見了哥特瓦爾德⑩的聲音。

他馬上就明白了這個形勢。最近幾天，他聽到了許多有關它的談話（他對此不太感興趣，正如我們所知，他頭腦中有更重要的事）：三個非共產黨的部長以辭職來威脅共產黨人總理哥特瓦爾德。現在他聽見哥特瓦爾德在舊城廣場上對一大羣人發表講話。他痛斥叛徒們企圖削弱共產黨，阻止國家朝社會主義前進。他敦促人們堅持要那幾個部長辭職，在共產黨的領導下，將建立起新的革命權力機構。

隨著哥特瓦爾德的講演被大羣雷鳴般的歡呼所淹沒，那台舊收音機劈劈啪啪地響起來。這一切都使

⑩哥特瓦爾德（一八九六～一九五三），捷共政治家和新聞記者，一九四六～一九四八年曾任聯合內閣總理，一九四八年二月革命後任總統。

雅羅米爾激動萬分，他穿著睡衣褲站在外婆房間，脖子上嚴嚴實實纏著繃帶，嘶啞地叫喊：「終於！它終於發生了！」

外婆不太弄得淸楚雅羅米爾的熱情是否有道理。「你眞的認爲這是件好事嗎？」她用擔憂的語氣問。

「當然，外婆，這是好事。太好了！」他擁抱她，在房間裏激動地走來走去。他對自己說，聚集在廣場上的人羣已經把今天這個日子擲到了天空，它將像星星一樣在天上照耀若干個世紀。他突然想到，在這樣一個光榮的日子，他卻與外婆留在家裏，而不是到大街上去同人們在一起，這眞是羞愧。但他還沒來得及仔細想想這個念頭，門突然打開了，他的姨父出現在門口，紅著臉激動地大叫：「你們聽見了發生的事嗎？那些混帳！那些卑鄙下流的混帳！像這樣發動一場暴亂！」

雅羅米爾瞥了一眼姨父，他一直討厭姨父、姨母和他們那個自高自大的兒子。他覺得他那勝利的時刻終於來到了。他們面對面地站著。姨父的身後是門，雅羅米爾的身後是收音機，這使他感到有成千上萬的人在支持他，當他對姨父講話時，就像成千上萬的人在對一個人講話。「這不是暴亂。這是一場革命。」他說。

「讓你的革命滾蛋去吧，」姨父回答，「當你身後有軍隊，還有警察和一個大國在旁邊，發動一場革命當然很容易。」

當他聽到姨父自負的聲音，對他講話就好像他是一個拖鼻涕的小孩，雅羅米爾的仇恨湧上心頭，「爲了防止一小撮雜種把其餘的人再次變成一羣奴隸，我們需要軍隊和警察。」

「你這個小蠢蛋，」姨父回答，「赤色分子手裏已經有大部分權力。他們發動這場暴亂，不過是爲了把所有權力都抓到手。天哪，我早就知道你是一個沉默寡言的小蠢貨。」

「我也早就知道工人階級會把像你這樣的資產階級寄生蟲掃進歷史的垃圾箱！」

雅羅米爾幾乎不假思索就憤怒地說出了最後這句話。但是，讓我們來看一看，這些詞彙在共產黨報紙上以及共產黨演說者的講演裏不斷地反覆出現過，雅羅米爾一直不喜歡它們，正如他不喜歡所有的行話。他認爲他首先是一個詩人，即使他抱有革命觀點，他也決不會放棄自己的語言。然而他剛才卻說到了資產階級寄生蟲和歷史的垃圾箱。

是的，這是奇怪的！在激動的當兒（因而是在眞實的自我講話的自然時刻）。雅羅米爾拋棄了他自己的語氣，充當了別人的宣傳工具。而且，他是懷著一種強烈的欣悅感這樣做的；他覺得他已成了一個千頭羣衆的部分，一條多頭龍的喉舌，看上去非常壯觀。現在他感到很有力量，可以俯視那些僅僅昨天還使他臉紅和結巴的人。這句話（把資產階級寄生蟲掃進垃圾箱）的不加修飾，簡單明了使他愉快。因爲它把他置於那些直率樸素的人的隊伍中，這些人漠視細微差別，他們的智慧在於他們理解那些簡單得可笑的生活本質。

雅羅米爾（穿著睡衣褲，脖子上纏著法蘭絨）雙手扠腰，兩腿叉開，堅定地站在正發出巨大歡呼的收音機前面。他覺得這喧聲正流進他的體內，使他的身軀充滿力量，直到他像一棵大樹，或像發出狂笑的岩石，赫然聳立在姨父之上。

他的姨父，這位認爲伏爾泰是伏特之父的人，走上前來，給了雅羅米爾一記響亮的耳光。

雅羅米爾感到臉上一陣火辣辣的痛。他蒙受了恥辱，由於他感到像一棵樹或岩石一樣巨大有力（那條多頭龍仍在他身後吼叫），他想要撲向姨父，爲自己報仇，但過了一會兒他才下了決心，在此期間，姨父已經轉過身去，離開了房間。

雅羅米爾在他身後大叫，「我要報仇！我要報仇，你這個豬玀！」然後朝門口跑去。但是外婆抓住了他的睡衣袖子，終於使他平靜下來。雅羅米爾不停地嘀咕道這個豬玀，這個骯髒的豬玀。然後回到不到一小時前離開的——帶著他對那位女孩的夢——那張床上，他再也不能想她。她的姨父還在他眼前，他的臉還感到火辣辣。他指責自己的行爲不太像一個男子漢。事實上，他是那樣苦苦責備自己，以至於他開始哭泣起來，憤怒的淚水打濕了枕頭。

瑪曼那天下午回來很晚，不安地敍述著白天的事件。他們馬上就把她局裏的局長撤職了；她對這位局長非常尊敬，局裏所有的非黨員都擔心自己很快就會被捕。

雅羅米爾支著手肘坐起來，熱情洋溢地加入了談話。他對母親解釋，正在發生的事是一場革命，革命是需要一定暴力的短暫插曲。以便通過建立起一個正義的社會，暴力就可以一勞永逸地廢除。母親必須理解它。

瑪曼激烈地反駁，但雅羅米爾對她所有的反對意見都有準備。他攻擊富人統治的愚蠢，攻擊企業家和商人社會的統治，他機智地提醒瑪曼，在她自己的家庭中就有這種類型的人，他們使她受苦。他指出她姊姊的自負和她姊夫的粗俗。

瑪曼開始動搖了，雅羅米爾對自己這番話的成功很滿意。他感到爲剛才那一耳光復了仇。一想到剛才的事他就怒火中燒。「母親，今天我做出了一個重大決定，」他宣布道，「我要加入共產黨。」

他從母親眼裏察覺到她不贊同，於是他詳細地闡述他的聲明。他說，他爲沒有在很早以前加入而感到羞愧；正是他家庭背景的負擔使他同他眞正的同志們分開了。

「你是說你爲生在這個家而感到遺憾？你爲你的母親感到羞愧？」

瑪曼像是受到了深深的傷害，雅羅米爾趕緊又說，她誤解了他的意思：在他看來，他的母親——她潛在的眞正自我——與她的姊姊或富人的社會毫無共同之處。

但是瑪曼說，「假如你眞的關心我，就不要幹那事。你知道，跟你姨父在一起過日子是多麼難。要是他發現你加入了共產黨，那就會鬧得不可開交，明智一點，求求你！」

一陣自哀自憫湧上雅羅米爾的喉頭。他不僅沒能回擊他姨父的那一巴掌，反而又挨了一巴掌。他把臉轉過去，當瑪曼一離開房間，他禁不住又哭起來。

21

晚上六點，女孩圍著白色的圍裙在門口迎接他，然後把他引到一個小巧舒適的廚房。晚餐結果很平常——炒雞蛋和色拉米香腸——但這是第一次有位女人（不包括瑪曼和外婆）爲他煮飯，因此，他懷著一個男人受到心上人照料的自得，吃得津津有味。

後來他們走進隔壁房間。房間裏有一張覆著針織桌布的赤褐色圓桌，上面壓著一個粗大的玻璃花瓶：牆壁上裝飾著令人畏懼的畫。一張長沙發占據了房子的一邊，沙發上擺著華美的小枕頭。爲了這個晚上一切都安排妥了，他們只需倒在這個舒適的室內裝潢裏。但奇怪的是女孩在圓桌旁邊的一把硬椅上坐了下來，於是他也這樣做了。他們就這樣坐在硬椅子上天南海北地談了很久很久，直到雅羅米爾的嗓音因焦慮而顯得緊張起來。

他必須在十一點鐘回家。他曾懇求母親允許他通宵待在外面（他告訴她，他的同學打算舉行一個舞會），但母親堅決不同意，他就不敢再堅持此事。此刻，他只希望還剩下的四小時會足夠完成他的第一次性交。

但是，女孩卻說個不停，規定的時間迅速地在縮短。她談到她的家庭，談到她的哥哥曾因單戀而企圖自殺。「這件事給我一生都留下了印象。我不可能像別的女孩。我不會輕率地對待愛情。」她說。雅羅米爾明白這番話是爲了給已經許諾的性愛享受增加一點嚴肅的色彩。他從椅子裏站起來，朝她俯下身，用一種很嚴肅的聲調說，「我理解你，是的，我理解。」然後他扶著她從椅子裏站起來，把她帶到長沙發那裏，讓她舒適地坐下。

他們接吻，擁抱，愛撫，持續了很長時間。雅羅米爾一直在想，該給女孩脫衣服了，但是，因爲他以前從來沒做過這種事，他不知道怎樣開始。首先，他不知道是把燈關掉還是讓它開著。按照他聽來的有關這類情形的所有談論，他覺得應該把燈關掉。不管怎樣，在他上衣裏有一包保險套，如果在關鍵時刻他打算謹愼地、悄悄地戴上一只，那麼黑暗是必不可少的。但是在緊緊擁抱之中，他似乎不可能站起來，走到開關那裏，撇開這一問題不談，這個行爲對他來說也顯得不太禮貌（我們不要忘記，他受過良好教育），他是在別人的房間裏，畢竟應由女主人來決定是開燈還是關燈。終於，他怯怯地問，「我們把燈關掉好嗎？」

女孩回答：「不，不，請不要。」雅羅米爾不明白這是什麼意思——是女孩拒絕進一步的親暱行爲呢，還是她僅僅不願在黑暗中作愛。當然，他完全可以問她，但他害怕用實際的語言把這樣的思想表達出來。

他再次想起他必須在十一點鐘回家，於是他強迫自己克服羞怯。一生中他第一次解開了女人的鈕扣。

這是她白色罩衫上的領扣，他不安地等待她的反應。她一聲不響。於是他繼續解開她的鈕扣，把她的罩衫從裙帶裏往外拉，終於設法把罩衫完全脫了下來。

現在她躺在枕頭上，穿著裙子和乳罩。奇怪的是，儘管剛才她還狂熱地吻雅羅米爾，此刻脫掉部分衣服，她卻顯得僵硬了。她一動不動，緊緊抱住胸部，就像一個被判處死刑的囚犯向行刑隊挑戰一樣。

雅羅米爾除了繼續給她脫衣服外別無選擇。他摸到她裙子邊上的拉鏈，把它拉開。這可憐的傢伙對裙子的掛鉤一無所知，有好幾分鐘他徒勞地想把裙子拉到女孩的臀部，女孩仍然抱住她的胸部，反抗著看不見的行刑隊，對他一點不予幫助，也許甚至沒有意識到他的困境。

噢，讓我們仁慈地略過雅羅米爾痛苦的十五分鐘或二十分鐘吧。他終於成功地把女孩的衣服全部脫下來了。當他看到她如此忠實地躺在枕頭上，等待著他們已經計畫了很久的那個時刻，他意識到自己是無法避免脫掉衣服的了。但是，那盞枝形吊燈明晃晃地照著，雅羅米爾不好意思脫掉衣服。他想到一個主意：他瞥見了起居室旁邊的臥室（一間舊式的有兩張大彈簧床的臥室）；那兒的燈是關著的：他可以在那兒，在黑暗中脫衣服，甚至可以用一床被子蓋住自己。

「我們到臥室裏去好嗎？」他辭不達意地建議。

「爲什麼？我們幹嘛需要臥室？」女孩大笑起來。

我們不知道她爲什麼發笑。她的笑聲毫無必要，突如其來，令人不安。不過，它傷害了雅羅米爾。

他擔心他說了什麼蠢話，他要去臥室的念頭暴露了他可笑的缺乏經驗。頓時，他感到垂頭喪氣，遭到摒棄，在枝形吊燈刺探燈光下的一個陌生的房間裏，同一個正在取笑他的陌生女人在一起。

那一瞬間，他意識到這個晚上他倆之間不可能有什麼了。他繃著臉坐在沙發上；他對發生的事感到悲傷，但同時又感到解脫。再沒有必要爲開燈還是關燈，或者脫衣服而痛苦萬分了。他很高興這不是他的錯。她不應該笑得那樣愚蠢了。

「怎麼啦？」她問。

「沒什麼。」雅羅米爾說。他知道，要是他說出情緒不好的原因，只會使自己顯得更可笑。因此他克制住自己，把她從沙發上扶起來，裝得若無其事地打量她（他想成爲情勢的主人，他覺得審視的人是被審視的人的主人）。最後他說：「你很漂亮，你知道。」

女孩一旦從她僵硬地躺著等待的沙發上坐起來，他便感到自己徹底解脫了。她又恢復到健談、自信的自我。她一點不在乎被打量（也許她覺得被審視的人是審視的人的主人），她問，「我穿著衣服好看，還是什麼也不穿好看？」

有一些典型的女人問題，每一個男人在他一生中都會遇到，這些問題應當作爲年輕男人受教育的一部分。但是，像我們其餘的人一樣，雅羅米爾進錯了學校，因此根本不知道怎麼回答。他極力猜測女孩想聽到什麼樣的回答，但是他已經搞糊塗了，一個女孩通常都是穿著衣服出現在人們面前，因此，說她穿著衣服漂亮，她一定會滿意的。另一方面，裸體可以看作是肉體的眞實狀態，從這個觀點看，對她說她的裸體更迷人，會使她更加高興。

「你穿衣服和不穿衣服都很漂亮。」他說，但女孩一點也不滿意他的含糊其詞。她在房間裏跳來跳去，在雅羅米爾面前擺弄姿態，催促他直截了當地回答。「我想知道，你更喜歡我哪種樣子。」

當這個問題以更加涉及個人的方式提出，回答就容易多了。如果別人只是以她穿著衣服時的樣子了解她，那麼在他看來，說她穿著衣服不怎麼迷人就太不得體了。但是，如果她現在問他自己的主觀看法，他便可以有把握地聲稱，就他個人而言，他更喜歡她的裸體，因爲這個回答意味著他喜歡她本來的樣子——他欣賞她眞實的、不加掩飾的自我，不需要人爲的漂亮服飾。

他的判斷顯然是對的，因爲當女孩聽到他的意見時，作出了十分讚許的反應。一直到他告別時她才重新穿上衣服，她吻了他許多次，當他要離開時（差一刻到十一點，瑪曼會滿意的），她在他耳邊悄聲說，「今天晚上我發現你的心是愛我的。你眞好，你眞正地爲我著想。是的，你是對的，這樣子更好。我們暫且保全它，這樣我們就有所期待。」

22

在那段時期，他開始寫一首長詩。這是一首敍事詩，敍述一個男人突然感到自己老了，發現自己被拋棄被遺忘。**在命運的最後一站：**

他們在粉刷他的牆壁，
搬出他的東西；
往日的模樣沒留下一點痕跡。

他從房子裏逃出來，被無情的時間緊緊追逐，奔回到他曾度過一生中最熱烈的時光的地方：

後樓梯，三樓，第二道後門，
門牌上褪色的名字模糊得不能辨認。
「二十年過去了，請讓我進去！」

一位老婦人開了門，從多年孤獨之後的漠然中驚醒。她咬了咬早已沒有血色的嘴唇；用一種遺忘了許久的姿勢試圖整理一下稀疏的未洗過的頭髮；窘迫地伸出手臂想擋住掛在牆上的那對舊情人的照片。接著她突然意識到，一切都很好，外表已無關緊要。

二十年了，你回來了，
我一生中最後一次
重要的會面……

是的，一切都很好。再沒有什麼要緊的了，皺紋，襤褸的衣衫，黃黃的牙齒，稀疏的頭髮，鬆垂的皮膚，沒有血色的嘴唇，都沒有關係。有比美麗或青春更美好的東西：

必然。
生命最後
和最仁慈的禮物。

於是他穿過房間，疲倦地在桌面上拖著他的手。

他柔軟的手套抹掉

從前戀人們的指跡。

他看出她曾認識許多男人，一大羣情人，他們

濫用了她皮膚的全部光彩。

一首久已忘卻的歌縈繞在他的心頭。上帝，那首歌是什麼樣的？

在沙床上漂著，漂著……

你在漂流，漂流，直到一無所剩，只有你的核，你自己心臟的核。

她意識到他也沒有什麼可給予他的了，沒有力氣，沒有青春。但是

這些疲勞的時刻
現在我感覺到了
這些對自然的純潔
平靜和必然過程的確證
我只遺贈給你……

他們深深地感動了，互相撫摸著對方佈滿皺紋的臉。他稱她「我的小女孩」，她稱他「我最親愛的小男孩」，然後他們哭了。

他們之間什麼也沒有
沒有交流的眼光或話語
來掩藏他的不幸——或她的不幸。

他們用焦乾的舌頭渴望得到的正是他們相互的不幸。他們貪婪地互相吮吸它。他們撫摸對方可憐的身軀，聽見死亡的引擎在對方的皮膚下面輕輕地轟鳴。他們知道他們完全屬於對方，永遠屬於對方，這是他們最後也是最偉大的愛情，因爲最後的愛情總是最偉大的。

男人想：

這個愛情沒有通向外面的門
這個愛情就像一堵牆……

女人想：

死亡也許還離得很遠
但它的陰影此刻已靠近我倆。
倒在椅子裏，工作已完成。
我們的脚找到了安寧
我們的手再不需要觸摸……

再也沒有什麼可做
只需等待嘴上的唾液
變成露水。

當瑪曼讀到這首古怪的作品時，她像往常一樣，對兒子不同凡響的成熟大為驚異——這種成熟使他能夠理解還遠離他自己的一個生命階段。她沒有看出，詩中的人物根本沒有表現出眞正的老年心理。當雅羅米爾最後把詩給女友看時，她也沒有理解它的眞正性質，她把它說成是戀屍癖。

不，這首詩與一個老頭或老太婆毫無關係。倘若我們問雅羅米爾，這兩個人物有多大，他會窘迫地訥訥說，他們大約在四十歲到八十歲之間。他所知道的老年就是這樣一個時刻，當一個人度過了他的成熟階段；當命運已經結束；當不再需要害怕恐怖、神祕的未來；當所有發生的愛情都成了必然和結局的時刻。

實際上，雅羅米爾憂心忡忡；他接近女人的裸體時就像踩在荊棘上一樣。他渴望一個軀體，但又害怕它。這就是爲什麼在他的情詩中，他從具體的軀體中逃進兒童遊樂的世界。他剝奪了現實的軀體，把女性的生殖器想像成一個發出嗡嗡聲的玩具。在這首詩裏，他逃向相反的方向：逃進老年，在那裏軀體不再危險和崇高，而是悲慘和可憐；一個衰老身軀的不幸多少使他與一個年輕女性身軀的傲慢重新和解，後者總有一天也會變得蒼老。

這首詩充滿自然主義的醜陋。雅羅米爾沒有忽略黃黃的牙齒，眼角的眵垢和鬆垂的肚皮。但在這些細節的嚴酷後面是一個深沉的願望，渴望把愛情限制在永恒不變的成分中，限制在可以取代母親擁抱的那部分愛中，這種愛不受時間的支配，這種愛代表了「一顆眞正的心」，能夠戰勝軀體的力量，戰勝展開在他面前，像猛獸猖獗的未知地帶一樣暗藏著危險的肉體。

他寫了許多詩，關於一個非眞實的天眞無邪的愛情，關於一個非眞實的死亡，關於一個非眞實的老年。在這三面淡藍色旗幟下，他緊張不安地朝著一個成年婦女眞實的身軀前進。

23

當她到達時（瑪曼和外婆已經到鄉下住幾天去了），儘管天色已黑。他一盞燈也沒打開。他們吃了晚飯，然後坐在雅羅米爾的房間裏。大約十點鐘（這是瑪曼通常打發他上床的時間），他說出了一句已練習了一整天，以便聽上去顯得很隨便平常的話：「我們去睡覺好嗎？」

她點了點頭，於是雅羅米爾把床鋪好。是的，一切都在按照計畫進行，沒有任何意外障礙。女孩在一個角落裏脫衣服，雅羅米爾在另一個角落裏脫衣服（顯得比女孩笨拙得多）。他很快地穿上睡衣（那包保險套早已仔細地放進了睡衣口袋），然後匆忙溜進被窩（他知道這種睡衣不合他的身，它太大了，因而使他顯得很小）。他瞧著女孩脫衣服（呵，在微弱的光裏，她看上去比上次還要美麗）。

她溜上床，偎依在他旁邊，開始狂熱地吻他。過了一會兒，雅羅米爾想到，該是打開小包的時候了。他把手伸進口袋，盡量想不讓她察覺地把小包掏出來。「你在找什麼？」女孩問，「沒什麼，」他回答，立即把那隻剛要抓住小包的手放在女孩的胸脯上。後來他決定，最好還是說聲對不起，離開一會兒，到浴室裏去，準備得更妥當。但是，當他正在這樣思考時（女孩不停地在吻他）。他注意到他最初在肉體裏感到的所有的明顯的激情正在消失。這使他陷入新的慌亂之中，因爲他意識到現在打開小包已經不再有什麼意義。於是他一邊極力熱情的愛撫女孩，一邊焦急地觀察著失去的興奮是不是再回來。它沒有回來，在他不安的觀察下，他的身軀像是被恐懼攫住了。如果有什麼的話，那就是它正在縮小，而不是在脹大。

這個愛的遊戲已不再給予他任何快樂；它僅僅是一道屏幕，在它後面他正在折磨自己，絕望地命令他的身軀服從。不斷地撫摸，愛撫，親吻，這是一個痛苦的掙扎，一個完全沉默的痛苦掙扎，雅羅米爾不知道該說什麼，他覺得任何話都只會引起對他的羞恥的注意。女孩也沉默不語，因爲她可能也開始感覺到，某種丟臉的事正在發生，不知道這過錯到底是他的還是她的。不管怎樣，某種她毫無準備，害怕說出來的事正在發生。

這場可怕的啞劇終於筋疲力竭了，他們倒在枕頭上，試圖入睡。很難說他們睡了多久，或者他們是否眞地睡著了，還是僅僅裝作睡著了，以便可以不看對方。

早晨他們起床時，雅羅米爾不敢看她；她看上去令人痛苦的美麗，由於他未能占有她而使她顯得越發美麗。他們走進廚房，做了早飯，極力想進行一場漫不經心的談話。

最後她說，「你不愛我。」

雅羅米爾開始向她保證，這不是事實，但是她打斷他：「不，沒有用，我不想聽你的辯解。事實勝於雄辯，昨天晚上一切都淸楚了。你並不很愛我。你自己也看出來了。」

雅羅米爾想讓她相信，他的失敗同他的愛情程度毫無關係，但接著他改變了主意。女孩的話給了他一個意想不到的掩飾他的丟臉的機會。忍受他不愛她的指責比接受他的身子出了毛病的看法容易一千倍。因此，他盯著地板，一言不發，當女孩重複這個譴責時，他故意用一種不確定的、無說服力的語調說：「別傻了，我的確愛你。」

「你在撒謊，」她說，「你愛的是另一個人。」

這樣甚至更好，雅羅米爾低下頭，悲哀地聳聳肩，彷彿在承認她的斷言是事實。

「如果它是虛假的東西，那它就毫無意義，」她憂鬱地說，「我對你說過，我不知道怎樣輕率地對待這類事。我不能容忍僅僅當別人替身的想法。」

雖然他剛度過的夜晚充滿了痛苦，雅羅米爾仍然有機會成功地重新度過一個晚上。所以他說，「不，你不公平。我的確愛你。我非常愛你。但有件事我應該告訴你。這是事實，我生活中還有一個女人。那個女人愛我，可是我卻做了件對不起她的事。這件事現在就像一個黑色幽靈壓迫著我。我無能為力。請理解我。你不再來看我是不公平的，因為我除了你誰也不愛。」

「我沒有說我不想再見到你。但是我不能忍受任何其他女人，哪怕是一個幽靈。請理解我！對我來說，愛情就是一切，它是絕對的。在愛情方面，我不知道有什麼折中的東西。」

雅羅米爾望著女孩戴眼鏡的臉，他一想到可能會失去她，心裏就作痛；她彷彿離他很近，彷彿能理解他。然而，他不能冒告訴她眞話的風險。他不得不裝成一個頭上有一個命定幽靈的人，一個撕成兩半、值得憐憫的人。

「你談到絕對的愛情，」他說，「但這不正是意味著首先要理解對方，愛他身上的一切——甚至他的幽靈嗎？」

這個論證很有力，女孩不再說什麼了。雅羅米爾覺得可能一切都還沒有失去。

24

他還沒有給她看他的詩歌。他一直在等待畫家兌現他的諾言，把他的詩發表在一些先鋒派雜誌上，這樣他就可以用鉛字帶來的榮譽使她眼花繚亂。但他現在急需他的詩歌來助他一把。他深信，只要女孩一讀到他的詩（尤其是寫那對老夫妻的詩），她就會理解，就會感動。他錯了。也許她覺得，她應該向她的年輕朋友提一點如實的批評建議。但不管怎樣，她那隨意而實際的評論卻摧毀了他。

他在她的熱情讚美中發現過他的不平凡的那面奇異的鏡子怎麼啦？在所有的鏡子中，他現在看到的只是他的不成熟在斜著眼做怪相，這是難以忍受的。就在那時，他想起了一位著名詩人的名字，這位詩人被歐洲先鋒派成員的光輝所照亮，參與了本地的一些古怪活動。雖然他不認識他，而且從來沒有見過他，雅羅米爾還是被一種盲目的信仰抓住了，就像頭腦簡單的信徒信仰他們教會裏的高級牧師一樣。他把他的詩寄給這位詩人，並附了一封謙卑、懇切的信。他幻想著他會得到一封友好、讚揚的回信，這個幻想就像一個安慰物降落在他和女孩的約會上，他們的約會正變得越來越少（她聲稱她正在考試期間，很少有時間），越來越不愉快。

他被拋回到了過去的一段時期（實際上並不太遙遠），同任何女人談話都似乎很難，需要事先準備好。現在，他每赴一次約會又要提前幾天做準備，有時整夜都在進行想像中的談話。在這些內心的對話中，「另一個女人」的形象（對她的存在，女孩曾表示過疑慮），顯現得更加神祕，也更加清晰。她用閱歷豐富的光輝鼓舞雅羅米爾，她激起了忌妒的興味，她解釋了他身軀沒有成功的原因。

不幸的是，她只出現在想像的對話中，當雅羅米爾和女孩一開始進行實際的談話，她就悄悄地迅速地消失了，女孩對這位假設的情敵已失去了興趣，出乎意料得就像他最初提到她時一樣。這使雅羅米爾侷促不安。她不理睬雅羅米爾所有的小暗示，排練好的口訣，企圖表示他沉浸在對另一個女人的回憶中的突然的沉默。

相反，她跟他大談大學裏的事（噢，都是非常愉快的事），她非常生動地描繪了好幾個同學，以致雅羅米爾覺得他們比他自己的人物還要眞實。他倆重新回到了初次見面時的處境：他又變成了一個羞怯的青年，她又變成了一個大談學問的**石女**。只是有時（雅羅米爾喜歡並渴望這樣的時刻）她會突然變得憂鬱起來，或者說出一些悲傷的、懷舊的話。雅羅米爾徒勞地想把它們同自己的話聯繫起來，因爲女孩的悲哀僅僅是對著她的內心發的，她一點也不想同雅羅米爾的感情交流。

她悲哀的原因是什麼呢？誰知道；也許她痛惜眼前正在消逝的愛情；也許她在想念另一個人。誰知道；一次，悲哀的時刻是那樣強烈（他們剛看完電影，沿著一條寧靜、漆黑的街道往回走），以致她把頭靠在他的肩上。

天哪！這樣的事過去曾發生過一次！當時他正與在舞蹈班認識的一個女孩在公園裏散步。那個頭的姿勢，曾經如此強烈地喚醒過他，現在又產生了同樣的效果：他興奮起來了！完完全全，千眞萬確的興奮！只是這次他並不感到羞恥——相反，恰恰相反！這一次，他非常希望女孩會注意到他的興奮！

但是，她的頭悲哀地擱在他的肩上，呆呆地透過眼鏡注視著遠處。

雅羅米爾被喚醒的狀態勝利地、驕傲地、明顯地持續著，他渴望它被察覺，被欣賞。他很想抓住女孩的手，把它放在她能感覺到他是男人的地方，但這僅僅是一個衝動，他明白這個念頭是瘋狂的，也無濟於事。接著他想到，如果他停下來，把她緊緊摟住，她的身子就會感覺到他那男性生殖力的蘇醒。

但是，當她從他放慢的腳步感覺到他想停下來擁抱她時，她說：「不，不，我們別……」她說得那樣悲傷，雅羅米爾一聲不響地順從了。他大腿之間的那個玩意兒——那個木偶，那個小丑——就像一個在折磨和嘲弄他的敵人。就這樣，雅羅米爾肩上擱著一個奇怪的悲哀的頭，大腿間夾著一個奇怪的嘲笑的小丑，繼續朝前走著。

25

也許他相信了這種看法，深切的悲哀和對安慰的渴求（那位著名詩人還沒有回信），證明異乎尋常的措施是正確的。總之，雅羅米爾決定對畫家來一次突然訪問。他一走進過道，就從嘈雜的聲音中知道，畫家正在接待許多客人，他想說聲對不起，然後離開。但畫家熱情地邀請他進入畫室，把他介紹給客人們——三個男人和兩個婦女。

雅羅米爾在五位陌生人的注視下感到臉頰發紅了，但同時他又感到很榮幸，因爲畫家在介紹他時，說他寫了一些很出色的詩，他的語氣表明這些客人已經聽說過他的事。這是一個令人愉快的感覺。當他坐在扶手椅裏四下打量畫室時，他滿意地注意到，在場的兩位女人都要比他那戴眼鏡的女友漂亮得多。她們架著腿時的那副自信的神態，她們彈煙灰時的那種優雅的舉止，她們把博學的術語同通俗的表達結合成奇異句子的那種漂亮的方式——雅羅米爾感到自己像是在帶著他陡直上升的電梯裏，一直到了燦爛的高處，遠離了他那石女令人痛苦的聲音。

其中一個女人轉向他，用溫和的聲音問他寫的什麼樣的詩。「就是……詩，」他窘迫地說，聳了聳肩。「出色的詩，」畫家插嘴說，雅羅米爾低下頭。另一個女人看著他，用一種女低音說：「他坐在那裏的樣子使我想起拉圖爾的那幅畫，韓波被魏爾倫⑪和他那幫人圍著。一個孩子在男人中間。韓波十八歲時看上去還像十三歲。而你，」她指著雅羅米爾，「看上去也像一個孩子。」

（我們不禁要指出，這女人用一種殘酷的溫柔俯向雅羅米爾，就像韓波的老師伊澤蒙巴德的姊妹們——那些著名的捉虱女人——俯向這位法國詩人，當他長時間地漫遊之後便去她們那裏尋求避難，她們給他洗澡，去掉他身上的污垢，除去他身上的虱子。）

「我們的朋友有這個好運——相當短暫的好運——不再是一個孩子，但還沒有成為一個男人。」畫

⑪魏爾倫（一八四四～一八九六），法國象徵主義詩人，韓波的好友。

家說。

「青春期是最有詩意的年齡。」第一個女人說。

「你會吃驚的，」畫家帶著微笑反駁，「看到這個尚未成熟，純潔無瑕的小伙子寫出這樣非常完美和成熟的詩歌。」

「的確。」其中一個男人點點頭，表示他熟悉雅羅米爾的詩，贊同畫家的誇獎。

「你打算發表它們嗎？」那位有著低音嗓子的女人問。

「在這個正面英雄和斯大林逮捕的時代，是不太利於這樣的東西的。」畫家回答。

這句關於正面英雄的話把談話重新轉到雅羅米爾來之前一直在進行的話題。雅羅米爾熟悉這一話題，可以毫不費力地加入到談話中，但他根本沒有聽他們在講什麼；他看上去像十三歲，他是一個孩子，一個童男。這些話不斷地在他頭腦裏回響。當然，他知道，沒有人想羞辱他，畫家尤其是眞誠地喜歡他的詩——但這只能使事情變得更糟；在這種時候，他還關心什麼詩歌？如果能給予他自身的成熟，他願意一千次地犧牲他那些成熟的詩節。他願意用他所有的詩來換取同一個女人的一夜。

辯論變得激烈起來。雅羅米爾本想離開，但他是那樣沮喪，以至於覺得很難想出適合的話來道別。他怕聽見自己的聲音；他怕它會顫抖或發嘶，再次暴露他的不成熟和十三歲。他很想變得看不見，踮著腳走開，到一個很遠的地方，他可以在那裏入睡，等十年以後，他的臉已變得成熟，有了男子漢的皺褶再醒過來。

那個有女低音嗓子的女人再次轉向他：「我的上帝，孩子，你幹嘛那樣安靜？」他咕噥著說，他寧願聽別人談話而不願自己說話（儘管他根本沒有在聽）。他覺得他最近與女友的經歷對他宣布的判決是無法逃避的，這個他帶在身上像恥辱標記一樣的童貞（大家想必都看見了，他從來沒占有過一個女人）判決又一次得到了證實。

由於他發現自己再次成爲注意的對象，他開始痛苦地意識到他的面孔，恐懼感漸漸上湧，他感到他的面部表情正是他母親的微笑！他淸楚地認出了它，那種病弱，辛酸的微笑；他感覺到它緊緊粘在他的嘴唇上。無法擺脫它。他感覺到他的母親附在他的頭上，她圍著他吐絲就像一個裹住幼蟲的蠶繭，剝奪了他自己的本來面目。

他正坐在一羣成年人中間，被媽媽的面容所掩蓋，被媽媽的手臂從一個他所追求的世界中拉出來，這個世界使他感覺到——漸漸地但又明確地——他那可恨的幼稚。這個感覺是那樣痛苦，雅羅米爾拚命想甩掉母親的面孔，掙脫出來。他極力想加入討論。

他們正在爭論當時所有藝術家都在激烈辯論的問題。捷克現代藝術一直聲稱忠實於共產主義革命；但當革命到來時，它卻宣布自己完全遵從一個通俗易懂的現實主義綱領，現代藝術被作爲資產階級頹廢的畸形產物遭到唾棄。「這就是我們的困境，」其中一個客人說，「我們應該背棄和我們一起成長的藝術，還是應該背棄我們所讚揚的革命?」

「這問題提得很不好,」畫家說,「想挖掘僵死的學院派藝術,在裝配線上製造政治家們逮捕的革命,不僅背叛了現代藝術,而且背叛了革命本身。這樣的革命並不想改變世界。恰恰相反,是想保留歷史上最反動的精神——偏執、懲戒、教條、正統和因襲的精神。沒有什麼困境。作爲眞正的革命者,我們不能贊同這種對革命的背叛。」

雅羅米爾可以很容易地闡述畫家的觀點,他完全熟悉它的邏輯,但是他討厭扮演老師寵兒的角色,一個渴望博取贊同的男孩的角色。他充滿了反抗的渴望。他轉問畫家,說:

「你喜歡引用韓波的格言:絕對的現代是必要的。我完全贊成。但是,絕對的現代並不是半個世紀以來我們所見到的東西,而是使我們震驚和詫異的某種東西。超現實主義根本不是絕對的現代——它已經出現了大約二十五年。不,現代事件是正在進行的革命。你未能理解它,這正證明了它才是眞正的新生事物。」

他們打斷他的話,「現代藝術是一場反對資產階級和資產階級世界的運動。」

「不錯,」雅羅米爾說,「但是,如果現代藝術果眞堅持反對當代世界,它就會迎來它自身的毀滅。現代藝術必須預料到,這場革命會創造出它自己的文化——事實上,現代藝術本來也想要這樣做的。」

「我是這樣理解你的,」有著女低音嗓子的女人說,「波特萊爾的詩登在二流的報紙上,所有的現代派文學遭到禁止，國家美術館裏立體派的畫被運到地窖裏，對此你並不感到不安？」

「革命就是暴力，」雅羅米爾反駁道，「這是衆所周知的事實。高於所有其他運動的超現實主義意識到，舊的小丑必須被無情地踢下舞台，但它沒有感覺到，它自身也已變得陳舊，無用了。」

雅羅米爾的羞辱和氣憤使他用凶狠的語氣表達自己的觀點，或者他自己是這樣認為的。但是他剛從嘴裏發出頭幾個字，有樣東西就使他感到困惑：他在自己的聲音裏又聽見了畫家那特有的、權威的語調，他無法阻止他的右臂像畫家特有的在空中打手勢的姿態。實際上，這是畫家與自己，成年的畫家與兒時的畫家，畫家與他反叛的影子之間的一場奇異的辯論。雅羅米爾意識到這一點，感到受了更大的恥辱；於是，他說話愈來愈尖刻。以便為使他成為一個俘虜的手勢和聲調，向他的私人教師報仇。

畫家兩次用冗長的答辯來回擊雅羅米爾的爆發，但第三次他僅僅用嚴厲冷峻的眼光來回答。雅羅米爾明白，他再也不會成為畫家畫室裏的客人了。那個有女低音嗓子的女人終於打破了痛苦的沉默（但現在她說話的口氣不再有伊澤蒙巴德的姊妹們俯在韓波長滿虱子的頭上的那種感情，而是悲哀和失望）：「我沒讀過你的詩，但從我所聽到的來看，你的詩不可能得到這個政權，一個你如此激烈捍衛的政權的讚賞。」

雅羅米爾想起了他最近的那首詩，兩個老人和他們的最後的愛情。他開始明白了，這首他特別喜愛的詩，永遠也不會在歡樂頌和宣傳八股詩盛行的時代得到發表。現在拋棄它，就等於犧牲了他最珍貴的財產，他唯一的財富。

然而，還有比他的詩更珍貴的東西，這個東西他從來沒有占有過，他一心一意想得到它：他的成年。他知道，只有通過勇敢的行爲才能贏得它；如果這種勇敢意味著他將孑然一身，他將拋棄他的女友，他的畫家朋友，甚至他的詩歌——那好吧；他決心大起膽子。他說：

「是的，我知道我的詩對這場革命毫無用處。我很難過，因爲我喜愛它們。但不幸的是，我的感情卻不能說明它們是有用的。」

又是一陣沉默，接著，一個男人說：「太可怕了。」他眞的發起抖來，彷彿寒氣徹骨。雅羅米爾感到他的話引起了在場的人的恐怖，他們全都望著他，彷彿他象徵著毀滅他們所熱愛的一切，毀滅使生命有價值的一切的東西。

這是悲哀的，但也是美好的；這一時刻，雅羅米爾感到自己不僅僅是一個孩子。

26

瑪曼讀了雅羅米爾悄悄放在她桌上的詩歌，她試圖通過這些詩洞悉兒子的生活。但是，呵，這些詩表達得毫不淸晰毫不直率！它的眞實性是靠不住的，充滿了謎語和暗示；瑪曼猜測，兒子的頭腦裏全是女人，但是她無法知道他同她們的關係究竟怎麼樣。

一天，她打開他寫字台的抽屜，四處搜查，終於找到了他的日記。她跪在地板上，激動地把它翻了一遍。記載大抵都很簡潔，隱晦，但對她來說已很清楚，兒子正在戀愛。他只用一個大寫字母稱呼他的戀人，因此瑪曼無法辨出她是誰。另一方面，他又帶著一種激情描寫了某些事件的細節，以致瑪曼覺得厭惡：他們初次接吻的日期，他們圍著公園走了多少圈，他第一次摸她乳房的日期，他第一次摸她屁股的日期。

接著，瑪曼翻到一個用紅字記下並用許多感嘆號裝飾起來的日期。日期下面的記載是：明天！明天！啊，雅羅米爾，你這個老傢伙，你這個禿頭的老保守，從現在起許多年後當你讀到這裏時，記住在這一天開始了你生活中眞正的歷史！

瑪曼急躁地在記憶中搜尋與這一天有聯繫的任何值得注意的事情，她終於回憶起，這正是她與外婆到鄉下旅行的那一個星期。她還想起，當她回來時，發現放在浴室架上她最好的一瓶香水被打開了。她曾問過雅羅米爾，他十分窘迫地說：「我只是弄著玩玩。」她當時是多麼愚蠢！她回憶起雅羅米爾還是一個小孩時就想當一個香水發明家，她感動了。於是她只是輕輕地責備他：「你已過了玩這類東西的年齡了！」但現在一切都非常清楚了：那瓶香水是那夜同雅羅米爾睡覺的一個女人用的，就在那個夜裏，他失去了童貞。

她想像著他的裸體；她想像著躺在旁邊的那個女人的裸體，那個女人的軀體灑過她的香水，因而散發出像她一樣的氣味。一陣噁心的感覺掠過全身。她再次瞥了一眼那本日記，看到那些記載在標有感嘆號的那個日子中斷了。多麼有代表性——對一個男人來說，一旦他同一個女人睡過覺，一切就結束了，她厭惡地想，兒子似乎令她作嘔。

有好幾天她故意迴避他。後來她注意到他的臉色疲倦，蒼白；她確信這是由於過度的作愛造成的。又過了幾天她才開始注意到，雅羅米爾的臉色不僅顯得疲勞，而且還顯得悲傷。這一發現把她拉向他身邊，給了她希望：她對自己說，女孩們造成了創傷，但由母親們來安慰；她對自己說，有許多女孩，但只有一個母親。我必須爲他戰鬥，我必須爲他戰鬥，她低聲地重複道，從那時起，她開始像一隻高度警惕的、慈愛的母老虎守護在他身邊。

27

他通過了畢業考試，帶著懷舊的心情告別了同窗八年的同學們。官方確定的成熟彷彿像一片沙漠呈現在他前面。一天，他發現（完全是偶然的，從他在那個黑頭髮男人公寓的集會上認識的一個人那裏）那個石女愛上了他的一個同事。

他與女孩約會了一次；她告訴他，她過幾天就要動身去度假；他記下了她的地址。對他所聽見的事一字不提，因爲他怕用話明說出來；他擔心這只會加速他們的破裂；他很高興她還沒有完全拒絕他，儘管她已有了別人，她還是讓他不時地吻吻她，至少她還繼續把他看作是一位朋友；他不顧一切地纏住她，願意拋棄所有的自尊；她是包圍著他的那片孤寂沙漠裏的唯一的活人；他一心希望他們那即將完結的愛也許還會重新燃起。

女孩離開了這座城市，雅羅米爾卻面對著一個灼熱的夏天，這個夏天就像一條長長的、令人窒息的隧道伸展在他前面。一封寫給女孩的信（悲哀的，懇求的信）漂進了這條隧道，毫無痕跡地消失了。雅羅米爾想起了掛在他房間牆壁上的電話筒。啊，這個超現實主義藝術的物體如今具有了眞正的意義：一個沒有連接的話筒，一封沒有回音的信，一次沒有人聽的談話……

整個夏天，女人們穿著涼爽的衣裙在人行道上漂浮，流行歌曲從開著的窗戶湧到熱烘烘的大街，有軌電車擠滿了帶著毛巾和游泳衣的人們，游船翻著波浪駛向莫爾道河，駛向南邊，駛向羣山和森林……

雅羅米爾被拋棄了，只有他母親的眼睛跟隨著他，對他一直守信。但這也很痛苦——一雙眼睛不斷地刺探他的孤獨，剝去他的遮蔽物。他受不了母親的眼光，也受不了她的問話。他不斷的逃離家，夜裏很晚才回來，然後立即上床睡覺。

我們已經提到過，雅羅米爾不是爲手淫而生，而是爲偉大的愛情而生。然而，在這些日子裏，他瘋狂絕望地自瀆，彷彿他想用這種卑劣可恥的行爲來懲罰自己。自瀆的夜晚後接著是腦袋抽痛的白晝，但雅羅米爾卻差不多感到輕鬆了，因爲頭疼使他不去想到穿著夏天衣裙的女人的美，減輕了街道上歌聲的色情誘惑。他那昏昏沉沉，沒有感覺的狀態幫助他度過了漫長的白晝。

沒有收到女孩的回信。要是至少有一封別人的信該多好啊，要是有什麼東西能衝破空虛該多好啊！要是雅羅米爾曾把自己的詩寄給他的那位著名詩人至少給他寫幾行字該多好啊！只要幾句讚揚的話（是的，我們的確說過，雅羅米爾願意用他所有的詩去換取他是一個成熟男人的自信。但是，讓我們作進一步闡述：如果人們不把他看作是一個男人，那麼只有一件事能給他一點安慰——至少應把他看作是一個詩人）。

他再次希望同那位著名詩人取得聯繫。不是靠一封普通信的方式，而是用殘暴的詩意的方式。一天，他帶著一把鋒利的刀離開了家。他在一個公用電話間前面來回踱了很久，當他確信沒有人在看他時，他走進電話間，割下了聽筒，以後每天，他都要設法盜走一個，直到搞到了二十個聽筒（在這段時間，女孩和詩人都沒有音信）。他把這些聽筒放進一個箱子，把它包紮起來，在上面寫上那位著名詩人的姓名地址，在角上寫上他自己的名字。他激動萬分地帶著包裹到郵局去。

當他從郵局返回來時，有人在他肩膀上拍了一下。他回過頭去。原來是他在學校的老朋友，看門人的兒子。雅羅米爾見到他很高興（在他那單調乏味的沙漠上，任何事件都是受歡迎的）；他懷著感激的心情交談，當他了解到這位老同學就住在附近時，他便設法讓他邀請自己去順便訪問一下。

看門人的兒子不再與父母一起住在學校的樓舍裏，而是有他自己的一間公寓房子。「我妻子現在不在家，」當他們走進過道時，他對雅羅米爾解釋。聽到老朋友已經結婚，雅羅米爾表現得很驚異。「噢，眞的，我已結婚一年多了。」他用一種自負、得意的口吻說。雅羅米爾感到一陣強烈的忌妒。

他們坐了下來，雅羅米爾看見房間的那一頭有一張兒童床，床上有一個嬰兒。他意識到老朋友已經是一家之父，而他還是一個手淫者。

他的朋友從櫥櫃裏取出一瓶威士忌，滿滿地倒了兩杯。雅羅米爾突然想到，在他自己的房間裏根本沒有這種提神的食物，因爲母親會對此皺眉頭的。

「這些日子你在幹什麼？」雅羅米爾問。

「我跟警察在一起。」看門人的兒子說，於是雅羅米爾想起他生病在家的那一天，聆聽著收音機裏傳來的人羣激動的喧聲。警察是共產黨最有力的手臂，他的老朋友當時也許就與革命羣衆在一起，而他——雅羅米爾——卻和外婆在家裏。

是的，原來那些日子他的朋友的確一直都在大街上執行重要任務。他謹愼但又自豪地談到這件事。雅羅米爾感到有必要使他朋友明白，他們具有共同的政治信念。他對他講了在黑頭髮男人公寓裏的集會。

「那個猶太人？」看門人的兒子毫無熱情地說，「如果我是你，我就會保持警惕！那是個眞正的怪人！」

看門人的兒子不斷使他困惑不解，他似乎總是走在前面一步，雅羅米爾急欲找到共同之處。他用悲傷的口氣說，「我不知道你是否聽說過，我的爸爸死在一個集中營了。這件事的確使我震動，現在我明白了，這個世界必須改變，徹底地改變。我知道我的位置在哪裏。」

看門人的兒子終於點頭表示同意；他們談了很久，當討論到他們的未來時，雅羅米爾忽然宣稱，「我想要從政。」他對自己的話感到驚異；它們像是不假思索就衝出來了，像是武斷地就決定了雅羅米爾的全部生活道路。「自然，」他繼續說，「我母親想讓我學美學，或法語，或天知道的什麼東西，但是我不可能喜歡這些。這些東西同生活毫無關係。眞正的生活——是你所投入的那種！」

當他準備離開朋友的房間時，他感到這一天充滿了決定性的頓悟。就在幾小時前，他才寄走了一個裝有二十個電話筒的包裹，認為這是一個大膽的、奇特的行爲，是對一個著名藝術家的挑戰，是一個徒勞而無結果的等待的象徵信息，是對詩人聲音的懇求。

但是，緊接著與老同學的談話（他斷定這個時間的選擇決不僅僅是偶然）給他富有詩意的行爲賦予了相反的意義。它不是一個禮物，也不是一個懇切的請求；不，他驕傲地把他對回信的一切徒勞等待歸還給了詩人。那些被割斷的聽筒是他忠誠的被毀壞的頭，雅羅米爾嘲弄地把它們送回去，就像一個土耳其蘇丹把十字軍俘虜的頭送還給基督徒指揮官。

終於一切都清楚了。他整個一生都是在一個被遺棄的電話間裏的一段等待，傾聽著一個失靈的聽筒。只有一個解救辦法：盡快地走出這個被遺棄的電話間！

28

「雅羅米爾，你怎麼啦？」這個熟悉親切的問話使他滲出了眼淚；他無地自容，瑪曼繼續說，「沒關係，我了解你。你是我的孩子！我了解你的一切，儘管你不再信任我。」

雅羅米爾羞愧地望著別處。她繼續說，「不要把我看成是你的母親，把我看成是一位比你年齡大的朋友。如果你告訴我什麼使你煩惱，也許你會感到好得多。我看得出什麼事在使你煩惱。」她輕輕地補充說，「我知道，它同某個女孩有關。」

「是的，媽媽，我感到悲傷，」他承認，因爲這個相互理解的親切、淚濕的氣氛包圍著他，無路可走。「但是，我不願意談起它……」

「我明白。我並不要你此刻把一切都告訴我。我只是要你在願意的時候對我暢所欲言。瞧，今天天氣眞好。我和幾位朋友約好了去划船。同我們一道去，跟我們作伴！出去玩一玩對你會有很大好處！」

雅羅米爾不想去，但又想不出任何藉口。此外，他還感到非常疲倦、沮喪，沒有足夠的精力拒絕。

因此他還不知道是怎麼回事，就發現自己與四位女士在一般遊船的甲板上了。

這幾個女士的年齡全都與瑪曼相仿，雅羅米爾爲她們提供了一個豐富的話題；她們對他已經讀完中學表示驚異；她們宣稱他長得像他母親；當聽到他決定學習政治學時她們全都搖頭（她們同意瑪曼的看法，對一位這樣敏感的年輕人來說，這不是適合的職業），當然，她們也戲謔地問他，他是不是已經找到了女朋友。雅羅米爾漸漸對她們產生了暗暗的憎厭，但他看到瑪曼玩得很愉快，看在她的面上，他一直保持著禮貌的微笑。

船在一個碼頭旁邊停靠了下來，這幾個女人和她們的年輕陪同上到一處擠滿了半裸體人們的岸上，尋找一個可以日光浴的地點。她們中只有兩個人帶了游泳衣；第三個女人把衣服脫得只剩下粉紅色的襯褲和乳罩，露出白生生的身子（一點也不害臊地炫耀她的內衣——也許她覺得被她的矮胖純潔地掩蓋了）。瑪曼聲稱她只想把她的臉曬黑，她瞇著眼，把頭斜朝著天空。四個女人都一致認爲，她們的年輕小伙子現在該脫掉衣服，曬太陽，去游泳。瑪曼甚至記住把雅羅米爾的游泳褲也帶來了。

流行音樂的歌聲從附近一家餐館飄來，使雅羅米爾感到渾身不安；曬黑的男孩們和女孩們只穿著游泳衣，快步打身邊走過，雅羅米爾覺得他們好像都在盯他；他們的目光像一團火焰燒著他的周身；他拚命想不讓人們知道，他與四個中年婦女是一夥的。但是，這幾個女人卻急欲認領他，表現得就像一個有四顆嘮叨腦袋的大母親。她們堅持要他去游泳。

「但是，沒有換衣服的地方。」他反對道。

「沒人會看你，傻瓜。只要用毛巾把你裹起來就行了。」那個穿粉紅色內褲的胖女人哄他。

「他害臊。」瑪曼笑道，其他女人也笑起來。

「我們得尊重他的感情，」瑪曼說，「來吧，你可以在這後面換衣服，沒人會看見你。」她展開一條白色的大毛巾，它可以擋住其他游泳者的好奇，不讓他們看見雅羅米爾。

他往後退，瑪曼跟著他。他不斷往後退，她繼續展著毛巾追趕他，以致她看上去像一隻展開白翅膀的大鳥潛步追蹤它的食物。

雅羅米爾繼續往後退，接著他突然轉過身來，拔腿就跑。

那幾個女人吃驚地瞧著。當雅羅米爾繞過那些赤裸的年輕軀體，漸漸從視野中消失時，瑪曼仍然伸展著手臂，舉著那條白色的大浴巾。

第四章 詩人在逃跑

1

在每個詩人的生活中都會有這樣的時刻，他掙脫了他的母親，開始逃跑。

不久前，他還在順從地朝前走，他的姊姊伊莎貝爾和維塔莉走在前面，他和弟弟弗雷德里克排在後面，他的母親像一個軍事指揮官走在最後。年復一年，她就是這樣使她的孩子們在沙勒維爾❶的大街上列隊行進。

當他十六歲時，他第一次掙脫了她的控制。警察在巴黎抓住了他。他的老師伊澤蒙巴德和伊澤蒙巴德的姊妹們（是的，就是在他頭髮裏捉虱子的那幾個女人）收容了他幾個星期。然後他的母親來領他回去，打了他一耳光，接著在他們冷冷地擁抱中，她的雙臂再次摟住他。

但阿瑟·韓波繼續逃走，一次又一次，一個頸圈牢牢地拴住他的脖子，一邊逃跑一邊寫詩。

---

❶法國阿登省城市，韓波的家鄉。

2

這一年是一八七〇年，普法戰爭的砲聲在沙勒維爾迴響。這樣的形勢特別有利於逃跑；抒情詩人們懷舊似地被戰鬥的槍聲吸引住了。

他那有著畸形大腿的矮小身軀穿上了輕騎兵的服裝。十八歲的萊蒙托夫成了一個士兵，逃離了他的祖母和她那令人厭煩的愛。他用揭示人們靈魂的筆來交換打開世界之門的手槍。因爲如果我們把一顆子彈送進另一個人的胸膛，就好像我們自己進入了這個胸膛，而另一個人的心臟——就是世界。

自從他從母親的懷裏掙脫出來後，雅羅米爾就一直在跑，他的逃跑後面同樣跟著戰鬥的迴響。它不是隆隆的槍砲聲，而是政治大動盪的吼聲。在這樣的時代，一個士兵僅僅是裝飾品，眞正的戰鬥在別處。雅羅米爾一直在勤奮地參加政治學系的學習。他已經停止了寫詩。

3

革命和青年緊緊地聯合在一起。一場革命能給成年人什麼允諾呢？對一些人來說，它帶來恥辱，對另一些人來說，它帶來好處。但即使這一好處也是有問題的，因為它僅僅對生活中糟糕的那一半有影響，除了它的有利外，它也需要變化無常，令人筋疲力盡的活動，以及固定習慣的大變動。

青年的境況要好得多：他們沒有罪惡的負擔，革命可以接受所有的年輕人。革命時期的變化無常對青年來說是有利的，因為受到挑戰的正是父輩的世界。剛剛進入成熟的年齡，成人世界的壁壘就嘩嘩啦啦傾塌了，這是多麼令人激動啊！

一九四八年後的最初的一段時期，在捷克大學裏，共產黨員教員只占少數。因此，如果革命要保證它對學術界的影響，就不得不把權力交給學生。雅羅米爾積極參加了青年委員會的活動，在大學考試期間，他擔任了這個組織的監考人員。他向政治委員會提交有關教授們考試方法和他們政治觀點的報告，結果受到考查的實際上是教授而不是學生。

4

但是，當雅羅米爾向委員會匯報時，他同樣受到了嚴厲的考查。他不得不回答那些嚴肅熱情的年輕黨員提出的問題，他希望找到能使他們滿意的言詞：當年輕人的教育處在利害攸關的時候，妥協就是犯罪。具有陳腐觀點的教師是過時的，未來將完全是嶄新的，否則就根本不是未來。那些一夜間就改變了觀點的教師是不可信任的﹔未來將是純潔的，否則它將是可恥的。

如果雅羅米爾已成了一名可以影響成年人命運的熱情的工作人員，我們還能堅持說他在逃跑嗎？他不是彷彿已經跑到終點了嗎？

一點也不。

當他只有六歲時，他的母親就已經把他放在比他同學小一歲的位置上了。他現在還是小一歲。當他正在匯報一個教授的資產階級態度時，他的心思並沒有在這個題目上面。確切地說，他急切地在審視那些正在聽他講話的年輕人的眼光，觀看他自己的形象。正如他從浴室的鏡子裏審查他的微笑和頭髮一樣，他從聽者的眼光中檢查他的話是否堅定有力，是否具有男子氣概。

他總是被一堵鏡子的牆圍住，看不到那一邊。

成熟是不可分割的﹔它要嘛是完整的，要嘛就根本不存在。在生活的任何領域，只要雅羅米爾仍舊是一個孩子，他對考試的監考和對教授情況的匯報將仍然是一種逃跑的方式而已。

5

他繼續在逃跑，可是他不能甩脫她。他同她一道用早餐和晚餐，對她道晚安和早安。每天早晨，她都要給他一個購物袋。瑪曼不在乎這個平凡的家庭象徵物很不適合這位教授思想的監督者，她派他每天去市場購買東西。

瞧：他走了，沿著我們在前一章開頭看到他行走的那同一條街道，當時他看見一個迷人的女人朝他走來，他的臉就紅了。幾年過去了，雅羅米爾仍然愛臉紅，母親打發他去的那個商店有一位穿白色衣服的女孩，他害怕遇到她的眼光。

他非常喜歡這個女孩，這個可憐的女孩必須每天在籠子般的出納員小間裏坐八小時。她那溫柔的面容，她那緩慢的動作，她的監禁——這一切對他來說都是那樣神祕和熟悉，恰如其分，預先注定。實際上，他明白他爲什麼會有這種感覺：這個女孩長得像那個未婚夫被德國人槍殺了的女用人瑪格達。瑪格達——「鬱鬱動人的臉」。而這個出納員的小間就像他看見她洗澡的那個浴缸。

6

他彎身坐在寫字台前，擔心著他的期末考試。現在他害怕大學裏的考試就像當初在中學裏一樣，因爲他已經習慣於把優秀的成績單給母親看，他不願讓她失望。

戶外的空氣中充滿了革命歌曲的回聲，手拿錘子的巨大身影浮現在窗外，在這樣的時刻，他的小房間裏顯得令人難以忍受的狹窄和悶熱。

偉大的俄國式革命已經過去了五年，而他卻被判處眼盯著一個課本，因考試而怕得發抖。這是什麼命運！

最後他把課本推到一邊（已經夜深了），沉思著他那寫了一半的詩。他正在寫一個叫簡的無產者，他想靠使夢實現來扼殺他那美好生活的夢。他一隻手拿著錘子，另一隻手挽著他的戀人，由大批同志簇擁著，大踏步走進革命。

那個膽怯的法律學生（是的，當然，這是伊希・沃爾克）看見桌上覆蓋著鮮血，許多鮮血，因爲：

一個被扼殺之夢的
傷口是恐怖的。

但是，他不害怕；他知道，一個眞正的男人決不會害怕鮮血。

商店六點打烊，他在對面的拐角覷視。他知道那位女出納員總是在六點過幾分離開，不過他也知道，她總是由同一個商店的一位年輕的女售貨員陪伴。

出納員的這個朋友一點也不漂亮；事實上，雅羅米爾還認爲她幾乎很醜。這兩個女孩截然相反：出納員是黑髮，另一個卻是紅髮；出納員體態豐滿，另一個卻瘦骨伶仃；出納員少言寡語，另一個卻喋喋不休；出納員令人感到神祕的熟悉，另一個卻使人反感。

他監視了好幾次，希望有一個晚上這兩個女孩會分別離開，這樣他就可以對那位黑髮女孩說話。但是，這種情形從來沒發生。一次，他跟蹤她們；她們穿過了幾條街，走進了一幢公寓房子；他在這幢房前來回踱了大約一小時，然而，她們倆沒有一個出來。

7

8

沃爾克太太從家鄉來看望他，聽著他向她朗誦詩歌。她感到心滿意足：兒子仍然是屬於她的。不管是別的女人還是這個瘋狂的世界都沒能把他從她身邊奪走。相反，倒是女人和世界被圈在這個有魔力的詩歌中心，她自己招來圍著她兒子的一個圈子，她祕密地君臨其上的一個領域。

他正在朗誦一首他寫的懷念她母親，即他親愛的外祖母的詩：

我將奔赴戰場我親愛的外婆
爲了這個光輝世界的榮耀……

沃爾克太太的內心處在安寧之中。讓她的兒子奔赴戰場，讓他一隻手拿著錘子，一隻手挽著戀人吧。這沒有什麼損害。畢竟，他的這個世界包括她，外婆，家庭廚房，以及她反覆給他灌輸的一切美德。讓這個世界看見他手裏拿著錘子吧。她非常清楚，在世界面前遊行與進入世界是完全不同的事。

這名詩人也意識到了這個區別。只有他知道在詩歌的房子裏當一名囚犯是多麼抑鬱。

9

只有眞正的詩人才知道他多麼渴望不當一名詩人，渴望離開籠罩著令人耳聾的沉默、裝滿鏡子的房子。

一個夢的領域的逃亡者
我將在人羣中找到我的安寧
把我的歌變成詛咒。

但是當弗朗季謝克・哈拉斯❷寫下這些詩句時，他並沒有同街道上的人羣在一起；他正在裏面工作的那個房間是安靜的。

事實上，他根本不是一個夢的領域的逃亡者。相反，那些他正在描寫的人羣倒是他那夢的領域。他也沒能把他的歌變成詛咒，確切地說，他的詛咒卻在不斷地變成歌。

難道就沒有逃離這所裝滿鏡子的房子的路嗎？

❷弗朗季謝克・哈拉斯（一九〇一～一九四九），捷克當代詩人。

10

然而我
克制自己
把我的脚後跟
踩在我自己的
歌喉上

維爾迪米爾・馬雅可夫斯基寫道。雅羅米爾懂得他。詩的語言如今在他看來就像母親內衣櫃裏的精細織品。他好幾個月沒有寫詩了，他一點兒不想寫。他在逃跑。母親要他去市場買東西他就去，但他一直鎖上他的寫字台抽屜。他已經把現代畫的複製品從他的房間的牆上取下來了。

他又貼上了什麼呢？卡爾・馬克思的像片？

不。他貼上了他父親的像片。這是一張一九三八年的照片，正是不幸的大動員時期，他父親穿著一件軍官制服。

雅羅米爾喜愛這張照片，他對這個男人幾乎不了解，而且這個男人正在從他的記憶中消逝。他懷念這個足球隊員、士兵、囚犯。他非常懷念這個男人。

11

哲學講堂裏擠得水泄不通。幾個詩人坐在講台上。一位滿頭濃髮的青年，穿著青年協會成員那些日子正流行的藍色襯衫，正在講話：

「詩歌在革命時期起到的重要作用是任何時期都無法比擬的；詩歌充當了革命的代言人，反過來革命又把詩歌從孤獨中解放了出來；詩人現在知道，人們，尤其是青年人正在傾聽他；對青年人來說，詩歌和革命完全是一回事。」

然後第一個詩人站起來，朗誦了一首詩，描寫一個女孩和她的戀人斷絕了關係，因爲這個在她旁邊車床工作的年輕人很懶惰，沒有完成他的生產定額。年輕人不願失去他的女孩，於是開始滿腔熱情地工作，很快社會主義勞動英雄的紅星就釘在了他的車床上。其餘的詩人接踵發言，朗誦詩歌，歌頌和平、列寧、斯大林、反法西斯鬥爭中的烈士，以及超額完成任務的工人。

12

青年人對青春所有的巨大力量一無所知。但是，現在這個站起來朗誦的白髮如銀的詩人卻知道它。他用悅耳的嗓音宣稱，那些與年輕的社會步伐一致的人是年輕的，這個年輕的社會就是社會主義；那些與未來一道前進的人是年輕的，他決不朝後看。

按照這位白髮如銀的詩人的觀點，青春不是人生一個特定時期的名稱，而是超越任何具體年齡的一種價值。這個思想用恰當的詩表達出來，成功地達到了一個雙重目的：既恭維了年輕的聽衆，又神奇抹掉了詩人的皺紋，使他成了一個與青年男女同等的人（因爲他淸楚地表明，他是與未來手挽手前進的一個先鋒）。

雅羅米爾坐在聽衆中，很有興趣地望著這些詩人，儘管他覺得自己像是另一個岸上的人，也就是說，他不再屬於他們中的一個。他冷漠超然地聽著他們的作品，就像他準備向委員會作彙報時冷漠超然地聽教授們的言詞一樣。雅羅米爾特別注意此刻正從椅子上站起來的那個著名詩人（對那個白髮如銀的詩人的讚美詩報以的掌聲已經平息下去）。是的，此刻正大步走向講台的這個人就是曾經收到裝有二十個電話聽筒的箱子的那個詩人。

13

我親愛的大師，我們現在正處在熱戀之中；我十七歲：正如人們所說，希望和幻想的年齡……如果我寄給你這些詩……那是因爲我熱愛所有的詩人，所有優秀的高蹈派❸詩人。當你讀這些時，請不要過分譏笑。親愛的大師，如果你如此心好，使我的詩得以發表，我將欣喜若狂！我不爲人所知；那有什麼關係？詩人們是兄弟。這些詩句堅信，愛情，希望。這就是一切。親愛的大師，朝我伸下手，把我舉起來；我很年輕，幫我一把……

他在撒謊；他當時只有十五歲零七個月。甚至這還在他第一次逃離母親，逃離沙勒維爾之前。但這封信將像羞恥的連禱文，像一份記載他軟弱和依賴的文獻，久久地在他頭腦中迴響著。他要報復他親愛的大師，報復那個禿頭老傻瓜邦維勒❹！僅僅一年後，他就將嘲笑他所有的詩，所有那些充滿他詩歌中

❸十九世紀下半葉法國的一個詩派，代表人物有勒貢特•德•列爾，邦維勒，蘇里•普呂多姆等。
❹邦維勒（一八二三～一八九一），法國詩人，戲劇家與批評家。高蹈派的先驅。

的珍貴的風信子和百合花；他將寄去一封嘲弄的信，就像是寄去一記耳光。

但此刻，這位正在講台上朗誦詩歌的親愛的大師卻對潛伏著等待他的仇恨一無所知。他朗誦的那首詩描寫了一個我國城鎮被法西斯毀滅，並且正在從廢墟中站立起來。這首詩充滿了奇異的、超現實主義的場面：蘇聯女孩的胸脯像五彩繽紛的氣球飄過街道；一盞石油燈從天空掉下來，照亮了白色的城鎮，直升飛機像許多下降的天使降落在屋頂上。

14

聽衆們被這位著名詩人的個人魅力迷住了，爆發出熱烈的掌聲。但在這羣沒有頭腦的聽衆中，還有少數有思想的人，他們知道，革命的聽衆決不能像恭順的乞求者那樣等待講台上的禮物。相反，如今正是詩歌的乞求者，乞求被允許進入社會主義天堂。但是，守衛著這個天堂之門的年輕革命者必須提高警惕：未來必須是完全嶄新的，否則它將根本不是一個未來；未來必須是純潔無瑕的，否則它將是完全可恥的。

「他在企圖向我們兜售什麼樣的胡說八道？」雅羅米爾嚷道，其他人很快加入了進來。「他是不是想把社會主義和超現實主義連在一起？他是不是想把馬和貓相配，把昨天和明天相配？」

這位著名詩人明白了眼前發生的事，但他很驕傲，根本不想屈服。從早年起，他就習慣了使資產階級感到震驚，面對一個反對他的聽衆堅持自己的觀點。他的臉發紅了。作爲最後一首詩，他選擇了一首與他原先的計畫不同的詩。這首詩充滿了瘋狂的意象和放縱的性慾幻想。他朗誦完後，口哨聲和叫喊聲頓時四起。

學生們對著這位老學者嘲弄地吹口哨。他來到這裏是因爲他喜歡他們；從他們憤怒的反抗中，他依稀看到了他自己的青春。他覺得，他的愛使他有權把他內心的想法告訴他們。這是一九六八年的春天，在巴黎。啊！學生們根本看不出在他佈滿皺紋的臉後還有青春的面容，這位老學者吃驚地望著那些他熱愛的人在譏笑他。

15

這位著名詩人抬起手來讓喧聲平息下去。然後他開始朝學生們叫喊道，他們是一幫淸教徒女教師，教條的牧師，愚蠢的警察，他們抗議他的詩是因爲他們從心底仇恨自由。

老學者沉默地聽著口哨和噓聲。他回憶起，年輕時他也喜歡起哄和吹口哨，周圍是一夥他的同伴。但這夥人很早以前就分裂了，現在只有他獨自一人站在這裏。

這位著名詩人叫道，捍衛自由是詩歌的職責，即使一個隱喩也値得爲之而鬥爭。他宣稱他將堅持把馬和貓相配，把現代藝術和社會主義相配，假若這是一項唐吉訶德式的事業，那麼他很願意作唐吉訶德，因爲它認爲社會主義就是幸福和自由的時代，他拒絕承認任何其他類型的社會主義。

老學者望著周圍哄鬧的年輕人，他突然想到，在所有聽衆中，他是唯一有自由特權的人，因爲他已經老了。只有當一個人到了老年時，他才能不再在乎同伴、大衆或未來的看法。他獨自與臨近的死亡在一起，死亡是沒有耳朶的，不需要別人奉承。面臨死亡時，一個人就可以隨心所欲地說話做事。

他們吹口哨，要求發言反駁他。過了一會兒，雅羅米爾也站起來。他眼睛裏充滿憤怒，人羣就在他的背後。他說，只有革命才是現代的，而超現實主義藝術頽廢的色情和晦澀的意象則是與人民毫無關係的破爛貨。「眞正的現代是什麼？」他向這位著名詩人挑戰，「是你那晦澀的詩句，還是正在建設一個新世界的我們？」他自問自答：「除了建設社會主義的人民羣衆，世界上沒有什麼絕對現代的東西。」他的話贏得了雷鳴般的掌聲。

當這位老人離開講台，沿著巴黎大學的迴廊走去時，掌聲仍在他的耳邊迴響。牆上的題詞寫著：做現實主義者——沒有不可能的事。接著又是一幅：人的解放必須是徹底的，否則毫無意義。還有一幅：決不後悔。

16

大教室的凳子堆在牆邊，地板上到處散亂著刷子和顏料。幾位政治學系的學生正忙著在紙旗上刷寫五一節標語。雅羅米爾，標語的作者兼編輯，正在監督這項工作，不時地查看他的筆記本。

但這是怎麼回事？我們把日期給弄錯了嗎？他正在口述的標語，與剛才那位老學者在反抗的巴黎大學牆上讀到的完全一樣。不，我們沒有搞錯。雅羅米爾正在向他的同事口述的標語，恰恰是約二十年後法國學生在巴黎大學和楠泰爾大學❺牆上到處亂塗的那些標語。

夢想就是現實，其中一面旗幟上宣稱。另一面旗幟寫著：做現實主義者——沒有不可能的事。另一面：我們決定永久的幸福。另一面：取消教會。（雅羅米爾對這幅標語特別感到自豪。幾個簡捷的詞否定了兩千年的歷史。）又一面：不給自由的敵人自由！以及：給想像以權力！以及：讓半心半意的人滅亡！以及在政治、家庭、愛情中進行革命！

他的同事正在描畫這些字母，雅羅米爾像一個語詞的大元帥，高傲地在他們中間走來走去。他很高

---

❺楠泰爾大學，巴黎大學分校，位於巴黎西部，塞納河東岸的工業區。

興人們需要他，他的語詞才能終於找到了一個用途。他知道，詩歌已經死亡（**藝術已經死亡**，巴黎大學的一堵牆上寫著），但是，它的死亡是爲了作爲旗幟上宣傳鼓動的口號，作爲城市牆上的標語從墳墓裏重新站起來（**詩歌在大街上**，奧德翁❻的一堵牆上寫著）。

17

「你看了報紙嗎？第一版列出了一百條供五一節使用的口號，這是中央委員會宣傳機關提出來的。難道沒有一條合你的意嗎？」

一個區委會的矮胖年輕人正面對雅羅米爾。他自我介紹是高教五一委員會的主席。

「**夢想就是現實**——呃，這是最粗糙的一種理想主義！**取消教會**——我十分贊同你，同志，但這目前與黨的宗教政策相牴觸。**讓半心半意的人滅亡**——從什麼時候起，我們有了這樣的權力，用死亡來威脅人民？**給想像以權力**——這正是我們所需要的！**在愛情中進行革命**——請你告訴我這是什麼意思好嗎？你想要的是與資產階級婚姻對立的自由戀愛，還是與資產階級淫亂對立的一夫一妻制？」

❻奧德翁爲巴黎一劇院名。

雅羅米爾聲明，革命必須改變社會的各個方面，包括愛情和家庭，否則它就不會是一場革命。

「不錯，」矮胖的年輕人承認，「但這樣寫可能好得多：社會主義萬歲！社會主義家庭萬歲！你瞧，這個口號就是直接從報紙上來的。你本來可以省去許多麻煩。」

18

生活在他方，法國學生在巴黎大學的牆上寫道。是的，他非常了解這一點，這就是他為什麼要離開倫敦去愛爾蘭的原因，在那裏人民正在造反。他的名字是帕西•雪萊，二十歲，帶著成百的傳單和宣言，作為將保證他進入眞正生活的護照。

因為眞正的生活在別處。學生們正在搬起大鵝卵石，推翻汽車，築起街壘；他們的進入世界是喧鬧和壯觀的，被火焰所照亮，被催淚彈的爆炸所輝耀。生活對韓波來說艱難得多，他夢想著巴黎公社的街壘，卻不能離開沙勒維爾。但在一九六八年，成千上萬的韓波築起了他們自己的街壘。他們站在街壘後面，拒絕與這個世界的臨時主人作任何妥協。人的解放必須是徹底的，否則毫無意義。

一里路外，在塞納河的對岸，這個世界目前的主人繼續過著他們正常的生活，把拉丁區❼的騷動看成是發生在很遠的事。**夢想就是現實**，學生們在牆上寫道，但似乎反過來才是眞實的：他們的現實（街壘，推翻的汽車，紅旗）是一場夢。

19

但是這在任何時候都決不是清楚的——現實是一場夢，還是夢是一個現實。那些聚集在大學，頭上飄揚著紅旗的學生們興高彩烈地來到這裏，但同時他們心裏明白，如果他們留在家裏，會遇上什麼樣的麻煩。一九四九年的捷克學生標誌著夢不再僅僅是夢這樣一個有趣的過渡時期。他們的歡欣仍然是自願的，但同時也已經是強迫的了。

學生們沿著街道前進，雅羅米爾走在他們旁邊；他負責旗幟上的口號和同伴們的演說；這次他不再發明引起爭議的警句，而僅僅抄下幾條中央宣傳機關提出的口號。他領著大家呼口號，就像軍隊裏的下士喊步伐一樣，他的同伴們跟在他後面有節奏地吼叫。

❼拉丁區位於巴黎塞納河南西，是大學生和藝術家羣集之處。

20

遊行隊伍已經通過了文策斯勞斯❽廣場的檢閱台，身穿藍色襯衫的青年們伴隨著臨時湊成的樂隊載歌載舞。一切都是歡快和自由的，剛才還是陌生的人們，也帶著眞誠的同志之誼加入了進來。但是，帕西·雪萊不快樂，帕西是孤獨的。

他在都柏林已經幾個星期了，散發了許多傳單，警察對他了如指掌，但他卻沒有交上一個愛爾蘭朋友。生活彷彿總是在別處。

要是至少有一個街壘可爬，有槍砲聲多好！雅羅米爾覺得，節日遊行似乎僅僅是對偉大革命示威的蒼白的模仿，它們沒有眞義，很快就煙消雲散。

他想起了那個囚禁在出納員籠子裏的女孩，淒然的感覺湧上心頭；他幻想著一個勇敢的功績：用鐵錘砸破商店櫥窗，把受驚的顧客推在一邊，打開出納員的籠子，當著旁觀者驚呆的目光，把這位被解放了的褐髮女孩帶走。

❽文策斯勞斯（一三六一～一四一九），德意志國王和波希米亞國王。

他幻想他們手挽手穿過擁擠的街道，沉浸在愛情之中，互相緊緊地擁抱。在他們周圍旋轉著的舞蹈不僅僅是舞蹈，而是朝著街壘的行進，這一年是一八四八年、一八七〇年和一九四五年，場景是巴黎、華沙、布達佩斯、布拉格和維也納，參加者是同一羣人，永遠從一個街壘跳到另一個街壘，他拉著戀人的手和他們一起跳……

21

當他看見他時，他手上還能感覺到他手的溫暖。他正在朝他走來，身材魁梧，儀表堂堂。一個年輕女人在他身邊輕快地走著。她沒有像在街上跳舞的大多數女孩那樣穿著藍色襯衫。她像一個流行時裝模特兒一樣優雅。

這位魁偉的男人心不在焉地掃視人羣，向四下裏點頭致意。當他離雅羅米爾只有幾步遠時，他們的目光相遇了一會兒，雅羅米爾一時慌亂，像所有認出並注目著名人物的人一樣，也低下了頭。這個人以漫不經心的一瞥回敬他的動作（就像我們向不認識的人致意一樣），他同伴的頭微微地、含糊地動了一下。

啊，這個女人眞美麗！她決不是幻想，她是那樣眞實，在她眞實的軀體的光輝下，那位出納員小間（浴缸）的女孩漸漸變成影子，從雅羅米爾的身邊消失了。

雅羅米爾站在人行道上，屈辱孤單，用仇恨的目光盯著漸漸遠去的那一對。正是他，他那親愛的大師，收到裝有二十個電話聽筒包裹的人。

22

夜幕漸漸降臨城市，雅羅米爾渴望遇見她。有幾次，他跟蹤一個女人，這女人的背影使他想到她的背影。假裝在追逐一位消失在人羣中的女人是令人激動的。於是他決定在他曾看見她進去的那幢公寓房子前散步。他似乎不大可能在那裏再次遇見她，但只要他母親還沒睡覺，他就不想回家（只有在夜裏，當母親睡著了，父親的照片復活時，他才能忍受他的家）。

他在這條孤寂、偏僻的街上走來走去，五一節喜慶的旗幟和丁香花似乎沒有在這條街上留下任何痕跡。公寓窗戶裏的燈一盞盞亮了。底樓的窗子也照亮了，雅羅米爾看見了一張熟悉的女孩面孔。不，不是他的黑頭髮出納員。是她的朋友，那個瘦削的紅頭髮女孩。她正走到窗子跟前，準備放下窗帘。

雅羅米爾幾乎壓抑不住他的失望。他意識到女孩已經看見了他。他的臉紅了，就像當那位悲傷、漂亮的女用人從浴缸裏抬起頭來望著浴室門時他所做的那樣。

他跑開了。

23

五月二日，晚上六點鐘，女售貨員們擁到了大街上，一件沒有料到的事發生了：紅髮女孩獨自走了出來。

他試圖藏在一個拐角後面，但已經太晚了。她看見了他，朝他奔來。「先生，你知道，在夜裏朝別人窗戶裏窺望是很不禮貌的！」

他的臉紅了，試圖用說話來擺脫昨夜那件叫人尷尬的事。但擔心這個紅髮女孩在場會毀掉他遇到褐髮女孩的機會。但這位紅髮女孩非常多舌，沒有打算放雅羅米爾走。她甚至邀請他送她回公寓房子（她說，送一位年輕女士回家，比透過窗子窺視她要有禮貌得多）。

雅羅米爾絕望地一直把眼睛盯著商店的門。「你的女朋友在哪裏？」他終於問道。

「你來遲了。她已經走了。」

他們一道朝女孩的住處走去，雅羅米爾得知，這兩個女孩都來自農村，在商店裏找到了工作，同住在一間房子裏。但那個褐髮女孩已經離開了布拉格，因爲她就要結婚了。

當他們停在公寓面前時，女孩說：「你不想進來坐一會兒嗎？」

雅羅米爾驚異、慌亂地走進她的房間。不知道是怎麼發生的，他們開始了擁抱、接吻，一眨眼他們已經坐在一張鋪著毛絨床罩的床上。

這一切全是那樣迅速、簡單！他還來不及想想擺在他面前的那個艱難的、決定性的實在任務，她已經把手放到了他的大腿之間。他欣喜若狂，因爲他身軀的反應正是一個年輕人應該做出的那樣。

24

「你眞行，你眞行。」她不斷地在他耳邊悄聲說。他躺在她身旁，深陷在枕頭裏，快活極了。

「在我之前你有過多少女人？」

他聳了聳肩，神祕地微笑著。

「你不願說？」

「猜吧。」

「我想大概在五個到十個之間。」她大膽地估計。

他心裏充滿了快活的驕傲；他彷彿覺得他剛才不僅是在同她作愛，而且也是在同五個或十個別的女孩作愛。她不僅使他擺脫了童貞，而且還使他感到像一個很有本事和經驗的男人。

他感激地朝她微笑，她的裸體使他充滿了激情。他過去怎麼會如此盲目，竟然認爲她長得難看？她的胸脯有一對眞正的、無可指責的乳房，她的下腹有一簇眞正的、無可指責的毛髮！

「你光著身子比穿著衣服還要漂亮。」他說，繼續讚揚她的誘人之處。

「你喜歡我很久了嗎？」她問。

「噢，是的，你知道。」

「是的，我知道。我注意到你常常來商店。然後你總是在外面街道上等我。」

「說得對。」

「你害怕向我發起任何攻勢，因爲我從來不是單獨一人。但我知道我們總有一天會在一起。因爲我也喜歡你。」

25

他望著她，讓她最後的話在他心裏迴盪。是的，事情正是如此。當他備受孤獨折磨，當他不斷拚命投身到會議和遊行中，當他不停地跑了又跑時，整個期間，他的成年已經爲他準備好了。這個牆皮已經剝落的樸素的小房間一直在默默地等待他，這個房間和這個平凡的女人，她的身軀終於在他和人羣之間創造了一種肉體聯結。

我愈是作愛，我就愈想幹革命——我愈是幹革命，我就愈想作愛，巴黎大學的一條標語宣稱。雅羅米爾第二次刺入了紅頭髮女孩的身軀。成熟必須是徹底的，否則就根本不存在成熟。他久久地、愉快地跟她作愛。

帕西・雪萊像雅羅米爾一樣有一張女孩般的臉，看上去比實際年齡小，他跑過都柏林的街道，不停地繼續往前跑，因爲他知道，生活在他方。韓波也不停地跑——到斯圖加特❾，到米蘭，到馬賽，到亞丁❿，到哈拉爾⓫，然後回到馬賽，但到這時，他只有一條腿了，很難用一條腿奔跑。

他從她身上滑下來。當他伸開四肢躺在她身旁，疲倦不堪，心滿意足時，他想到他不是在兩番愛的較量後休息，而是在一次長途奔跑後休息。

---

❾西德城市。

❿南葉門首都。

⓫衣索比亞省城。

第五章　詩人是忌妒的

1

雅羅米爾繼續在跑，而世界繼續在變：他的姨父，那個認爲伏爾泰是伏特發明者的人，被誣告犯了詐騙罪（和成百的商人一道）。他們不但把他的商店收歸國有，而且還判了他幾年刑。他的妻子和兒子作爲工人階級的敵人被驅逐出布拉格。他們帶著冷冷的沉默離開了這幢房子，由於雅羅米爾投靠了這個家庭的敵人，他們永遠也不會原諒瑪曼。

政府把這幢別墅空出來的底層樓分配給另一家人，這家人很快就採取了粗暴、挑釁的態度。新來的房客是從一間陰暗的地下室搬來的，因此認爲任何人擁有這樣寬敞、舒適的別墅都是極大的不公平。他們覺得他們不只是到這幢別墅來住的，而是來清算一個過去的歷史錯誤。沒有請求任何人的許可，他們在花園裏爲所欲爲，並要瑪曼把房子的牆壁修理一下，因爲他們的孩子在院子裏玩耍時，剝落的牆灰可能會危及到孩子。

外婆愈來愈老了，她已經喪失了記憶，於是有一天（幾乎沒有感覺到）她化成了火葬場的青煙。

在這樣的情況下，難怪瑪曼對兒子的逐漸疏遠感到特別難以忍受。他正在學習的學科她很反感，他不再把他的詩歌給她看。當她想打開他的抽屜時，她發現它已上了鎖。就像臉上挨了一耳光。想到雅羅米爾在懷疑她窺探他的私事！她求助於一把雅羅米爾不知道的多餘的鑰匙，但當她檢查他的日記時，她沒有發現任何新的記載或新的詩歌。然後她注意到牆上已故丈夫的照片，她回想起她曾經怎樣懇求阿波羅的塑像從正在他子宮裏生長的嬰兒身上抹去像他丈夫的一切痕跡，哎，莫非她丈夫在墳墓裏都要與她爭奪對雅羅米爾的所有權嗎？

在前一章結尾時，我們把雅羅米爾留在了紅頭髮女孩的床上。大約一周後，瑪曼再次打開他書桌的抽屜。在他的日記裏，她讀到幾句她不理解的簡潔的話，但是她也發現了更重要的東西：新的詩歌。她覺得阿波羅的七弦琴再一次戰勝了她丈夫的軍服，她暗暗地高與起來。

讀完這些詩後，這個好的印象得到了增強，因爲她眞心喜歡它們（實際上，這是她第一次眞誠地欣賞雅羅米爾的詩）。它們是押韻的（在內心深處，瑪曼始終覺得不押韻的詩決不是眞正的詩），完全明白易懂，充滿美麗的詩句。沒有衰弱的老人，沒有土裏腐爛的屍體，沒有鬆垂的腹部，沒有眵垢的眼睛。相反，這些詩提到鮮花，天空，雲彩，有幾處（以前從來沒有這種現象）甚至還出現了「母親」這個詞。

雅羅米爾回家了，當她聽到樓梯上的腳步聲，所有這些年的辛酸苦辣忽然都湧上眼睛，她禁不住熱淚縱橫。

「什麼事，母親？怎麼啦？」他輕輕地問，他的聲音裏很久都沒有這種溫柔了，瑪曼盡情地把它吸收了進去。

「沒什麼，雅羅米爾，沒什麼。」她回答，看見兒子對她關心，她哭得更加厲害。再一次，她流下了多種眼淚：爲他有可能回到她身邊的希望的眼淚（受到他那新的旋律詩行的刺激）；爲他站在她面前那笨拙樣子的氣憤的眼淚（難道他就不能至少撫摸一下她的頭髮嗎？）；還有企圖軟化和俘虜他的虛假的眼淚。

終於，尷尬的猶豫之後，他拉住了她的手。太好了。瑪曼停止了哭泣，她的話就像剛才的眼淚一樣滔滔地湧出來。她談到她一生中的所有委屈：她的守寡，她的孤獨，企圖把她趕出她自己房間的住戶，不再理睬她的姊姊（「都是因爲你，雅羅米爾！」），最後，最重要的是──她在這個世上唯一的親密朋友正在摒棄她。

「可是那不是事實。我沒有在摒棄你！」

她不會爲這樣輕易的回答平靜下來。她苦笑了；他怎麼能這樣說？他總是很晚才回家，有時連續幾天他倆都不交換一句話，甚至當他倆偶爾談點話時，她也非常清楚，他根本沒有在聽，他的心在別的地方。是的，他正在變成一個陌生人。

「可是，母親，那不是事實。」

她又苦笑了。噢，不是？難道她必得向他證明這點嗎？難道他想知道眞正最傷害她的是什麼嗎？他有興趣嗎？那麼好吧。她一直尊重他的祕密，甚至當他還是一個小孩時。爲了讓他有自己的房間，她曾與家庭中其他成員進行了多麼艱難的鬥爭！而現在——受到了一個什麼樣的侮辱！一天打掃他房間時，完全出於偶然，她發現他因爲她而鎖上了書桌抽屜，他怎麼想她當時的感覺！爲什麼要鎖它？誰可能會願意干涉他的私事？難道他認爲，她除了打探他的事就沒有別的更要緊的事可幹了嗎？

「哎，母親，這是一個誤會！我幾乎沒有使用那個抽屜！如果它被鎖上，那只是出於偶然！」

瑪曼知道兒子在撒謊，但這無關緊要。比他的話更重要的是他話音裏的順從，它像是一個和好的禮物。

「我願意相信你，雅羅米爾。」她說，緊緊握住他的手。

當他瞅著她時，她開始意識到自己淌滿眼淚的臉。她衝到浴室裏去照鏡子，她感到恐怖：她那淚濕的臉看上去很醜，身上穿的那件過時的灰衣服只是使情況更糟。她輕快地用冷水洗了臉，換上一件粉紅色的睡衣，從橱櫃裏取出一瓶紅酒。她開始再次對雅羅米爾講，他們倆應該更加相互理解，因爲在這個世上，他們除了對方再沒有別的親人了。這個話題她談了很久，她覺得雅羅米爾的眼裏好像流露出激動和贊同。因此她鼓起勇氣說，她毫不懷疑他——一位正在成人的大學生——有他個人的祕密，她尊重他的祕密，但儘管如此，她還是希望雅羅米爾生活中的這個女人不會損害他倆之間的良好關係。

雅羅米爾耐心、理解地聽著。過去一年他之所以迴避他的母親，是因爲他的不幸需要孤獨和黑暗。但自從他在陽光燦爛的海岸——紅頭髮女孩身上幸福地登陸以後，他就一直渴望和平與燈光；他對母親的疏遠破壞了生活的和諧。除了感情方面的考慮，還有一個與瑪曼保持良好關係的更實際的需要：紅頭髮女孩有一個自己的房間，而他——一個成年男人——卻仍然同母親住在一起，只有通過女主人的獨立才能實現一個獨立的生存。這種不平等使他痛苦不堪，因此他很高與瑪曼此刻同他坐在一起，穿著一件粉紅色睡衣，啜著酒，像一位悅人的年輕女人，他可以跟她友好地討論他的權利和特權。

他聲稱他沒有什麼可隱藏的（瑪曼由於焦急的期待，喉頭都繃緊了），他開始對她講起紅頭髮女孩。當然，他沒有提瑪曼在她買東西的那個商店裏已經見過這位女孩，不過他說明了這個年輕女孩是十八歲，她不是大學生，只是一個普普通通的勞動少女（他幾乎好鬥地說出這句話），靠自己的雙手養活自己。

瑪曼又給自己倒了一杯酒；她覺得事情似乎在朝好的方面轉變。雅羅米爾描述的這位女孩的形象消除了她的憂慮。女孩很年輕（以爲是一個久經情場、墮落的女人的恐懼想法愉快地消失了），她幾乎沒受什麼教育（因此瑪曼不必擔心她的影響力量），雅羅米爾這樣熱烈地強調她的樸實和善良，她不禁猜想這女孩不是太漂亮（因此可以設想，兒子的迷戀不會持續很長）。

雅羅米爾感覺到，母親並沒有不贊成他對紅頭髮女孩的描繪，他很高興，懶懶地幻想著他很快就可以同他的母親和他的紅頭女孩坐在同一張桌旁；同他童年的守護神和他成年的守護神。這一切似乎像和平一樣的美好；在他自己的家與外面世界之間的和平，在他兩個守護神翅膀下的和平。

於是，在長時間的疏遠之後，母親和兒子，正在品嘗他們的親密。他們愉快地聊天，但雅羅米爾仍然一直在想著他那不過分的，實際的目的：給自己的房間爭得權利，在那裏他願意什麼時候帶女孩來就可以帶她來，在那裏他們想幹什麼就可以幹什麼，想待多久就可以待多久。因爲他正確地領悟到，一個人只有當他是一塊明確規定的場地的主人，一個完全的個人小天地的主人時，他才是眞正的成年人。他用一種拐彎抹角、小心翼翼的方式對母親表達了這一看法。他說，如果他能認爲自己在這裏是自己的主人，他會更加樂意待在家裏。

瑪曼從微醺的飄飄然中醒過來，警覺得像一隻雌老虎。她頓時意識到兒子想說什麼。「你是什麼意思？雅羅米爾，難道你在家裏感到不自在嗎？」

他回答說他非常喜歡他的家，但是他希望有權邀請他願意邀請的人，像他的女友一樣不受約束地生活。

瑪曼開始意識到，雅羅米爾無意間給她提供了一個很好的機會：畢竟，她也有幾位愛慕者，由於害怕雅羅米爾的譴責，她不能邀請他們到她的家來。用雅羅米爾的自由來換取她自己的一點自由，這不是一個非常好的機會嗎？

但是，當她想像一個陌生女人在雅羅米爾童年時代的房間裏，一陣難以克制的厭惡就湧上心頭。「你得承認，在一個母親和一個女房東之間是有一些區別的。」她激烈地說，她知道，她將毀掉她自己作爲一個女人過充實生活的機會。她對兒子肉慾的厭惡強於她自己身軀對肉體滿足的渴求，這一發現使她感到恐懼。

還在固執追求目標的雅羅米爾，不了解母親內心的騷亂，他繼續強調他那失去的理由，進一步提出無用的論據。過了一會兒，他才注意到母親在啜泣。一想到他傷害了童年時代的守護神他就非常驚恐，於是他陷入了沉默。從母親的眼淚裏，他突然看到他對獨立的要求是無禮的，傲慢的，甚至是下流無恥的。

瑪曼絕望了：她看見他倆之間的鴻溝再一次張開。她一無所獲，卻失去了一切！她隨即試圖想辦法保持住兒子與她之間那根珍貴的理解之線。她拉住他的手，透過淚水說：

「請別生氣，雅羅米爾！我只是因爲你的變化而感到不安。最近你變得非常厲害！」

「變化？我不明白你的意思，母親。」

「是的，你變了，你和過去不同了，最使我傷心的是你不再寫詩。你過去常寫一些多美的詩！現在你把它完全放棄了，這使我傷心。」

雅羅米爾想要說點什麼，但她不讓他說。「相信你的母親，」她繼續說，「我對這些事有一種感覺；你有非凡的才能！這是你的天賦。低估它就太可惜了。你是一個詩人，雅羅米爾，一個天生的詩人。我很難過，你並不重視它。」

雅羅米爾沉醉在母親的話裏，高興極了。千眞萬確。他孩提時代的守護神比任何人都更加理解他！

由於他不再寫詩，他曾經是多麼沮喪！

「但是，我現在又在寫詩了，母親！眞的！我拿給你看！」

「沒有用，雅羅米爾，」瑪曼悲哀地搖搖頭。「不要哄騙我。我知道你已經不再寫詩了。」

「你錯了！請等一下！」他叫道。他跑到他的房間，打開抽屜鎖，帶著一札詩走回來。

瑪曼瞧著幾小時前在雅羅米爾房間看過的那些詩。

「噢，雅羅米爾，這些詩眞是太美了！你取得了很大的進步。很大的進步！你是一個詩人，我爲你感到非常高興……」

2

彷彿一切都在表明，雅羅米爾對新事物的強烈渴求（對新事物的信仰）不過是掩飾一個童貞青年對不能想像的性經驗的渴求。當他第一次到達紅頭髮女孩身軀的極樂海岸時，他產生了一個奇特的念頭：現在他終於知道絕對現代的含義是什麼了；它就是躺在紅頭髮女孩身軀的岸上。

在這樣的時刻，他活躍之極，充滿熱情，眞想給她朗誦詩歌。他在腦子裏迅速回憶了一下所有熟記的詩（他自己的和其他詩人的），但他斷定（大爲驚異地）紅頭髮女孩也許對這些詩根本不會關心。這使他頭腦一陣混亂。接著他明白了，唯一的絕對現代的詩是紅頭髮女孩，一個普通女孩，能夠容易接受和理解的詩。

這是一個突然的啓迪；他爲什麼那樣愚蠢，竟想要踩在自己的歌喉上？爲了革命而放棄詩歌有什麼道理？畢竟，他終於到達了眞正的生活領域（雅羅米爾理解的「眞正的生活」是一個遊行人羣、肉體之愛、革命口號的旋轉的邊界），現在他只需完全投入到這個新生活中，成爲它的小提琴弦。

他感到充滿了詩情，極想寫出一首紅頭髮女孩會喜歡的詩。這不是一個簡單的任務。在此之前，他只寫過自由詩，沒有那種更有結構的詩歌形式的技巧。他確信，女孩會認爲無韻的作品不是眞正的詩。甚至獲勝的革命也持同樣的觀點。讓我們回憶一下，在那些日子，無韻詩甚至被認爲不值得發表。所有現代派詩都被宣布爲腐朽資產階級的作品，自由詩是文學頹廢最確信無疑的特徵。

革命對韻律的喜好難道僅僅是偶然的偏愛嗎？大概不是。在韻律和節奏中，存在著一種神奇的力量。一旦擠進有規律的音步，混亂的世界隨即變得井然有序，淸楚明了，美麗迷人。如果一個女人厭倦人生走向死神，死亡便與宇宙的秩序和諧地融爲一體了。即使這首詩是爲了對人的必死進行強烈的抗議，死亡作爲美好抗議的誘因也是正當的。骸骨，送葬，花圈，墓碑，棺材——這一切在一首詩裏都變成了一齣芭蕾，讀者和詩人都在其中表演著他們的舞蹈。跳舞者當然不可能不贊成舞蹈。通過詩歌，人類達到了它與存在的一致，而韻律和節奏便是獲得一致的最天然的方式。難道革命可以無需對新秩序反覆證實嗎？難道革命可以無需韻律嗎？

同我一道狂吼！內茲瓦爾激勵他的讀者，波特萊爾寫道，**人生須常醉……酒中，詩中，德行中，各循其志……**詩歌即酣醉，人們飲酒是爲了更加容易與世界融合在一起。革命不希望被審視或被分析，革命只渴望同羣衆融合在一起。因此，革命是抒情的，需要抒情風格。

當然，革命所追求的抒情風格與雅羅米爾早期創作的那種詩截然不同。一段時期，他曾急欲追求內在自我的平靜冒險和迷人暗示。然而，現在他清除了他的靈魂，把它變成了一個表演眞正世界喧鬧馬戲的寬闊場地。他用只有他才理解的獨特的美去交換人人所理解的一般的美。

他迫不及待地想起舊式的奇蹟，藝術（懷著背叛者的驕傲）已經嗤之以鼻的奇蹟大衆化：落日，玫瑰，晨露，星辰，對故土的懷舊之情，母愛。多麼美好，熟悉，淸晰的世界！雅羅米爾驚喜交加地回到它那裏，像一個浪子多年漫遊後又回到家中。

啊，要簡單，絕對簡單，簡單得像一首民歌，一個孩子的遊戲，一道潺潺的溪水，一位紅頭髮的女孩！

啊，要回到永恆之美的源泉，熱愛簡單的詞語，例如**星星，歌曲和雲雀**——甚至「啊」這個詞，這個被蔑視被嘲笑的單詞！

雅羅米爾也受到某些動詞的誘惑，尤其是那些描寫簡單動作的詞：**走，跑**，特別是**漂**和**飛**，在一首慶祝列寧誕辰紀念的詩中，他寫道，一根蘋果樹枝被投到小溪裏，樹枝一直漂流到列寧的家鄉。沒有一條捷克的河流到俄國，但詩歌是一塊神奇的土地，在那裏河水可以改道。在另一首詩中他寫道，世界很快就會自由得像松樹的芳香漂浮在山頂上。在另一首詩中他喚起茉莉的芳香，這香味變得如此強烈，以致變成了一艘看不見的帆船，在空中航行。他想像自己在這艘芳香四溢的船上，向遠方飄去，一直漂到馬賽。根據一篇報紙上的文章，馬賽的碼頭工人正在罷工，雅羅米爾希望作爲一個同志和兄弟加入到他們中間去。

他的詩歌也充滿了所有運動方式中最有詩意的東西，翅膀，夜晚隨著翅膀，輕輕地拍打而搏動。渴求，悲傷，甚至仇恨都有翅膀。當然，時間在不變地沿著它那帶翅膀的路行進。

所有這些詩句都暗示了一個對廣大無邊的擁抱的希望，使人聯想到席勒的著名詩句：Seid umschlungen, Millionen! Diesen kuss der ganzen welt!❶（德語：大家擁抱吧，千萬生民！把這親吻送給全世界！——譯注）這種對宇宙的擁抱不僅包括空間，而且還包括時間，不僅包括馬賽的碼頭，而且還包括那個神奇、遙遠的島嶼——未來。

雅羅米爾一直把未來看成是一個令人敬畏的神祕事物。它包含著一切未知的東西，因此，它既誘人

❶《歡樂頌》中的詩句。

又令人恐懼。它是確定的反義詞，是家的反義詞（這就是爲什麼在焦慮不安期間，他要夢想著老人的愛情，他們是幸福的，因爲他們不再有未來）。然而，革命賦予了未來一種完全不同的意義。它不再是一個神祕事物；革命者熟悉未來。他從小冊子、書籍、報告、宣傳演說中知道了它的一切。它不令人恐懼；相反，在一個不確定的現在，它提供了一個確定的安息所，革命者朝它伸出手臂，就像一個孩子朝母親伸出手臂一樣。

雅羅米爾寫了一首描寫一個共產黨工作者的詩。一個深夜，當喧嘩的會議被晨露代替（在那些日子，一名戰鬥的共產黨人總是被表現爲一名喜歡爭論的共產黨人），他在書記辦公室的沙發上睡著了。窗下的電車鈴聲在這位黨的工作者的夢裏，變成了世界上所有鐘擺的歡樂洪亮的聲音，宣告將不再有戰爭，全球屬於工人階級。這位黨的工作者意識到，靠神奇的一躍，他不知怎麼已來到了遙遠的未來。他站在一塊田地之間，一位女人駕駛著拖拉機朝他駛來（未來的婦女通常被描寫成拖拉機手），她驚訝地認出這位工作者就是從前的社會主義英雄——往昔的勞動者，爲了她現在能自由而幸福地耕地，他犧牲了自己的生命。她從機器上跳下來迎接他。「這是你的家，這是你的世界。」她說，並想要報答他。（看在上帝面上，這位漂亮的年輕女人怎麼能報答一個疲倦不堪的老工作者？）這時，窗下的電車發出特別有力的鳴聲，這位睡在黨的辦公室角落的狹窄沙發上的男人醒了過來……

雅羅米爾寫了好幾首類似的新詩，但他還是不滿意。除了雅羅米爾和他的母親，沒有人讀過這些詩。

他把它們全都寄給日報的文學編輯，每天早晨都要細心地翻閱報紙。一天，他終於發現第三版上方有一首五節四行詩，他的名字用粗體字印在詩題下面。這一天，他驕傲地把這期報紙遞給紅頭髮女孩，要她仔細地看一遍。女孩未能發現任何值得注意的東西（她通常忽略詩歌，因此根本不注意作者的名字），雅羅米爾最後不得不用手指著這首詩。

「我一點也不知道你是一個詩人！」她欽佩地凝視著他的眼睛。

雅羅米爾告訴她，他寫詩寫了很久了，接著從口袋裏掏出一札手抄的詩。

紅頭髮女孩開始讀這些詩，雅羅米爾告訴她，有一段時期他曾放棄了詩歌，是她鼓舞了他回到它身邊。遇見她就像遇見了詩歌本身。

「眞的嗎？」她問，雅羅米爾點了點頭，她擁抱他，吻他。

「奇妙的是，」雅羅米爾繼續說，「你不僅是我最近寫的詩歌的女王，甚至也是我認識你之前寫的詩歌的女王。當我第一次看見你時，我就覺得我過去的詩變得栩栩如生，成了一個像你這樣女人的化身。」

受到她臉上顯露的好奇、不理解的神情鼓勵，他繼續對她說，他曾經寫了一首長長的散文詩，一個幻想故事，描寫了一個名叫澤維爾的男孩。實際上，他並沒有眞正寫這首詩，只是夢到過它，希望有一天把它寫出來。

澤維爾的生活與別人完全不同；他的生活是一個夢。他睡著了，做了一個夢，在夢裏他睡著了，又做了一個夢，從這個夢中醒來，他發現自己在前一個夢裏。就這樣，他從一個夢度到另一個夢，同時過著幾種不同的生活。他從一種生活度到另一種生活——這不是一種很美妙的生存嗎？沒有拴在一個單一的生活上，雖然是一個人卻又過著多種的生活。

「是的，我想這會是很好的……」紅頭髮女孩說。

雅羅米爾繼續說，當他第一次在商店裏看見她時，他就大吃了一驚，因爲她長得與他想象中澤維爾最親愛的人一模一樣：虛弱，紅髮，淡淡的雀斑……

「可是我很醜。」紅頭髮女孩聲明。

「不！我愛你的雀斑和火紅的頭髮！我愛這一切，因爲它是我的家，是我從前的夢！」

女孩又吻他，他繼續說下去。「請想像一下，整個故事是這樣開始的：澤維爾喜歡穿過煤煙熏黑的市郊街道漫步。他常常打一個底樓窗戶經過。他總是停留在窗前，幻想著那裏也許住著一個漂亮的姑娘。一天，窗戶裏的燈亮了，他看見了一個溫柔嬌弱的紅頭髮少女。他情不自禁了。他推開窗戶，跳進了房間。」

「可你卻從我的窗戶邊跑掉了！」女孩笑起來。

「是的，不錯，」雅羅米爾回答，「我跑掉了，因爲我害怕我在從現實跨進幻想。你知道嗎，當你發現自己處在一個曾在夢中見過的情境時，會是什麼感覺？你會驚恐得想拔腿就跑！」

「可不。」紅頭髮女孩愉快地贊同。

「就這樣，在故事裏，澤維爾從窗戶跳進去追求少女，但這時她丈夫回來了，澤維爾把他鎖在了一個沉重的橡木衣櫃裏。那位丈夫直到今天還在那裏，成了一具骷髏。澤維爾把他的戀人帶走，去了遠方，就像我將把你帶走一樣！」

「你就是我的澤維爾。」紅頭髮女孩感激地在雅羅米爾耳邊悄聲說。她頑皮地用澤維和澤維克的暱稱稱呼他，然後緊緊地擁抱他，吻了他很久，直到深夜。

3

雅羅米爾到紅頭髮女孩的住處去過許多次，我們想回憶其中的一次，那次女孩穿著一件前面有一排白色大鈕扣的衣服。雅羅米爾試圖把這些鈕扣解開；女孩大笑起來，因爲它們不過是用來作裝飾的。

「等一等，我自己來脫，」她說，然後伸手去拉脖子後面的拉鏈。

雅羅米爾爲自己的笨拙而感到窘迫，當他終於弄清楚衣服的原理時，他急欲想彌補自己的失態。

「不，不，我自己來脫。別管我！」她一邊笑著，一邊從他身邊往後退。

他如果再要堅持就顯得可笑了，但他卻被女孩的行動搞得心煩意亂。他相信，一個男人應該爲他的情婦寬衣解帶——否則這整個動作就與普通的、日常的穿衣脫衣毫無區別了。這個觀點不是基於經驗，而是基於文學以及文學中引起聯想的句子：他是一個給女人脫衣服的行家；或者，他用熟練的手指解開她罩衫的鈕扣。他不能想像性交之前會沒有一陣迫不及待的、興奮慌張的解鈕扣，解拉鏈和解鉤子。

「幹嘛要自己脫衣服？你又不是在看病！」女孩已經匆匆脫掉了衣服，只穿著內衣褲。

「看病？你是什麼意思？」

「是的，我覺得整樁事就是這樣的。像一個醫生在檢查病人。」

「我明白了！」女孩笑起來。「也許你是對的。」

她解下胸罩站在雅羅米爾面前，挺著她的小乳房。「我有點疼，醫生，就在我的心臟下面。」

雅羅米爾似乎沒有懂這個玩笑。「請原諒，」她抱歉地說：「你也許習慣讓你的病人躺下檢查。」然後她伸直身子躺在沙發上。「請仔細瞧瞧我的心臟。」

雅羅米爾別無選擇，只好照辦。他俯在女孩的胸脯上面，把耳朵放在她的心臟上。他的耳垂貼著她胸部的柔軟墊子，從她軀體的深處，他聽見了有節奏的怦怦聲。他突然想到，當一個醫生在神祕、緊閉的診室門後檢查紅頭髮少女的身子時他感到的也正是這個聲音。他抬起頭，瞥了一眼赤裸的少女，感覺到一陣強烈、痛苦的忌妒。他在用一個陌生男人的眼光，一個醫生的眼光看她。他匆匆把雙手放在她的乳房上（這決不是醫生的方式），以便結束這場令人痛苦的遊戲。

「醫生，你眞調皮！你在幹什麼？那可不是檢查的部位！」女孩抗議道。

雅羅米爾怒火塡膺。他看到女友臉上的神情，就和一個陌生人的手撫摸她時會出現的那樣。看見她輕浮的抗議，他眞想打她。但同時他意識到他已變得多麼興奮，於是扯掉女孩的襯褲，進入了她的身體裏。

他是那樣興奮，妒火很快地熄滅了，尤其，是當他聽到女孩的呻吟和嘆息（這個絕妙的效忠），以及「澤維！澤維克！」愛之呼喚，這些詞已經成爲他倆親密儀式的一個永久組成部分。

然後，他平靜地躺在她旁邊，輕輕地吻著她的肩膀，感到非常愉快。但是，從不滿足於一個美好的片刻乃是雅羅米爾的不聰明之處。對他來說，美好片刻只有作爲美好永恆的象徵才是有意義的。從一個玷汚了的永恆中掉下來的美好片刻是騙人的謊言。因此他想確信他倆的永恆是完全純潔無瑕的。他用懇求多於尋釁的口氣問，「告訴我，這只是一個愚蠢的玩笑，那椿與醫生的事。」

「是的，當然，」女孩回答。對這樣一個愚蠢的問題能說什麼呢？然而這並沒有使雅羅米爾滿意，他繼續說：

「如果別人撫摸你，我是不能忍受的。我實在不能忍受！」他把手拳成杯狀放在女孩發育不全的、可憐的乳房上，彷彿他未來的幸福就全在它們的不受侵犯了。

女孩笑起來（十分天眞地）。「但是，如果我生病了該怎麼辦呢？」

雅羅米爾意識到他不可能排除一切醫療檢查，他的陣地是守不住的。但他也知道，如果一個陌生人的手打算觸摸女孩的乳房，他的整個世界就將坍成碎片。他重複說：

「我不能忍受！你明白嗎？我實在不能忍受！」

「那麼當我需要醫生時，你要我怎麼辦呢？」

他用平靜而帶責備的口氣說，「你可以找一個女醫生。」

「我有什麼選擇？你知道現在的情況！」她忿忿地叫起來。「我們全都被指定給某一個醫生，不管我們願意不願意。你知道社會主義的醫療是怎麼回事。他們命令你，你就得照辦。比如，婦科檢查……」

雅羅米爾心頭一沉，但他鎮靜地說，「你有什麼毛病？」

「噢，沒有，只是爲了預防。爲了防治癌症。這是法律。」

「閉嘴，我不想聽這個！」雅羅米爾說，把手擱在她的嘴上。這個動作是那樣猛烈粗魯，他擔心女孩會誤以爲是一個耳光，生起氣來；但她的眼睛非常謙卑地望著他，以致他覺得沒有必要爲他無意的粗魯動作道歉。事實上，他開始欣賞這個動作，於是繼續把手擱在女孩的嘴上。

「我告訴你，」他說，「如果別人用手指摸你一下，我將永遠不再摸你。」

他仍然把手掌按在女孩的嘴唇上。這是他第一次對一個女人的肉體使用暴力，他覺得這令人陶醉；他用雙手箍住她的脖子，彷彿要把她掐死。他感覺到她的喉嚨在他的手指下已變得虛弱，他突然想到，只要把兩個拇指往下壓，他就可以輕易地扼死她。

「要是別人觸摸你，我就要把你扼死。」他說，繼續扼住她的喉嚨；一想到女孩的生死掌握在他手中，他就感到高興。他覺得至少在此刻，女孩是完全屬於她的，這使他充滿了一種令人愉快的權力感，這種感覺是那樣銷魂，他又一次進入了她的身子。

在作愛過程中，他幾次狂暴地壓她，把手擱在她的喉頭上（在性交中扼死情人，那該多麼令人興奮！），並咬了她幾次。

然後，他們緊挨著躺下休息，但這次性交持續得並不太長，也許是因爲它沒能平息雅羅米爾的憤怒；女孩躺在他身旁，沒有被扼死，仍然活著，她的裸體使雅羅米爾想到了醫生的手和婦科檢查。

「別生氣。」她說，撫摸著他的手。

「我沒有法子。一個被許多陌生人摸過的身子使我噁心。」

女孩終於明白了他是當眞的。她哀求道，「看在上帝的面上，我只是在開玩笑！」

「這決不是玩笑。這是事實。」

「不，不是事實。」

「別說了！這是事實，我知道我對這也無能爲力。婦科檢查是強迫性的，你不得不去。我不責備你。但是，被別人摸過的身子使我噁心。我沒有辦法。我就是這樣的。」

「我發誓，這全是我編造的！我從小就沒生過病。我從不看病。我的確收到過一張婦科檢查的通知，但我把它扔掉了。我從沒去過那裏。」

「我不相信你的話。」

她極力向他保證。

「那好吧。但假如他們又叫你去呢？」

「別擔心，他們太缺乏組織，不會注意到我沒去。」

他相信了她的話，但他的痛苦不會被理智所平息。畢竟，他的痛苦並不是眞正由醫療檢查引起的。

她在迷惑他，她並不完全屬於他，這個感覺使他非常痛苦。

「我愛你，」她反覆說。但這個短暫的片刻不能使他滿足。他想要占有永恆，至少占有這女孩生活中的永恆。而他沒有占有它。甚至她從處女跨入婦人的那一小段生活都是屬於別人的。

「我無法忍受別人將會撫摸你。而且有人已經撫摸過你。」

「沒有人將會撫摸我。」

「但有人已經進入過你的身子。眞叫人惡心。」

她摟抱他。

他把她推開。

「多少個？」

「一個。」

「你在說謊！」

「我發誓！」

「你愛他嗎？」

她搖了搖頭。

「你怎麼能同一個你不愛的人睡覺？」

「別再折磨我！」她說。

「回答我！你怎麼能幹這種事？」

「別再折磨我！我不愛他，那眞可怕。」

「可怕什麼？」

「別問。」

「有什麼可隱瞞的？」

她突然流出眼淚，向他坦白，那人是她村裏一個年紀較大的人，他令人厭惡，他曾擺布她（「不要問我，你不會想了解這件事！」），現在她已竭力忘掉了他的一切（「如果你愛我，永遠不要使我再想起那個男人」)。

她哭得那樣可憐，雅羅米爾的憤怒終於平息了。眼淚是最好的溶劑。

他撫摸她的面頰。「別哭了！」

「你是我親愛的澤維，」她啜泣著說。「你從窗戶進來，把那個壞男人鎖在一個櫃子裏，他將變成一具骷髏，你將把我帶到很遠的地方去。」

他們擁抱，接吻。女孩發誓，她決不能忍受別人的手放在她身上，他發誓，他愛她。他們再一次作愛，這次他們互相愛得很溫存，他們的肉體充滿了溫柔的靈魂。

「你是我的澤維。」作愛後她不停地說，撫摸著他的頭髮。

「是的，我要帶你去很遠的地方，在那裏你會感到安全的。」他說，他確切地知道這個地方。他有一個樓閣在等待著她，在安寧的天空下，頭頂的鳥兒飛向光明的未來，芬芳四溢的小船滑過天空朝馬賽駛去；他有一個安息所在等待著她。他童年的保護神守護在那裏。

「你知道嗎？我要把你介紹給我母親。」他說，他的眼裏溢滿了淚水。

4

居住在別墅底樓那家人的母親顯露日益膨脹的肚子，她快要生第三個孩子了。一天，那家人的父親攔住瑪曼對她說，如果兩個人占的空間與五個人占的空間一樣，這是完全不公平的；他建議她讓出二樓三間房子中的一間。瑪曼回答說這是不可能的。這位房客說，他打算把這件事轉交有關當局，他們會決定別墅的住房是不是分配得很公平。瑪曼反對說，她的兒子快要結婚了，二樓很快就會有三個人，也許甚至四個人。

因此，當雅羅米爾幾天後告訴她，他想把他的女友介紹給她時，瑪曼沒有表示不高興。至少那位房客會相信，當她說兒子快結婚時，她是誠實的。

然而，當雅羅米爾向瑪曼承認，她已經認識這位女孩，她就是瑪曼常去買東西的那個商店裏的紅頭髮女售貨員時，瑪曼掩飾不住一臉的驚訝和不快。

「我相信你不會介意她只是一個售貨員，」雅羅米爾好鬥地說。「我以前告訴過你，她只是一個普普通通的勞動婦女。」

好一會兒，瑪曼都無法接受這個事實；商店裏那個笨拙、粗暴，毫無吸引力的少女竟然是他兒子生活中最親愛的人，但她終於極力克制了自己。「如果我顯得很吃驚，請原諒我。」她說。她決心忍受兒子為她準備的一切。

一個令人痛苦的三小時訪問按時到來和結束了。每個人都很緊張，但都竭力經受住了這場痛苦的考驗。

「你覺得她怎麼樣？」紅頭髮女孩一離開，雅羅米爾就急迫地問他母親。

「噢，是的，她看來很不錯。我幹嘛不應該喜歡她呢？」她回答，非常清楚她的語氣同她的話語不一致。

「你是說你不喜歡她？」

「我剛對你說過我喜歡她。」

「不，從你講話的樣子我能辨別出，你沒有對我說實話。」

在紅頭髮女孩的來訪過程中，她做了幾件蠢事（她首先把手伸向瑪曼，她首先坐下來，首先呷了一口咖啡），她還有許多失禮行為（當瑪曼說話時，她不斷地插嘴），說了許多不得體的話（她問瑪曼有多大年紀），瑪曼正在列舉這些缺點時，她突然意識到，雅羅米爾也許會覺得她心胸狹窄（他認為過分注意舉止優雅是資產階級瑣碎小器的標誌），於是她很快補充說：

「不要誤會，我並沒有認為那些事很可怕。繼續邀請她到家裏來吧。接觸一下我們這樣的環境對她會有好處的。」

但是，一想到她也許不得不經常面對那個紅頭髮的、不漂亮的、懷著敵意的軀體，瑪曼心裏就再次產生出一陣厭惡感。她用安慰的口氣說，「畢竟，你不能對她求全責備。你得想像一下她成長的那種環境，考慮她現在工作的那個地方。在那樣一個地方，你不得不忍受一切，不得不取悅於每個人。如果老闆想開開心，要拒絕他是很難的。在這樣的環境中，一個小小的調戲是不會太當眞的。」

她望著雅羅米爾的臉，看見它發紅了。他一陣妒火中燒，瑪曼自己似乎也感覺到了這個妒火（爲什麼不呢？當雅羅米爾第一次把這位女孩介紹給她時，她也同樣感到妒火中燒，因此他倆就像兩個連在一起的管子，裏面流著同樣的苛性汁液）。雅羅米爾的臉又變得率眞、順從。瑪曼面對的不再是一個陌生、獨立的男人，而是她親愛的孩子，一個痛苦的孩子，一個過去常跑到她身邊尋求安慰的孩子。瑪曼捨不得離開這個美好的情景。

雅羅米爾離開了房間，一陣孤寂後，瑪曼察覺自己在用拳頭打自己的頭。她不斷地悄聲自語：「克制它，克制它，克制這種愚蠢的忌妒，克制它！」

儘管如此，損害還是已經造成了。他們華麗的樓閣，他們由童年保護神守護的和諧住處，已經被撕成了碎片。在母親和兒子眼前展現了一個忌妒的時期。

母親關於調戲不會當眞的話一直縈繞在他腦際。他想像紅頭髮女孩商店裏的伙計們開著下流的玩笑；他想像當妙語將要說出時，敍述者和聽者之間的接觸達到了淫猥的頂點；他痛苦萬分。他想像老闆從她身邊擦過，偷偷地摸一下她的乳房，或拍一下她的屁股，他狂怒不已。這樣的動作居然不必當眞，對他來說，這些動作就意味著一切。一次，他去看望她，注意到她忘記了隨手關浴室門。他對此大發脾氣，因爲他頓時就想像出這樣的場面：女孩在她的工作地點同樣粗心大意，當她正在馬桶上時，一個陌生男人無意中闖進來，使她吃了一驚

當他把這些忌妒的想像講給女孩聽時，她能夠用溫柔和保證使他平靜下來。但一當他發現自己獨自待在房間裏時，那些折磨人的想法就又產生了。他不能擔保女孩對他講的都是實話。畢竟，不正是他自己引誘她說謊話的嗎？不正是他對一次普通醫療檢查的念頭如此狂怒，以致嚇得她永遠不敢再對他講心裏話了嗎？

早期的幸福時光一去不復返了，那時作愛是快樂無比的，爲了她如此輕易和無誤地把他帶出童貞的迷宮，他對她充滿感激之情。但是，正是過去感激的原因如今受到了他焦慮的分析。他一次又一次地想起她那手的淫蕩的觸摸，第一次同她在一起時，那手曾是那樣極度地使他興奮。現在他用懷疑的眼光細細地檢查它；他對自己說，她以前從沒有像那樣去撫摸別人，這是不可能的。既然在認識他半小時之內，她就敢對他這樣一個完全陌生的人採取這種下流的動作，那麼這種動作對她來說肯定是一種機械的，習以爲常的事了。

這是一個可怕的念頭。的確，他已經接受了這個想法，即他不是她生活中的第一個男人，但他之所以接受這個想法，僅僅是因爲女孩的話使人聯想到某種痛苦難堪的事，在其中她只是一個被虐待的受害者。這喚起了他心中的憐憫，憐憫多少消融了他的忌妒。但是，如果女孩在同那個男人的關係中學會了如此淫猥的動作，那這種關係決不可能完全是單方面的。畢竟，那個動作太叫人快樂了。它包含了整整一小段歡樂的性愛史！

這是一個太令人痛苦的題目，使人不願談及。一聽到她情人的名字，他就會產生極大的苦惱。然而，他還是試圖用一種拐彎抹角的方式來追查出使他痛苦的那個動作的由來（他繼續在用他的身軀體驗那個動作，因爲女孩似乎對那種獨特的撫摸非常喜愛），最後，他用這種想法來寬慰自己，一個偉大的愛情突然爆發就像一道閃電，一下子使這個女人擺脫了所有的羞恥和禁忌。正是因爲這個原因，正是因爲她天眞無邪，她像一個妓女一樣，欣然把自己獻給她的情人；不僅於此：愛情突然開啓了她那如此珍貴的靈感，以致她本能的嬉戲就像一個無恥蕩婦的熟練花樣。在眼花繚亂的一瞬間，愛情的守護神展示了一切知識和技巧。雅羅米爾覺得這個想法美好而深奧。由此看來，他的女友彷彿就是一個愛情的守護神。

有一天，一位同學用嘲諷的口氣說，「告訴我，昨夜我看見與你在一起的那位絕代佳人是誰？」

他像彼得❷否認耶穌基督一樣馬上否認了她。他說，她只是偶然遇見的一位熟人。他搖著手表示否認。但是，像彼得一樣，他內心深處仍然保持著忠實。他的確減少了他倆一起在熱鬧街頭的散步，當沒有他認識的人看到他倆在一起時，他感到如釋重負，但他並不贊同他的同學，並對他產生了反感。他被紅頭髮女孩僅有的幾件寒酸衣服感動了，他把她衣服的樸素看成是她魅力的一部分（質樸、貧窮的魅力），也是他自己愛情魅力的一部分，他告訴自己，要愛上一個老練、漂亮、穿著華麗的人並不太難：這種愛是受到偶然的美的機械刺激後一種毫無意思的反應。但是，一個偉大的愛情卻尋求從一個不完美的造物中創造出一個可愛的人，這個造物由於她的不完美而更具有人性。

一天，他正在表白他對她的愛時（無疑，是在激烈地吵過嘴之後），她說：「我眞不知道你看上了我哪一點？周圍有那麼多更漂亮的女孩。」

他相當興奮地解釋說，美貌與愛情毫無關係。他聲稱他愛的正是她身上那些別人也許認爲醜的東西。他被熱情沖昏了頭，甚至開始詳細列舉。他說，她的乳房很小，發育不全，她有大而多皺的乳頭，這只會引起憐憫而不是熱情。他告訴她，她的臉上生有雀斑，她的頭髮是紅的，她的身材很瘦，這些都正是他愛她的理由。

紅頭髮女孩的眼淚奪眶而出，因爲她明白這些肉體上的事實（小乳房，紅頭髮）；卻沒有明白那個抽

❷彼得，耶穌十二門徒之一。耶穌被捕時，有人指認他是耶穌同夥，他矢口否認。事見《約翰·馬可福音》十四章。

象的結論。

然而，雅羅米爾完全被他的觀點吸引住了。女孩因自己不漂亮而流下的淚溫暖和鼓舞了他。他決心爲了擦去這些眼淚，爲了把她裹在他的愛情中而獻出自己的一生。在感情的迸發中，他甚至設想她過去的情人也是那些使她越發可愛的瑕疵之一。這是一個意志和才智的眞正了不起的成就。雅羅米爾也是這樣認識的，並著手寫了一首詩：

說起那個少女總是在我心裏（這行詩作爲疊句不斷地重複）。他表達了渴望占有她和她所有的瑕疵，她所有的人的完整和永恆，**甚至那些玷污了她肉體的舊情人**………

雅羅米爾對他的創作充滿了熱情，因爲在他看來，代替了那個光輝和諧的大樓閣，代替了那個人工的場所（在那裏一切矛盾都被消除，在那裏母親和兒子和睦地坐在同一張桌子旁），他已經找到了另一座大廈——一座絕對的大廈，一種更嚴格更眞實的絕對。因爲假如不存在絕對的純潔與安寧，那麼還有絕對的感情，在其中一切無關與不純的東西都被消融了。

他對這首詩非常滿意，儘管他知道沒有一家報紙願意登載它，因爲它與歡樂的社會主義建設毫不相干。但是，他寫這首詩不是爲了報紙，他寫它是爲了自己，爲了他的女孩。當他把它讀給她聽時，她感動得流下了眼淚，但所有那些提到她的醜陋，提到撕扯她身子的手，提到老年的地方卻又使她再次感到恐懼。

雅羅米爾對她的不安毫不介意。相反，他喜歡和欣賞她的不安。他喜歡她談論她的疑懼，用冗長的解釋和反覆保證來平息它們。然而，使他懊惱的是，女孩並沒有分享他對這個題目的喜愛，她很快就把話題引到別處。

雅羅米爾可以原諒女孩瘦小的乳房（實際上，他從來沒有因爲它們的緣故而對她不快），甚至可以寬容那些擠壓她身子的陌生人的手，但有件事他覺得不能不考慮：她那沒完沒了的絮叨。他剛給她讀了幾行體現他一切思想和信仰精華的詩，他幾乎還沒有讀完，她就已經在愉快地嘮叨起一件完全不同的事情來了。

是的，他願意用他愛情的鏹水溶解她所有的缺點，但是得有一個條件：她必須順從地把自己放低，進入這個溶解的浴缸，她必須完全把自己浸在這個愛的浴缸裏，不準有任何思想偏差，她必須滿足於待在被他的言語和思想淹沒的水面之下，她必須完全屬於這個世界，無論是肉體還是靈魂。

可是她又不停地絮叨起來，談她的童年，她的家庭，這個話題雅羅米爾覺得特別可憎，因爲他不知道該如何表示他的異議（這是一個完全愚昧無知的家庭，事實上這是一個無產階級家庭）。正是由於他們，她不斷地跳出他爲她準備的浴缸。在這個浴缸裏他裝滿了寬容一切的愛情之水。

他不得不再次聽她談她的父親（一個來自農村的筋疲力盡的老工人），她的兄弟姊妹（這個家庭的人口像兔棚裏那樣多，雅羅米爾心想：兩個妹妹，四個兄弟），她好像特別喜歡其中一位兄弟（他的名字叫簡，似乎是一個什麼古怪的傢伙——在二月革命之前，他一直爲一位反共的內閣部長開車子）；不，這不光是一個家庭，這是一個令人厭惡、格格不入的巢穴，它的痕跡仍然深深留在紅頭髮女孩身上，使她跟他疏遠，阻止她完全屬於他。那個叫簡的兄弟，他不僅是一個兄弟，而首先是一個男人，一個注視她十八年之久的男人，一個了解她許多個人祕密的男人，一個曾與她共用一個浴室的男人（有多少次她一定忘記了關門），一個在她轉變爲婦人時期與她生活在一起的男人，一個肯定多次看見過她裸體的男人……

你必須屬於我，如果我想要，你就得死在刑架上，病弱，忌妒的濟慈❸給他的范妮寫道。雅羅米爾又回到家，回到他童年時代的房間，動筆寫一首詩，讓自己平靜下來。他想到了死，那個使一切靜止的偉大擁抱。他想到了那些堅強的人，那些偉大的革命者的死亡，他情不自禁地想寫一首出色的輓歌，在共產主義英雄們的葬禮上，這首輓歌將被人們吟唱。

死亡。在那強迫性歡樂的時期，死亡也屬於被禁的題目。但是，雅羅米爾確信能發現一個特殊的觀點，可以使死亡從它通常的陰鬱氛圍中擺脫出來（畢竟，他以前寫過一些有關死亡的優美詩句；他自己覺得，他是寫死亡之美的行家）。他覺得他有能力寫社會主義的死亡詩。

他在冥想一位偉大革命者的死：**像太陽告別了／高山之顛**，……

---

❸濟慈（一七九五～一八二一），英國浪漫主義詩人。

於是他開始寫一首題目叫《墓誌銘》的詩：我必須死嗎？那就讓我死於烈火吧……

5

在抒情詩的領域中，任何表達都會立刻成爲眞理。昨天詩人說，**生活是一條淚谷**；今天他說，**生活是一塊樂土**；兩次他都是正確的。這並不自相矛盾。抒情詩人不必證明什麼。唯一證明的是他自己情緒的強度。

抒情詩的特徵就是缺乏經驗的特徵。詩人不諳世情，但他把從生命裏流出來的詞語安排成像水晶一樣勻稱的結構。詩人自己不成熟，可是他的詩具有一個預言的定局，在它面前，他肅然起敬。

呀，我水中的愛人。當瑪曼讀到雅羅米爾的第一首詩時，她突然想到（懷著一種類似羞恥的感情），雅羅米爾對愛情比她了解得更多。她一點也不知道他在瑪格達洗澡時曾企圖窺視她。在瑪曼看來，「水中的愛人」這句話已遠遠超過了普通的含義，表明了某種神祕的愛情範疇，某種像女巫的宣告一樣難以捉摸的東西。

我們可以嘲笑詩人的缺乏成熟，但他身上也有某種令人驚異的東西：他的詞語閃爍著發自內心的露珠，賦予他的詩以美的光澤。這些神奇的露珠不需要眞實生活事件的激發。相反，我們猜想，詩人有時像家庭主婦把檸檬擠在沙拉上那樣超然地擠榨他的心。實際上，雅羅米爾對馬賽的碼頭工人並不是非常關心；但在描寫他對他們所懷有的愛時，他的確被他們的境況所感動，慷慨地把他的心傾注在詞語上，使它們呈現出活生生的現實。

抒情詩人憑藉他的詩創作出他的自畫像。但沒有任何肖像是完全精確的，詩人給他的眞實面貌潤色。潤色？是的，他使肖像更富有表情，因爲他對自己的外貌呆板感到苦惱。他渴望著他自己的一種形象，希望他的詩會賦予他的外貌一個堅定的輪廓。

他試圖使他的肖像引人注目，因爲他的眞實生活平淡無奇。他詩歌中描繪的那張臉龐常常帶有一種熱烈、凶狠的表情，彌補了詩人生活中所缺少的有聲有色的活動。

但是，如果詩人的自畫像要問世，他的詩必須先得到發表。報紙上已登載過雅羅米爾的幾首作品，但他還是不滿意。在附有稿子的信裏，他用熱烈、親密的語氣跟那位不知名的編輯交談，想誘使他給他回信，邀請他會面。然而（這簡直很丟臉），甚至雅羅米爾的詩歌得到發表後，也沒有任何人像是有興趣見他本人，或者把他看作一個搞文學的同行跟他打交道；那個編輯從來沒有回覆。

同學們中對他詩歌的反應也很使他失望。也許，假如他屬於當代的傑出詩人——他們的聲音由擴音器傳播，他們的照片在有插圖的周報上閃耀——也許這樣他才可以在大學的同學們中間引起一些興趣。但是，在報紙副刊上發表的幾首詩幾乎沒有引起一點轟動。在那些渴望著輝煌的外交或政治生涯的同學們看來，雅羅米爾已經變成了一個令人不感興趣的古怪的人，而不是一個古怪得令人感興趣的人。

在這期間，雅羅米爾是那樣熱烈地渴求榮譽！他像所有詩人那樣渴望著它。啊榮譽，你巨大的神威，願你偉大的名字鼓舞我，願我的詩歌征服你，維克多・雨果祈禱。我是一名詩人，我是一名偉大的詩人，總有一天我將受到全世界的愛戴；重要的是，反覆提醒自己這一點，祈禱我未完成的不朽之作，伊希・奧登自我安慰。

對讚美的過分渴望不會給詩人的才能抹黑（數學家或建築師也許會如此）；相反，它正是抒情氣質的精髓部分，它實際上給抒情詩人下了定義：凡是把自己的自畫像展示給世界，希望由於他的詩而突出在畫面上的那些臉會受到愛戴和崇拜的人，就是詩人。

我的心靈是一朶奇葩，散發出奇妙而能嗅到的芳香。我富有才能，甚至也許是天才。伊希・沃爾克在他的日記中寫道，雅羅米爾對不負責任的報紙編輯很反感，他挑選了幾首詩，把它們寄給一家很有聲望的文學雜誌。多麼幸福啊！兩周後他收到一封短箋，信中說他的詩被認爲很有前途，並邀請他拜訪編輯室。他爲這次訪問做了細緻的準備。就像當初他爲了與一個女孩約會反覆練習一樣。他決心要以最深刻的語言感向編輯們「引見」自己。按照他自己的意願說明他的身分，作爲一名詩人和男人他是誰，他的夢想，他的出身，他的愛，他的恨是什麼？他拿起紙筆，把他的一些看法，觀點，發展階段寫下來。於是，一天，他敲開了那個門，走了進去。

一位戴眼鏡的瘦小男人坐在桌子後面，問他有何貴幹。雅羅米爾作了自我介紹。這位編輯再次問他有什麼事。雅羅米爾更加大聲，淸楚地重複了他的名字。編輯說認識雅羅米爾很高興，但他還是不明白他究竟有什麼事。雅羅米爾解釋說，他給雜誌寄了一些詩歌，他被邀請來作一次訪問。編輯說，詩歌是由他的一位同事在處理，他這會兒出去了。雅羅米爾回答，這太遺憾了，因爲他很想知道，他的詩排定在什麼時候發表。

這位編輯不耐煩了。他從椅子上站起來，拉著雅羅米爾的胳膊，把他領到一個大櫥櫃前。他打開櫥櫃，讓雅羅米爾看堆滿了架子的一堆堆稿子。「我親愛的同志。」他說，「我們平均每天要收到十二個新作者的詩。加起來一年有多少？」

「我不知道。」當編輯敦促雅羅米爾猜一猜時，他窘迫地咕噥道。

「每年共有四千三百八十個新詩人。你想出國嗎？」

「是的，我想是這樣。」雅羅米爾說。

「那就堅持寫下去。」編輯說，「我肯定我們遲早會開始輸出詩人。其他國家輸出技工、工程師或者小麥、煤炭，但我們最有價值的出口是詩人。捷克詩人可以給予發展中國家寶貴的支援。作爲我們詩人的回報，我們將得到電器設備或者香蕉。」

幾天後，雅羅米爾的母親告訴他，看門人的兒子曾在家裏一直等他。「他說，你應該去警察總局看他。

他要我告訴你，他祝賀你的詩歌。」

雅羅米爾興奮得漲紅了臉。「他眞是這樣說的嗎？」

「是的。他離開時一再強調說，『告訴他，我祝賀他的詩歌。別忘了。』」

「我很高興。是的，我眞的很高興，」雅羅米爾特別強調說，「你知道，我的確是爲了像他這樣的人寫詩的。我不是爲了某一個勢利的文人寫詩。畢竟，一個木匠做椅子不是爲了其他木匠，而是爲了人民。」

於是，下周的一天，他踏進了國家安全局的大樓，向接待室的武裝警衛通報了自己，等了一會兒，最後他與從樓梯上衝下來，熱情迎接他的老同學握著手。他們走進他的辦公室，看門人的兒子重複說，「聽著，我一點沒想到我還有這樣一個有名的同學！我自言自語：是他不是他，是他，最後我對自己說，肯定是他，不可能是巧合，沒有像這樣的一個名字！」

然後他把雅羅米爾領到大廳，指給他看一個大布告欄，上面有幾張照片（警察訓練狗，訓練武器，訓練跳傘）和幾份印刷通告。在所有這些中間是雅羅米爾一首詩的剪輯，用紅墨水勾出花邊，它在整個布告欄中占了重要位置。

「怎麼樣？」看門人的兒子問。雅羅米爾沒說什麼，但心裏很高興。這是他第一次看見自己的一首詩獨立存在。

看門人的兒子拉著他的手，領他回到辦公室。「我敢說你不會想到，我們這種人也讀詩。」他笑道。

「爲什麼不會?」雅羅米爾說，想到他的詩不是受到老處女們的讚揚，而是受到屁股上挎著左輪槍的男人們的欣賞，這給了他非常深的印象。「爲什麼不會?今天的警官與資產階級時期穿著警察服的凶手是完全不同的類型。」

「你也許認爲，警察的工作與詩歌不相容，可是你錯了。」看門人的兒子沉思地說。

雅羅米爾詳盡地闡述了這個思想。「說到底，今天的詩人也不同於過去的類型。他們不是被寵壞了的、狂妄的奶油小生。」

看門人的兒子接著說，「我們這一行是很無情的——讓我告訴你，我的朋友，它會有多麼無情——但偶爾我們也欣賞一下精美的東西。否則，有時人們對他在一天工作中不得不忍受的事也幾乎忍受不了。」然後（他的值班剛結束）他邀請雅羅米爾到街對面去喝幾杯啤酒。

「相信我，安全工作決不是輕鬆的事，」他們在酒館坐下來後，看門人的兒子繼續說。他從啤酒杯裏飲了一大口。「還記得我上次說過的那個猶太人嗎?哎，他原來是個十足的下流坯，我告訴你吧。好在我們已經把他嚴密地關押起來了。」

當然，雅羅米爾一點也不知道，那位領導馬克思主義青年小組的黑頭髮男人已經被捕。他雖然隱隱約約地感覺到正在搜捕人，但他確實不知道會有成千上萬的人被捕，甚至還包括許多共產黨員；許多人備受折磨，他們的罪行多半是虛構的。所以，對於朋友的通報，他的反應僅僅是吃驚，既沒有表示讚許也沒有表示譴責。然而，他還是流露出一絲同情，看門人的兒子覺得有必要堅定地說，「在我們的工作中，決沒有多愁善感的餘地。」

雅羅米爾擔心他的朋友又在迷惑他，再次走在前面幾步。「我爲他感到難過，請不要對此驚訝。我沒有辦法。但你是對的，多愁善感會使我們付出很大代價。」

「非常大。」看門人的兒子補充說。

「我們誰都不想要殘酷。」雅羅米爾堅持說。

「說得對。」

「但如果我們沒有勇氣對那些殘酷的人殘酷，我們就會犯最大的殘酷。」雅羅米爾說。

「非常對。」看門人的兒子贊同。

「對自由的敵人沒有自由可言。我知道，這是殘酷的，但不得不這樣。」

「非常對，」看門人的兒子重申，「我可以告訴你許多這方面的事，但我的嘴是打了封條的。這是我的職責。聽著，我的朋友，有些事我甚至不能告訴我的妻子。連我自己的妻子也不知道我在這裏幹的一些事。」

「我明白。」雅羅米爾說，他又一次忌妒起他同學那適合於男人的職業，他的祕密，他的妻子，甚至他對她保守祕密，她還不能反對的這個想法。他忌妒朋友眞正的生活，帶有粗暴的美（或美的粗暴），不斷地超越雅羅米爾的生存（他不知道他們為什麼要逮捕黑頭髮男人，他只知道不得不這樣做）。面對著一個同齡的朋友，他再次痛苦地意識到，他還沒有深入眞正的生活。

當雅羅米爾陷入在這些忌妒的沉思默想中時，看門人的兒子緊緊地盯著他的眼睛（同時咧嘴傻笑），開始背誦貼在布告欄上的那首詩。他把整首詩記得很熟，沒有遺漏一個字。雅羅米爾一時不知作何反應（朋友的眼睛一直緊盯著他）。他的臉紅了（意識到朋友背誦得非常天眞幼稚），但他幸福的自豪感遠遠勝過了他的窘迫——看門人的兒子喜歡他的詩，並把它背下來了！因此他的詩就像他的使者和前衛，已經獨立不羈地進入了男人的世界！

看門人的兒子用單調低沉的語調背完了這首詩。然後他說，這一年他一直都在布拉格郊區別墅的一所專門的學校學習，偶爾也邀請一些有趣的人來給警察學生講話。「我們正打算在某個星期天邀請一些詩人來參加一次專門的詩歌晚會。」

他們又要了一次啤酒，雅羅米爾說，「這個主意眞妙，讓警察來安排一次詩歌晚會。」

「警察為什麼不可以？這有什麼不好？」

「完全沒有，」雅羅米爾回答，「恰恰相反，警察和詩歌，詩歌和警察。也許這兩者比人們想像得還要更加緊密。」

「肯定，為什麼不？」看門人的兒子說，並表示他很樂意看到雅羅米爾也在被邀請的詩人中間。

雅羅米爾開始有點躊躇，但最後還是愉快地同意了。如果文學不願向他伸出虛弱、蒼白的手，現在生活本身的結實、粗糙的手卻緊緊握住了他。

6

讓我們把雅羅米爾的畫像再留在我們面前一會兒。他正坐在看門人的兒子的桌子對面，手中拿著一杯啤酒。在他身後，遙遠的地方，是他童年時代封閉的世界；在他面前，以過去一位同學為化身，是行動的世界，完全不同的世界，他既害怕這個世界，又拚命想進入這個世界。

這是不成熟的基本境遇。抒情態度是對付這種境遇的一種方法：從童年時代的安全圍牆中被放逐的人渴望踏進世界，但是因為他害怕它，他就構築了一個人工的、替代的詩歌世界。讓他的詩繞著他遠行，像行星繞著太陽一樣。他成為一個小小宇宙的中心，在那裏沒有不相容的東西，在那裏他感到像在母腹裏的嬰兒一樣自由自在，因為一切都是由他自己心靈裏的熟悉材料建構出來的。這裏，他可以獲得在「外面」很難獲得的一切。伊希・沃爾克，一位羞怯的青年學生，可以帶領革命羣衆走向街壘；這裏，用殘酷的詩，純潔的阿瑟・韓波代別人鞭打他的「小情婦」。但是，那些革命羣衆和那些情婦並不是由一個敵意的、不相容的外部世界的材料建構出來的，而是詩人自己生命的組成部分，他自己夢幻的材料，不會擾亂他爲自己構造的宇宙的統一。

伊希・奧登寫過一首美麗的詩，描述一個孩子在母親的身軀裏感到很幸福，他把出世看成是一個可怕的死亡，**一個充滿光線和可怖面孔的死亡**。這個嬰兒拚命想要回去，回到母腹裏，回到芳香的黑夜。

不成熟的人總是渴望著他在母腹裏獨占的那個世界的安全與統一。他也總是對相對的成人世界懷著焦慮（或憤怒），在這個不相容的世界裏他猶如滄海之一粟。這就是爲什麼年輕人都是這樣熱烈的一元論者，絕對的使者；這就是爲什麼詩人要建造他個人的詩歌世界；這就是爲什麼年輕的革命者（他們的憤怒勝過焦慮）要堅持從一個單一的觀念裏鍛造出一個絕對的新世界；這就是爲什麼這樣的人不能容忍妥協折中，無論是在愛情上還是在政治上，反抗的學生面對歷史激烈地叫出**要嘛一切，要嘛全無**，二十歲的維克多・雨果看到他的未婚妻阿黛爾・富歇在泥濘的人行道上把裙邊拉得很高，露出了踝部，他便勃然大怒。**在我看來，莊重比裙子更爲重要**，他在一封信中申斥她，又補充說，**請重視我的話，否則誰第一個膽敢看你，我就要打這個無禮蠢貨的耳光**！

成人世界聽到這個莊嚴的威脅，哈哈大笑起來。情人踝部的暴露和人們的笑聲深深地傷害了詩人。詩人和世界之間戲劇般的鬥爭開始了。

成人世界清楚地知道，「絕對」是一個錯誤的觀念，沒有任何人是偉大的，或者是永恆的，姊姊同兄弟睡在一個房間是完全正常的。然而，雅羅米爾卻感到痛苦！他的紅頭髮女孩宣布說，她的兄弟要來布拉格，打算跟她一起待一個星期；她要求雅羅米爾這期間不要去她的住所。他忍無可忍，非常生氣：不可能僅僅因爲「某個人」要到城裏來，就期望他把他的女友放棄整整一個星期。

「你不公平！」紅頭髮女孩反駁說，「我比你小，可是我有自己的住處，我們總是在那裏見面。爲什麼我們不能到你家裏去？」

雅羅米爾知道女孩是對的，因此他的憤怒不斷上漲。他比任何時候都更加意識到他那缺乏獨立的恥辱處境，憤怒使他不顧一切，當天他就對母親宣布（用前所未有的堅定語氣），他打算邀請年輕女友到家裏，因爲這裏是他們可以單獨相處的唯一地方。

他們彼此多麼相似，母親和兒子！對統一與和諧的一元論時期的懷舊使他們同樣著迷。他想重新回到她那母性深處的芳香的黑夜，而她想要永遠充當那個芳香的黑夜。當她的兒子逐漸長大，瑪曼竭力想像空氣一樣把他包圍起來。她接受了他的一切觀點：她成了一個現代藝術的信徒，她開始信仰共產主義，相信她兒子的榮譽，指責那些隨波逐流的教授的虛僞。她仍然希望像天空一樣把兒子包圍起來，仍然希望做兒子所做的事。

那麼，她怎麼能忍受一個陌生女人不相干的軀體侵入到這個和諧的統一裏？

雅羅米爾從她的臉上看到了反對，這使他更加頑強。是的，他想尋求芳香的黑夜，他正在尋找舊日的母性世界，但是他已不再在他母親身上尋找。相反，在尋求他失去的母親的過程中，他的母親成了最大的障礙。

她看出兒子的決心，於是她屈服了。一天晚上，紅頭髮女孩第一次發現她已經在雅羅米爾的房間裏；如果他倆不是那樣緊張，這本來會是一個很美好的時刻：瑪曼看電影去了。可是她的靈魂似乎仍然徘徊在他們的頭上，在注視，在傾聽。他們的談話聲比平常低得多。當雅羅米爾摟抱女孩時，他感到她的身軀冰冷，意識到最好是到此爲止。因此，他們沒有像預料的那樣快樂，整個晚上都在心不在焉地談話，不斷地望著那個通報瑪曼就要回來的鐘擺，從雅羅米爾的房間出來後必須通過瑪曼的房間，紅頭髮女孩強烈地表示不願見到她。因此在瑪曼回來之前半小時她就趕緊走掉了，聽任雅羅米爾處在很壞的情緒中。

然而，這次經歷非但沒有使他洩氣，相反卻只是使他更加堅定。他得出結論，他在家中的地位是不堪忍受的：這不是他的家，這是他母親的家，他僅僅是一個房客而已。他被激得故意採取倔強的態度。他再次邀請紅頭髮女孩，用勉強的詼諧來迎接她，試圖以此消除第一次曾壓在他們身上的緊張不安。他甚至還在桌子上放了一瓶酒，由於他倆誰都不習慣喝酒，他們很快就喝得醉醺醺，完全可以忽視瑪曼無所不在的身影了。

那一個星期，按照雅羅米爾的希望，瑪曼總是很晚才回家。事實上，她超出了他的願望，甚至在白天也出去，而他並沒有要求她這樣。這既非好意，也非讓步，只是個抗議示威。她的流放是爲了向雅羅米爾表明他的殘忍，她的晚歸是爲了對他說：你表現得彷彿你是這裏的主人，你對待我像對待一位女僕，當我幹完了一天的苦活，我甚至不能坐下來歇口氣。

遺憾的是，當她在外面的時候，她不能很好地利用這些漫長的下午和晚上。那位曾經對她感興趣的同事已經厭倦了沒有結果的求愛。她試圖（很少成功）與一些老朋友重新建立起聯繫。她到電影院去。帶著病態的滿足，她品嘗著一個失去父母和丈夫，被兒子趕出自己家門的女人的痛苦情感。她坐在黑暗的電影院裏，望著遠處銀幕上兩個在接吻的陌生人，眼淚從她臉上慢慢地滾落下來。

一天，她比往常回來的早一點，打算擺出一副受了委屈的面孔，不理睬兒子的問候。她剛一走進她的房間，幾乎還沒有關上門，這時熱血一下子湧上了腦際，從雅羅米爾的房間，幾步開外，她聽見了同女人呻吟聲混雜在一起的兒子的呼吸氣喘的聲音。

她木然地站在那裏，接著她突然想到，她不能留在這個地方，聽著愛的呻吟——這就等於站在他們旁邊盯視（此刻在她想像中，她的確看見了他們，清清楚楚），這是無法忍受的。當她意識到自己的完全無能時，她氣得麻木，越發狂怒，因爲她既不能大叫，也不能跺腳，既不能砸壞家具，也不能闖進去打他們；除了一動不動地站著聽，她什麼也不能做。

後來，她頭腦裏殘留的一點神志清醒的感覺與毫無知覺的狂怒混合在一起，變成一個突然的、瘋狂的靈感。當紅頭髮女孩在隔壁房間再次呻吟起來時，瑪曼用一種充滿焦慮關心的聲音叫道：「雅羅米爾，我的天哪，你的女朋友怎麼了。」

呻吟立即停止了，瑪曼衝到藥櫃前，拿出一個小瓶子，跑回到雅羅米爾房間的門口。她往下推門柄：門是鎖上的。「我的天哪，不要這樣嚇我。怎麼了？那個女孩好點了嗎？」

雅羅米爾正抱著紅頭髮女孩的身軀，她在他懷裏急得發抖。他咕嚕著說：「不，沒什麼……」

「女孩的肚子疼嗎？」

「是的……」

「開開門，我給她吃點東西就會好一點。」瑪曼說，再次推上了鎖的門柄。

「等一下。」兒子說，迅速地從女孩身邊站起來。

「這樣痛！」瑪曼說，「一定很厲害？」

「等一下。」雅羅米爾說，匆匆穿上褲子和襯衫，把一床毯子扔在女孩身上。

「一定是肚子，你看呢？」瑪曼隔著門問。

「是的。」雅羅米爾回答，微微打開門，伸出手去拿腹痛藥。

「你不願讓我進來嗎？」瑪曼說。一種瘋狂驅使她走得更遠：她沒有讓自己被推開，而是衝進了房間。她第一眼看到的是掛在椅子上的胸罩，四處散亂的內衣。然後她看見了女孩。她在毯子下面抖縮，臉色蒼白。彷彿真的剛經歷了一次腹部絞痛。

現在，瑪曼不得不厚著臉皮幹下去：她在女孩身邊坐下來。「你發生了什麼事？我剛回家就聽見這樣可怕的聲音……可憐的人！」她搖出二十粒藥放在一塊方糖上。「對這些腹部絞痛我再清楚不過了！吮一下這個，你馬上就會好的……」她把這塊糖舉到女孩嘴邊。女孩的嘴唇順從地伸出來接糖，就像它剛才順從地伸出來接雅羅米爾的吻一樣。

瑪曼在極度興奮的憤怒下衝進兒子的房間。現在憤怒已經平息，但興奮還在：她盯著那張微微開啓的小嘴，感到一陣強烈的慾望，想拉開女孩身上的毯子，看看她的全裸體。破壞由女孩和雅羅米爾組成的那個小小的充滿敵意的世界的統一；撫摸他所撫摸的東西；認領它，占有它；把兩個軀體都裹在她那空氣般的擁抱中；把自己浸在他們那藏著邪惡的裸體裏（她注意到雅羅米爾的短褲撂在地板上）；粗野而無知地來到他們中間，彷彿這全都是一個腹部絞痛的問題；同他們在一起就像從前同雅羅米爾在一起時一樣，用她裸著的乳房去餵他；跨過這一曖昧無知的橋梁，進入他們的嬉戲和他們的愛情，像天空一樣籠蓋著他們的裸體，與他們合爲一體……

她的激動使她感到恐懼。她建議女孩做深呼吸，然後很快地離開了房間。

7

警察總局大樓前停著一輛關閉的小公共汽車，一羣詩人聚集在周圍等待司機。其中有兩位警察，他們是這次詩歌晚會的組織者之一，雅羅米爾也在這羣人中間。他認識幾位詩人的面孔（比如，那位白髮蒼蒼的詩人，他曾參加過雅羅米爾學校的一次會議，朗誦過一首關於青春的詩歌）。雖然最近一本文學雜誌發表了他的五首詩，使他的羞怯多少有點減輕，但他還是不敢對他們中任何人說話。爲了以防萬一，他把這本雜誌揷在外衣的胸部口袋裏，這使得他的半邊胸脯像男人一樣平坦，另外半邊卻像女人一樣具有挑逗性。

駕駛員終於來了，詩人們（共有十一個，包括雅羅米爾）爬進公共汽車。開了一小時後，車子停在令人心曠神怡的鄉間，詩人們走出來，兩位警察指給他們看一條河，一個花園，一座別墅，領著他們穿過整幢大樓，教室，禮堂（歡樂的晚會很快在這裏開始）；他們被迫窺視每間屋有三張床位的一排宿舍，那些修警察課程的人就住在這裏（這些人吃了一驚，跳起來立正，就像在官方視察中採用的那種誇張的軍人姿態），最後詩人們被帶到指揮員的辦公室。等待著他們的是一盤三明治，兩瓶酒，穿軍服的指揮員，而更妙的是，一個特別美麗的少女。他們依次與指揮員握手，咕嚕著報出他們的名字。指揮員指著那個少女。「這位年輕女士負責我們的電影小組。」他開始向十一位詩人解釋（與此同時，這些詩人正在依次同那位少女握手），人民的公安部隊有自己的俱樂部，在那裏正在開展豐富的文化生活。他們有一個戲劇小組，一個合唱隊，最近在這位年輕女士的指導下又成立了一個電影小組；目前她還是電影學校的學生，她一直很樂意地在爲年輕的警察們提供幫助。他們努力給她提供她所需要的一切：一部昂貴的攝影機，最新的照明設備，最重要的是，熱情的小伙子，指揮員開玩笑地說，他不太清楚，這些熱情是因爲對電影感興趣，還是對這位年輕漂亮的電影攝製者感興趣才激發出來的。

同每個人握完手後，這位年輕女士對站在巨大聚光燈後的幾位年輕人點了點頭，霎時，詩人們和指揮員便發現他們自己正在聚光燈的強光下嚼著三明治。指揮員試圖進行自然、輕鬆的談話，但卻不斷被少女對攝製人員的命令打斷。燈光變換了幾次，終於攝影機開始輕聲地嗡嗡起來。拍電影的幾分鐘歡樂過去之後，指揮員對詩人們的合作表示感謝。他看了看錶說，大家已經在急切地等待著他們了。

「詩人同志們，請這邊走，」一位組織者說，開始在一張字條上念著他們的名字。詩人們按字母順序排列起來，聽他的信號就齊步走向主席台。台上有一張長桌，每一把椅子都標著詩人們的姓名座位卡。當他們坐下來時，擁擠的禮堂響起了一陣掌聲。

這是雅羅米爾第一次出現在人羣面前。他心花怒放，這種陶醉感整個晚上都沒有離開過他。總而言之，一切都進行得很順利。詩人們在他們指定的座位上坐定後，一位組織者走到安放在長桌一端的小講台前，向十一位詩人表示歡迎，然後介紹他們。被提到名字的詩人們一個接一個站起來鞠躬，大廈裏爆發出一陣陣的掌聲。雅羅米爾也鞠躬，掌聲使他不知所措，好一會兒才注意到看門人的兒子正在前排向他揮手。他點頭作答，這個小小的動作全場都看見了，這給了他一種愉快的自在的感覺，因此在晚會過程中他朝他的朋友點了好幾次頭，就像一個在舞台上感到完全自在、愜意的人。

詩人們是按字母順序坐著的，雅羅米爾發現自己正好在那位銀發蒼蒼的詩人左邊。「我親愛的孩子！多麼叫人驚奇！前幾天我在雜誌上看見了你的詩。」雅羅米爾很有禮貌地微笑，那位詩人繼續說，「我決心記住你的名字。它們的確是出色的詩，我眞的很喜歡它們。」他還沒來得及繼續說下去，那位組織者再次走到麥克風前，要求詩人們選一些他們最近的作品來朗誦。

於是，詩人們按照字母順序一個接一個走到小講台前，朗誦幾首詩，答謝聽衆的掌聲，然後回到座位上。雅羅米爾不安地等著輪到他；他擔心會結巴，他擔心他的聲音會顫抖，他什麼都擔心；他站了起來，像一個夢遊者朝小講台走去；他沒有時間思考。他開始朗誦，念了幾行詩後他的信心便增強了。詩剛一念完就博得了熱烈的掌聲，持續的時間比他前面任何一個詩人都長。

這個獎勵增強了雅羅米爾的自信心，他更加信心十足地朗誦第二首詩。他一點也沒留意到兩台巨大的聚光燈突然亮了，攝影機就在幾步遠的地方嗡嗡響起來。他假裝沒有意識到這一活動，順暢地繼續他的朗誦。他甚至還從紙上抬起眼睛，望了望昏暗的大禮堂，而且還望了望攝影機旁邊那個特殊的地點，那位年輕漂亮的製片人就站在那裏。又是一陣掌聲，雅羅米爾又讀了兩首詩，聽見攝影機的嗡嗡聲，看到那位攝製者的面孔，鞠躬，回到他的座位上。這時，那位白髮銀絲的詩人從椅子上站起來，將他莊嚴的頭向後傾，張開雙臂，緊緊摟住雅羅米爾的背。「我的朋友，你是一名詩人！你是一名詩人！」然後由於掌聲還在繼續，他轉向聽衆，低下他滿是銀髮的頭。

第十一位詩人表演完後，組織者再次走上講台，向每個詩人致謝，然後宣布休息片刻，休息之後，任何聽衆只要有興趣可以回來與詩人們交談。「這部分節目不是強迫的，是自願的，只涉及那些感興趣的人。」

雅羅米爾陶醉了；人們緊握他的手，聚集在他周圍；一位詩人自我介紹說他是一家出版社的編輯，並對雅羅米爾還沒有出版一本書表示驚異；他請求雅羅米爾送他一本詩選；另一位詩人邀請他參加一個學生組織安排的一次會議。當然，看門人的兒子也緊挨在雅羅米爾身邊，向大家說明他倆從童年時代起就是好朋友。指揮員握著雅羅米爾的手說，「看來，今天晚上的桂冠屬於最年輕的詩人！」

然後他轉向其他詩人，宣佈說他很遺憾，他將不能參加討論會，因爲他得去主持隔壁馬上就要開始的舞會。他微笑著打趣說，附近村莊的女孩們全都成羣結隊地擁向舞廳，因爲他的警察們是一羣很英俊的小伙子。「不要緊，同志們，我敢肯定，這不會是你們最後一次來這裏訪問。謝謝你們那些美好而鼓舞人心的詩！歡迎你們不久再來看我們！」他同大家握手，然後離開到隔壁大廳去了，從那裏已經傳來了舞曲聲。

幾分鐘前還回響著震耳欲聾掌聲的禮堂，現在卻一片寂靜，幾乎空了。詩人們聚成一個小圈，在講台前面等待，對他們表演的反響還在激動著他們。一個警官走到麥克風前宣布：「同志們，休息結束，我把發言權還給我們的貴賓。願意參加討論的人請坐下來好嗎？」

詩人們回到他們的座位上，在空蕩蕩的禮堂前排，大約有十個人面對著他們坐了下來。在他們中間有看門人的兒子；那兩個在汽車上陪伴詩人們的組織者，一位拄著拐杖，有一條木腿的老人，還有幾個模樣不引人注意的男人，甚至還有兩個女人。一個看上去有五十歲左右（也許是辦公室的祕書），另一個就是那位電影攝製者，她完成了她的拍攝，此刻正用一雙平靜的大眼睛看著詩人們。隔壁歡樂的舞曲聲越來越響，也越來越誘惑人，但對詩人們來說，這位漂亮女人的在場卻更有意義，更令人鼓舞。坐在台上的詩人與坐在禮堂第一排的羣衆人數大約相等，這兩羣人謹愼地互相注視，就像雙方足球隊排列在場上，等待著開球。令人痛苦的沉默持續著，雅羅米爾對他這一隊的能力越來越感到不安。

然而，雅羅米爾低估了他的同伴們。他們中間的一些人已經歷過成百次類似的場合，因此這種討論已經成了他們的專長。讓我們也回憶一下前後的歷史：這是一個討論和開會的時代。形形色色的協會、黨團組織、工人俱樂部和聯誼會都在忙於組織文娛晚會，邀請各種各樣的畫家、詩人、天文學家、農學家和經濟學家參加會議。這類活動的組織者們由於他們的努力而受到尊敬和獎賞，因爲這個時代需要革命活動；但由於缺少革命的障礙，這種熱情就不得不引導到開會和討論中來。而畫家、詩人、農學家和經濟學家們喜歡開會，因爲這樣可以證明他們不僅是深奧的專家，而且是與羣衆生動聯繫在一起的眞正的革命者。

因此詩人們非常熟悉聽衆們提出的問題；他們知道這些問題會按照統計法的絕對規律反覆地重現。

他們知道有人一定會問：同志，你最初是怎樣開始寫作的？他們知道還有人會問：你寫第一首詩時有多大？他們知道有人肯定會詢問：你最喜愛的作家是誰？聽衆中間也肯定會有人爲了顯示自己熟悉馬克思主義而提出這樣的問題：同志，你怎樣理解社會主義的寫實主義？他們知道除了提問，聽衆還會勸誡他們寫更多這方面的詩，關於⑴出席討論會的人的職業；⑵春春；⑶資本主義制度下生活的罪惡；⑷愛情。

最初片刻的沉默不是由於缺乏經驗造成的；相反，正是由於詩人們過分按照常規及職業態度行事而引起的。在某種程度上，也許也應該怪罪於配合不好，因爲這羣詩人以前從來沒有在一起過，他們沒有預先商定的開球方式。最後，那位白髮如銀的詩人打破了沉默，他講得很漂亮，令人鼓舞，十分鐘的即興演說之後，他邀請這排聽衆隨便提他們想到的任何問題。既然詩人們對這場比賽已熱心起來，於是他們顯示出口才，自動配合得天衣無縫。他們讓每個詩人都適當地表演一番，巧妙地互相讚揚，時而嚴肅地回答，時而詼諧地講一些軼事。所有基本的標準問題都恰當地提了出來，也都恰當地給予了標準回答（誰不會被那位白髮詩人對於何時及怎麼寫第一首詩的回答所迷住呢？他解釋說要不是爲了他的貓米基，他永遠也不會成爲一名詩人，因爲正是牠激勵他在五歲時創作了第一首詩。他開始背誦這首詩，由於對面那排人不知道是不是該把它當眞，他開始格格地笑起來，結果所有的人——詩人們和提問者——全都盡情地大笑起來）。

預料中的勸誡也出現了。正是雅羅米爾的老同學首先站起來，發表了一番嚴肅的言論。是的，詩歌晚會精采極了，所有的詩人都是第一流的。但是，是否有人注意到，儘管事實上呈獻了三十三首詩（假定每個詩人平均三首詩），但卻沒有一首詩提到國家安全力量，哪怕是間接的？有誰能眞正地堅持認爲，在我們的生活中，人民警察沒有起到一個至少值得我們注意和尊敬的三十三分之一的作用呢？

接著，那位中年婦女站了起來。她說她完全贊同雅羅米爾的老同學剛才表達的意見，但她還有一個完全不同的問題：爲什麼近來很少有人寫愛情？從提問者的隊伍裏傳來一陣壓低的笑聲。這位婦女繼續說：畢竟，在社會主義制度下人們也要相愛，他們會喜歡一些描寫愛情的詩。

白髮如銀的詩人站起來，鞠了鞠躬，然後說，這位女士完全正確。一個社會主義者爲什麼應以愛情爲恥？愛情有什麼過錯？我是一個老人，他說，但我不怕承認，當看見女人穿著單薄的夏裝，顯示出她們年輕迷人的身軀時，我總是情不自禁地要轉過頭去。提問者的隊伍懷著共謀犯罪的同情竊笑起來。老詩人繼續說：我應該爲這些年輕美麗的女人獻上些什麼呢？我應該給她們一把繫著紅緞帶的鐵錘嗎？或者當我來表示我的敬意時，我應該帶一把鎌刀來插在她們的花瓶裏嗎？不，我獻給她們玫瑰花；愛情就像我們獻給可愛女人的玫瑰花。

是的，說得對，那位婦女急切地表示贊同。老詩人受到這一反響的鼓勵，從他上衣口袋裏掏出一束手稿，朗誦了一首很長的愛情詩。

是的，是的，這太美了，那位婦女激動地說。但這時，一位一直在充當這次晚會組織者的警官站起來說，這些詩行的確很優美，但即使是一首愛情詩也應該讓人們能分淸，它是不是一個社會主義詩人寫的。

但是，社會主義愛情詩同其他愛情詩怎麼能有區別呢？那位婦女問，她仍然著迷於老詩人憂鬱地低下的白髮蒼蒼的頭，著迷於他的詩歌。

當其他人發言時，雅羅米爾保持著沉默，但他知道他一定要講話。他覺得他的時刻終於到了。畢竟，很早以前，遠在他拜訪那位畫家，聚精會神地聽他講述新藝術和新世界的那些日子，他就思考過這個問題。

啊，又是畫家，從雅羅米爾嘴裏發出的又是畫家的聲音和話語！

他說了些什麼？在舊的資產階級社會，愛情被金錢、社會地位以及種種偏見所嚴重變形，它永遠不可能成其爲自身，它始終只是眞正愛情的一個影子。只有在新時代，掃除了金錢的力量和偏見的影響，才能使人成爲完整的人，恢復了愛情的光輝。社會主義的愛情詩就是這一偉大的、解放的情感的聲音。

雅羅米爾對自己的雄辯感到滿意，並注意到一對平靜的黑眼睛在凝視他。他覺得，「眞正愛情」和「解放的情感」這些詞從他嘴裏流出來，就像勇敢的船只駛進那對黑色大眼睛的港灣。

但當他講完後，一個詩人譏諷地微笑說，「你眞的認爲你詩中的情感比亨利希•海涅詩中的情感還要多嗎？維克多·雨果的愛情對你來說似乎太卑賤了嗎？你是否想告訴我們，一個像聶魯達❹這樣人的愛情由於金錢和偏見而變成了畸形嗎？」

出乎意料的一擊。雅羅米爾不知所對，他臉紅了，那對黑眼睛目睹了他的恥辱。

那位中年婦女對雅羅米爾同伴的嘲弄攻擊感到很高興，她說：「同志們，你們爲什麼要干預愛情？愛情永遠都是一樣的，謝天謝地。」

那位組織者回答：「噢，不，同志，你錯了！」

「不，我說的不完全是這個意思，」那位詩人迅速插話，「但是，舊日愛情詩和現代愛情詩之間的區別並不在於情感的力量和眞實。」

「那麼，區別在哪裏？」中年婦女問。

「在這裏：從前，愛情——甚至最崇高的愛情——總是對令人厭倦的社會生活的一種逃避。但今天，人們的愛情卻與我們的社會責任，我們的工作，我們整體的鬥爭緊密地聯繫在一起。這就是現代愛情詩新的優越所在。」

對面那排人表示贊同這個系統的闡述，然而，雅羅米爾突然輕蔑地大笑起來：「這種優越，我親愛

❹聶魯達（一八三四～一八九一），捷克十九世紀偉大詩人。

的朋友，一點也不新。過去的偉大作家難道沒有把愛情與社會鬥爭聯繫起來嗎？雪萊著名詩中的戀人都是在生死攸關的時刻共同獻出了生命的革命者。這就是你所說的愛情脫離了社會生活的意思嗎？」

接著是一陣令人難堪的靜默。剛才，雅羅米爾還不知道怎樣回答那位同行的反對意見，現在輪到他的同行一下子語塞了，於是就會產生這樣的印象（一個無法接受的印象）：在昨天和今天之間沒有眞正的區別，新世界實際上是一個幻覺。事實上，那位中年婦女就又站了起來，帶著急切的微笑大聲說，「我們在等待，同志們。告訴我們──今天的愛情同過去的愛情有什麼區別？」

在這關鍵時刻，當每個人都倉皇失措時，那位有條木腿的男人揷了進來。他一直在仔細地聽著辯論，但明顯表露出不耐煩。現在他費力地站起來，讓自己靠在椅子上直立著。「同志們，請允許我自我介紹。」他說，同排的人開始對他嚷道，這沒有必要，因爲他們都非常熟悉他。「我不是向你們自我介紹，而是向詩人同志們，我們的客人。」他反駁說。由於他明白單單介紹他的名字對詩人們來說意義不大，於是他開始簡略地敍述他的身世。他在這個地方工作了近三十年；早在科克瓦拉❺先生的時期他就被雇用在這裏了，那位工廠主把這座別墅作爲消夏之居。整個大戰期間他一直都在這裏，蓋世太保逮捕了科克瓦拉先生以後，把這幢房子接管過來作爲娛樂中心。戰後這座別墅曾交給天主教徒，現在它屬警察所有。「但

❺科克瓦拉：斯洛伐克民主黨人，一九四八年曾任副總理。

是就我看到的一切來說，沒有任何政府像共產黨那想關心我們勞動人民。」儘管如此，今天的一切也還不是盡如人意。「在科克瓦拉的時期，在蓋世太保時期，在天主教徒時期，公共汽車站總是在別墅對面。」那是多麼方便。他只需跨出門就到了公共汽車站。突然之間，沒有任何理由，他們就把車站移到離此兩條街段的地方。他對他能想到的所有政府部門和機關提出了抗議。沒有用。他用拐杖搗著地板：「這座別墅現在應該屬於勞動人民！因此請你們告訴我，爲什麼像我這樣的一個勞動者卻不得不走兩條街去趕公共汽車？」

坐在前排的人回答說（半是不耐煩，半是逗趣），他們已經給他解釋過一百次，公共汽車現在要停在那個新建的工廠前面。

那位木腿男人回答，這些他都知道，但是他建議在兩個地點都設車站。

同一排的人說，公共汽車在兩條街段之內停兩站，這眞是廢話。

「廢話」這個詞觸怒了木腿男人。他說，沒有人有權對他這樣說話。他用拐杖敲著地板，臉氣得通紅。不管怎樣，在兩條街段的距離之間不能修兩個車站，這不是事實。他在其他交通路線上看見過有這樣的車站。

一位組織者站起來，逐字複述（顯然他過去已經這樣做過多少次）了捷克斯洛伐克汽車運輸部門的決議：特別禁止公共汽車站之間近於指定的最短距離。

那位木腿男人指出，他曾提過一個折中的解決辦法。爲什麼不把停車站設在別墅和新廠之間呢？

這只會使工人和警察都不方便，他們回答。

這場爭論已經進行了二十分鐘，詩人們徒勞地想加入進去。對面的那排人沉浸在他們非常熟悉的話題中，沒有給詩人們一個講話的機會。只有當木腿男人厭倦了他那些同事的反對，悶悶不樂地坐在椅子上後，這場爭論才告結束。在接下來的靜默中，從隔壁傳來的舞曲聲響徹了大廳。

沒有人想說點什麼。一個警官站起來，感謝詩人們的訪問和有趣的討論，白髮如銀的詩人代表來賓講話，他說，這場討論對詩人們來說比對聽衆更有收益（這是常有之事），要感謝有這個機會的應該是詩人們。

在隔壁房間，一個歌手唱起了流行曲調，對面那排人聚在木腿男人身邊平息他的惱怒，詩人們發現他們自己被冷在一邊。過了一會兒，看門人的兒子和那兩位組織者才走近他們，把他們帶上公共汽車。

8

那位漂亮的電影攝製專業的學生同詩人們一道回去。當汽車穿過黑夜，飛快地駛向布拉格時，詩人們圍在她身邊，每個人都想引起她的注意。由於機運不好，雅羅米爾發現自己離女孩太遠，不能加入這場娛樂。他想起了他的紅頭髮女孩，越來越清楚地意識到她是多麼不可救藥的難看。

汽車在布拉格中心停了下來，一些詩人決定順道去造訪一家酒店。雅羅米爾和那位漂亮的電影攝製者也跟了去。他們圍著一張大桌子坐著，聊天，飲酒，然後女孩提議他們到她的住處去。到這時只剩下幾個人：雅羅米爾，白髮銀絲的詩人，以及出版社的編輯。他們舒適地坐在一間漂亮的房間裏，這間屋子在一幢現代別墅的二樓，女孩正要把它轉租出去。他們一邊聊天一邊啜酒。

老詩人以一種無人能比的熱情專注在女孩身上。他坐在她身旁，讚揚她的美，給她背誦詩，即興創作讚美她的迷人的詩歌，不時單腿跪在她面前：抓住她的雙手。那位編輯對雅羅米爾差不多也是同樣大獻殷勤。他沒有讚揚他的美，但卻一遍又一遍地重複：你是一名詩人，你是一名詩人！（讓我們注意，如果一位詩人稱呼另一個為詩人，這與一位工程師稱呼一個人為工程師，或一個農民稱呼另一個人為農民完全是兩碼事。一個農民僅僅是一個務農的人。一個詩人卻不僅僅是一個寫詩的人，而是一個被上帝選出來寫詩的人。只有一個詩人才能夠在一個同行詩人身上發現這種恩典的特徵。讓我們回憶一下韓波的信：**所有詩人都是兄弟**。只有一個兄弟才能發現家族的祕密徽號。）

那位電影攝製者一直在盯著雅羅米爾，她的面前正跪著白髮蒼蒼的詩人，她的手成了他熱烈讚美的受害者。雅羅米爾很快便意識到女孩的關注，他心花怒放，也回望著她。多麼美妙的一個矩形！老詩人凝視著女孩，編輯凝視著雅羅米爾，雅羅米爾和女孩互相凝視。

這種視線幾何形只有一次被打亂了，只有短暫的片刻。編輯挽著雅羅米爾的胳膊，把他引到鄰接房間的陽台上，然後請求他和他一道從欄杆上往下面院子排尿。雅羅米爾愉快地服從了，因爲他極想要編輯記住自己的諾言，出版一本他的詩集。

當他倆從陽台上回來時，老詩人從地上站起來說，該走了。他看得很淸楚，他說，他不是女孩渴望的人。他要求編輯（他遠不如老詩人觀察敏銳，考慮周到）讓這對年輕人單獨留下，因爲這正是這對年輕人所希望和應得的。正如老詩人所解釋的——他們是這個晚上的王子和公主。

當編輯終於也明白了這個形勢，準備離開時，老詩人已經挽著他的胳膊，正把他往門口拉。雅羅米爾明白自己馬上就要與女孩單獨相處，她正坐在一把大扶手椅裏，交叉著腿，彎曲的黑髮披在肩上，眼睛直盯著他……

兩個人即將成爲情人的故事是永恆的，它幾乎使我們忘記了歷史。敍述這樣的愛情故事是多麼叫人愉快！忘記浸蝕我們短暫生命的那個怪物（就像水泥逐漸浸蝕會使紀念碑倒塌一樣）是多麼叫人快活。忘記歷史是多麼叫人快樂！

但是歷史在敲門，要進入我們的故事。它的到來不是身著祕密警察的裝束，也不是身著一場突然革命的裝束。歷史的進場不會總是富有戲劇性的，它常常像汚濁的洗碗水一樣滲入日常生活。在我們的故事裏，歷史的入場是身著內褲的裝束。

在我們所描述的那個年代，高雅在雅羅米爾的國家被視爲一種政治罪行。那時穿的衣服糟透了（戰爭剛結束，一切東西都還短缺）。尤其是高雅的內褲，在那個陰鬱的年代幾乎被看成是應該受到嚴厲懲罰的一種奢侈品！男人們被當時出售的那種難看的內褲搞得煩惱不安（短褲特別寬大，一直到膝部，在腹部上方留了一個可笑的楔形開口），他們求助於主要爲運動和健身穿的亞麻運動褲，稱爲「訓練短褲」或「教練員」。於是，那個時代目睹了波希米亞所有男人裝束得像足球隊員一樣，爬上他們妻子和情人床上的這一奇觀。那時候的臥室就像一個運動場，但是從服裝的美觀來看，這並不算太糟：「教練員」具有一種運動員似的輕巧靈便，而且穿起來顏色鮮艷——藍色，綠色，紅色，黃色。

雅羅米爾一般不大注意他的衣著，因爲有他母親爲他操心。她挑選他的衣服和內衣褲，她確保他的內衣褲足夠暖和不致使他感冒；他對亞羅米爾有多少套內衣褲瞭若指掌，只要朝衣櫥望一眼就能說出雅羅米爾那天穿的是哪一套。如果她發現衣櫥裏平常穿的內衣褲一件也沒少，她就會生氣。她不喜歡雅羅米爾穿「教練員」，因爲她認爲這種短褲不是合適的內褲，只有在運動時才該穿。要是雅羅米爾反對說，標準的內褲很難看，她就會用幾乎掩飾不住的憤怒回答，沒有人會看見它穿在他身上。因此每當雅羅米爾去看望紅頭髮女孩時，他總是從衣櫥裏取出一條內褲，把它藏在他的寫字台裏，悄悄地穿上色彩鮮艷的「教練員」。

然而，這一次，他一點也不知道這個晚上會帶來什麼，他穿了一條可怕的內褲，寬大，破舊，灰暗！

你也許認爲這是一個微不足道的難題，他可以輕易地關掉燈，這樣女孩就看不到他的內褲了。但是，一盞罩著粉紅色燈罩的小燈正把多情的光投遍房間，急切地等待著爲這兩個情人照亮通向共同狂歡的路；雅羅米爾不能想像要女孩把燈關上。

或者你也許想到，他可能把那條難看的內褲和褲子一起脫掉。但雅羅米爾決不會想到這個主意，因爲他以前從來沒有做過這種事。突然一下子把衣服脫光使他害怕。他總是逐漸地脫衣掉；他與紅頭髮女孩在一起時，總是穿著短褲和她作愛，直到最後一刻，才趁著興奮把它脫掉。

因此，他恐懼地站在那裏，面對著那雙黑黑的大眼睛，宣布說他也該離開了。

老詩人極爲生氣。他告訴雅羅米爾，決不能侮慢一個女人，然後他悄聲地對他描繪了等待著的快樂。但是，老詩人的話似乎只是加強了掩藏在他褲子裏面的醜陋。在那對美麗眼睛的注視下，雅羅米爾的心在作痛，他朝門口退去。

一到街上，他就悲哀、後悔不已；他無法把這位漂亮女孩的形象從腦子裏趕走。白髮蒼蒼的詩人（他們在一個電車站向編輯道了晚安，這會兒正一道穿過黑暗的街道）在不斷地用責備來折磨他，他不僅讓人掃興，而且有失男子風度。

雅羅米爾反駁說，他根本沒打算要侮慢那位年輕女士，但是他愛他自己的女友，她也同樣熱烈地愛著他。

你眞死心眼，老詩人說。說到底，你是一位詩人，一個熱愛生活的人：同另一個女人作愛不會損害你的女友。生命是短促的，機不可失，時不再來。

聽見這些話眞叫人難受。雅羅米爾回答說，在他看來，我們傾注了一切的一個專一崇高的愛情比一千次卑微的風流韻事都有價値得多；他的一個女友包容了世界上所有的女人；他的女友如此迷人，如此說不盡的可愛，以致對他來說，與這樣一個女孩經歷一千次意料不到的冒險，也要比唐璜與一千零一個姑娘經歷的冒險容易得多。

老詩人站住了；雅羅米爾的話顯然感動了他。「也許你是對的，」他說，「可是我已經老了，屬於一個舊世界的人。我必須承認，儘管我結過婚，我還是很樂意同那個女人待在一起。」

當雅羅米爾繼續詳細闡述他對一夫一妻制愛情的優越性看法時，老詩人垂著頭。「也許你是對的，我的朋友。實際上我知道你是對的。難道我不是也夢想過一個崇高的愛情嗎？一個專一而崇高的愛情嗎？一個像宇宙一樣無窮無際的愛情嗎？但是我錯過了機會；親愛的朋友，因爲那個舊世界，那個被金錢和娼妓玷污的舊世界，不是爲了愛情而建立的。」

他們兩人都有點陶醉了。老詩人摟住年輕詩人的肩膀。他們站在馬路中間。老詩人舉起手臂。「讓舊世界滅亡吧！愛情萬歲！」

雅羅米爾覺得這個姿勢優美動人，豪放不羈，富有詩意。他們兩人朝著布拉格黑暗的深處長久地、熱情地大喊：「讓舊世界滅亡！愛情的崇高萬歲！」

白髮蒼蒼的詩人突然在雅羅米爾面前跪下，親吻他的手。「我的朋友，我讚揚你的青春！我的年紀讚揚你的青春，因爲只有青年人才能拯救這個世界！」他沉默了片刻；然後他用光著的頭去觸雅羅米爾的膝蓋，用一種憂鬱的語調補充說，「我讚揚你的崇高愛情。」

他們終於分手了，雅羅米爾很快就發現自己已經回到了他的房間。他眼前浮現出一位美麗的、遭到拒絕的女人形象。在一陣自我懲罰的衝動驅使下，他站在鏡子前審視自己。他脫掉褲子，以便看到他穿著那條難看、破舊的內褲。他懷著強烈的厭惡，繼續對著他那荒唐可笑的醜態看了很久很久。

後來，他意識到他的憤怒根本不是針對自己的。他正在想他的母親——她爲他挑選內褲，她迫使他不得不採取偷偷摸摸的花招，她熟悉他的每一件襯衫和襪子。他懷著仇恨想著他的母親，那個用一根無形的長繩套住他的脖子，緊抓住他的母親。

9

他開始比以前更加殘酷地對待紅頭髮女孩。當然，這一殘忍是掩藏在愛情受了傷害的幌子下：爲什麼你不努力理解我一點？難道你看不出我的情緒嗎？難道我們變得這樣陌生，你竟然猜不出什麼在使我煩惱嗎？如果你眞的愛我，像我愛你那樣，你應該感覺到我正在想什麼。你爲何總是對我不喜歡的事感興趣？爲什麼你老是對我一會兒講這個兄弟，一會兒講那個兄弟，一會兒講這個姊姊，一會兒講那個妹妹？難道你沒看出現在的我正在考慮許多事，我需要你的幫助和支持，而不是要這些老談自己的嘰哩呱啦嗎？

女孩自然要爲自己辯護。談論我的家庭有什麼不好？你不是也對我談你的家庭嗎？難道你的母親是人，我的母親就不是嗎？然後她提醒他（自從那事發生以後，這還是第一次），他的母親是怎樣侵犯他們的私事，把她自己強加於他們。

雅羅米爾對他的母親既愛又恨。現在他竭力爲她辯護。母親主動幫助我們有什麼不好？這只是表明她喜歡你，她接受了你作爲一個家庭成員。

紅頭髮女孩大笑起來，毫無疑問，你母親知道肚子疼的呻吟和作愛時的嘆息兩者之間的區別！雅羅米爾受了侮辱，一臉惱怒，女孩不得不請求他原諒。

一天，他們正在街上行走，紅頭髮女孩的手臂挿在雅羅米爾的手臂下；他們執拗地沉默不語（只要他們沒有互相責備時，他們就沉默不語，只要他們一講話，他們就互相責備）。雅羅米爾看見兩個漂亮的女人朝他們走來。一位很年輕，另一位大一些，年輕的那位更漂亮，更高雅，但另一位也挺好看，而且很有吸引力。雅羅米爾認識她們：一位是年輕的電影導演，另一位是他的母親。

他臉紅了，向她們打招呼。兩個女人也回敬他們的招呼（母親招呼他時帶著一種誇張的快樂神氣）。

雅羅米爾手挽著他的醜女孩，彷彿覺得那位漂亮的電影導演看見了他穿著他那可恥的內褲。

他一回到家就問母親，她是怎麼認識那位電影導演的。她用賣俏的戲謔回答說，她認識她有一段時期了。雅羅米爾催促她講詳細一點，但瑪曼繼續迴避他的問話，就像一個女孩逗弄她的情人一樣，最後，她才告訴他：這位漂亮聰明的女人大約在兩星期前首次來拜訪她。她說她欽佩雅羅米爾是一個詩人，希望拍一部關於他的短片；這將是由國家警察電影俱樂部贊助拍攝的一部業餘影片，但儘管如此，它肯定會有相當可觀的觀衆。

「她爲什麼找你？她爲什麼不直接來找我？」雅羅米爾問。

母親解釋說，女孩想先從她那裏得到所有的背景材料，而不想打擾雅羅米爾。實際上，這女孩眞不錯，還要求母親寫電影腳本！想像一下吧！初稿已經完成，一位年輕詩人的生活故事。

「你幹嘛什麼也不告訴我呢？」雅羅米爾生氣地問。母親與那位拍電影學生之間的關係，本能地使他突然很不高興。

「我們打算讓這件事使你吃一驚。我們在街上遇見你，運氣眞不好。假若有一天你回到家推開門──一切都準備就緒：女孩，攝製組，攝製機，馬上就要開始拍攝電影。」

雅羅米爾在這件事上毫無選擇。一天他回到家，發現那位年輕的電影攝製者已經在房子裏。這一次，他穿著紅色的「教練員」（自從那個倒楣的詩歌晚會之後，他就不再穿那種難看的內褲），但是，他還是感到像第一次遇見她時那樣笨拙，缺乏自信。

這位拍電影的女孩宣布（沒有想費事徵求雅羅米爾的意見），他們這一天都將拍記實的背景材料，例如兒童時代的照片；瑪曼將作解說。雅羅米爾偶然得知，整部影片設想成一個母親對詩人兒子的回憶。雅羅米爾很想問母親心裏在想些什麼，但他害怕她的回答；他的臉紅了。除了兩位女人，房間裏還有三個男人，圍在照明設備周圍；雅羅米爾覺得他們鄙夷地瞧著他；他不敢講話。

「這些童年時代的照片好極了。我想把它們全部用上。」女孩說，一邊翻看家庭照相簿。

「它們將怎樣表現在銀幕上呢？」瑪曼帶著專業上的興趣問，女孩使她相信用不著擔心。然後她向雅羅米爾解釋，最初的連續鏡頭將僅僅是他那些照片的蒙太奇，伴隨著他母親的話外音回憶。然後鏡頭將集中在瑪曼身上，最後詩人才進入畫面：詩人在他出生的房子裏，詩人在寫作，詩人在花園裏散步，最後詩人在開闊的大自然裏，他最喜愛的環境中；在鄉村一個美麗僻靜的地方，他將朗誦一首詩作爲影片的結尾（「我的這塊可愛的風景假定在哪裏呢？」他不快地問。她們回答說，他最喜愛的地方當然是布拉格附近富於浪漫氣息的地區，到處都是山岡和荒涼的巉崖。「這不眞實！我討厭那些無聊乏味的岩石。」雅羅米爾說，但是沒人認眞對待他）。

雅羅米爾一點也不喜歡這個電影腳本，並提議他願意自己爲這個腳本做點什麼；他反對道，這個腳本裏有太多的瑣屑、陳舊的東西（放映一個一歲嬰兒的照片眞是荒唐！）；他聲稱知道在這部影片裏可以探討的更有趣的問題；他們要他說得更明確。他回答說此時此地他還不能講清楚它，他願意在某個時候再仔細想一想。

他想不惜一切代價推遲拍攝，但他的努力白費了。瑪曼用胳膊摟住他，對她的黑頭髮合作者說，「他總是給我找麻煩！他從來沒有滿足……」她戲謔地把自己的臉貼近他的臉。「這不是事實嗎？」雅羅米爾沒有回答，她又說，「你是我的小搗蛋，承認吧！」

那位女導演說，一個作者力求盡善盡美是好事，但這次雅羅米爾不是作者。他的母親和她才是這個電影腳本的作者，她們願意承擔一切責任。雅羅米爾應該允許她們拍攝她們認爲合適的影片，正如她們願讓他寫他喜歡的詩歌。

瑪曼補充說，雅羅米爾不必擔心影片會對他不公正。因爲她們倆——女導演和她本人——都深深地尊敬和喜歡他。她用一種賣弄風情的味道說出這番話，不清楚她是在與他調情，還是在與她新交的朋友調情。

不管怎樣，她顯得很輕浮。雅羅米爾以前從來沒有見過她有這種行爲。就在這天早晨，她去了理髮店，把頭髮做成引人注目的年輕人式樣；她說話聲音比平常大，不停地大笑和格格傻笑，運用她聽說過的所有妙語，沉著鎭靜地扮演女主人的角色，一個勁地給攝製組的那幾個男人供應咖啡和點心。她用一個密友輕鬆隨便的口吻對那位黑頭髮女孩說話（這樣就使人聯想到一種複雜的姊妹關係），同時降格以求地用手臂摟住雅羅米爾，稱他是她的搗蛋鬼（這樣就把他踢回到他的少年、童年和嬰兒時期）。（多麼不尋常的情景，母親和兒子，在激烈地拔河！她要把他拉進他的尿布裏，他要把她拉進她的屍布裏。啊！多麼可愛的情景！）

雅羅米爾向不可避免的命運低頭了；他看出這兩個女人就像兩個火車頭一樣充滿了蒸汽，他無法抵抗她們的雄辯；他看出攝製組的那三個男人是譏諷的觀衆，多半會嘲笑他可能走錯的任何一步；他說話很小聲，而瑪曼和女孩卻談笑風生，因爲觀衆的在場對她們是有利的。而對他卻是不利的。因此他宣布他停止抵抗，準備離開。但是她們反對說（又用賣弄風情的舉止），他實在應該留下來；她們哄騙他，如果她們工作時他在一旁觀看，這會給她們帶來愉快；於是他留下來了，懶洋洋地瞧著那幾個男人忙亂地搬弄他們的燈，給那本家庭照片簿拍攝快鏡頭；間或他走到自己的房間，假裝閱讀或工作；頭腦裏一片混亂的思想；在這種鬱鬱寡歡的狀況中，他試圖發現一些愉快的事，他想到也許只是爲了有機會再見到他，女孩才安排了整個這樁事；他告訴自己，在這樣一個情況下，他母親只是一個需要耐心躲避的不幸的障礙；他極力讓自己平靜下來，試圖想出一個辦法來利用這個討厭的拍片事件爲自己的利益服務。彌補自那夜他像一個懦夫從女導演別墅逃出來後一直折磨著他的那段插曲；他試圖戰勝他的尷尬，不時走出去觀看拍片進行得如何，希望他和女孩能重新建立起他倆初次見面時迷住他的那種神奇的眼神連接；

但是，女孩似乎全神貫注在她的工作中，以一種嚴肅的、講究實際的樣子忙於她的工作，因而他們的目光只是偶爾、短暫地相遇。於是雅羅米爾放棄了在拍片進行中從女孩那裏得到一個反應的任何嘗試；他決定等這天的拍片結束後主動提出送她回家。

終於，攝製組的那三個人拆卸了設備，把攝製機和燈運到停放在外面的密封卡車上。雅羅米爾正要走出自己的房間，這時他聽見母親對女孩說：「咱們走吧，我和你一道。我們也許還有時間在什麼地方坐一坐，交談一下。」

雅羅米爾彷彿覺得他到手的東西從他眼皮底下一下子被拿走了。他冷冷地對女孩說了聲再見，當兩個女人剛一離開房子，他也走了出去，怒沖沖地快步朝紅頭髮女孩的公寓大樓走去。她不在家。他在街上來回走了約半小時，情緒更加陰沉。終於他看見她來了。她臉上露出驚喜的神情，而他臉上卻是憤怒的指責。她怎麼一直沒回家？難道她就沒想到他也許會突然來看她嗎？她爲什麼在外面待得這麼晚？

她幾乎還沒來得及關上門，他就開始脫掉她的衣服。他設想他是在同那位漂亮的女導演作愛；很快他就聽見了紅頭髮女孩的呻吟；在他的想像中，他把這些聲音與那位黑頭髮女孩聯繫起來，這使他興奮萬分，以致他連續幾次進入紅頭髮女孩的身子，但每次都只在她裏面待幾秒鐘。紅頭髮女孩覺得這十分奇特，禁不住大笑起來。但雅羅米爾這天對嘲笑特別敏感，他沒有察覺女孩的笑是出於鼓勵的愉悅。他覺得受了莫大侮辱，便打了女孩一耳光；她頓時淚流滿面，這使雅羅米爾高興起來；她啜泣著，他又打了她幾下。一個女人爲我們灑下的眼淚——這是贖救，耶穌基督爲了我們死在十字架上，雅羅米爾欣賞了一會兒紅頭髮女孩的眼淚，然後他親吻和撫摸她，回到家中，痛苦多少有點減輕了。

幾天後，拍片重新開始。密封卡車來了，三個小伙子從車上爬出來（另一羣表示輕蔑的觀衆），接著是那位漂亮的女孩，她那由別人代替的呻吟仍然在雅羅米爾耳邊微響。當然，瑪曼也在場，變得愈來愈年輕，像一個樂器，唱著，轟鳴著，大笑著，賣弄風情地離開全部管弦樂器跳到獨奏段。

按計畫這次攝製機的鏡頭要集中在雅羅米爾身上；他應該顯現在他出生的環境中；在他的寫字台前；在花園裏（因爲根據腳本，他喜愛花園、花壇、草坪、鮮花）；他將和他母親一道出現，她已經在影片冗長的開頭部份講述了她的回憶。女孩讓他倆在花園裏的一個長凳上擺好姿勢，督促雅羅米爾開始與他母親自然、隨便地聊天。這種對自發性場面的排練持續了大約一小時，但瑪曼並沒有洩氣。她一直喋喋不休地談個不停（在實際影片中，他們的談話是不會聽見的，母親和兒子將表現出是在交談，由聲帶播出瑪曼預先錄好的旁白）；當她注意到雅羅米爾的表情顯得不夠積極時，她開始告訴他，做他這樣一個孩子的母親是不容易的，一個羞怯、孤僻的男孩總是在不斷生氣，不是對這件事就是對那件事。

然後她們把他塞進密封卡車，運到布拉格近郊富有浪漫氣息的鄉村，根據瑪曼的信念，雅羅米爾就是在這裏懷下的。瑪曼一直閉口未向任何人吐露，她爲什麼覺得這塊風景特別珍貴。她不願意講——然而她卻講了。她興奮地談著，用一種拐彎抹角，含糊其辭的方式，聲稱這塊鄉間對她本人來說始終有一種特殊的意義，她把它看成是一塊愛情的土地。「瞧瞧這片風景，它多麼像一個女人。那些豐富柔和的曲線具有一種母性的味道。瞧那些岩石，那些孤獨的大鵝卵石！那些凸出在空中堅硬粗糙的鵝卵石不是有一種男人味嗎？這不就是男人和女人的土地嗎？這不就是一塊性愛的土地嗎？」

雅羅米爾一直在打算反抗；他想告訴她們，她們的影片是一個陳腐的劣品；他高雅的情趣遭到了蹂躪；也許他可以小鬧一場，至少可以跑掉，就像他曾經同母親及母親的朋友一起坐船遊覽時逃掉一樣，但這一次他不能逃去。他被女導演的黑眼睛俘虜了，害怕第二次失去她。

她們讓他在一塊大鵝卵石前擺好姿勢，要他背誦他最喜愛的詩歌。瑪曼激動萬分。有多久了！很久很久以前，就在這塊地方，她曾與一個年輕的工程師作愛；就在這裏，她的兒子此刻正在隱隱出現，彷彿像一個蘑菇從地裏冒出來（啊，是的，彷彿在父母把他們的種子撒下的地方，孩子們就像蘑菇一樣冒出來！）。這個奇異、美麗、不可思議的蘑菇形象使瑪曼心醉神迷，她用顫抖的聲音講起她曾渴望死於火中。

雅羅米爾感覺到他的朗誦糟透了，他無可奈何。他提醒自己他決不是那麼容易怯場的，他曾對警察聽衆朗誦過同一首詩，而且朗誦得很流利，很成功。但是這次話語卡在他的喉嚨裏了；站在一處可笑的地方的一塊可笑的岩石前，隨時擔心被一些牽著狗散步的過路人注視（他母親在二十年前也感到過同樣的不安），他不能把精力集中在他的詩歌上，朗誦得笨拙而不自然。

她們強迫他一遍又一遍地反覆的朗誦他的詩歌，但最後她們放棄了。「甚至當他上大學時，他就害怕每次考試。他經常都是那樣恐慌，我簡直是不得不把他趕到學校去。」

女導演說，他們也許可以用一個演員的聲音來配音。她要求雅羅米爾再次站在岩石前面，蠕動他的嘴唇，彷彿他在朗誦。

他照辦了。

「我的天哪！」她不耐煩地叫道。「你得像正在講話那樣蠕動你的嘴，不要像剛才那樣！演員的聲音必須同你嘴唇的蠕動吻合。」

於是雅羅米爾站在岩石前面，不斷地張開和閉上他的嘴，攝製機終於開始嗡嗡地響了起來。

10

兩天前他還只穿著一件薄外套面對著攝影機，現在他卻得戴上圍巾，帽子，穿上冬天的大衣了：落了雪。他應該六點鐘在紅頭髮女孩的房子前與她見面，但已經過了一刻鐘，還沒有她的影子。

幾分鐘的等待不是什麼了不起的悲劇，雅羅米爾在前幾天經受了那樣多的恥辱，他已經達到了忍耐的極限：他不得不在一條熙熙攘攘的街道上踱來踱去，街上的行人都能清楚地看出，他正在等某個並不急著要見他的人，這樣他的恥辱便盡人皆知了。

他怕看手錶，這種富有意味的動作將在衆目睽睽下證明他是一個徒勞等待的戀人；他把大衣袖子輕輕地拉上去，把袖子邊緣捲到錶帶下，這樣他就可以不引人注意地時時覷視手錶；當他看到分針已經過了二十分，他變得怒不可遏；爲什麼他總是要設法早到幾分鐘，而那位愚笨、難看的人從來不能準時？

終於她出現了，遇到的是雅羅米爾板著的臉。他們走到她的房間，坐下來，女孩竭力爲自己辯白：她一直跟一位女朋友在一起。這是她可能說出的最糟的解釋。實際上，當然也許沒有什麼解釋能使雅羅米爾平靜下來的，尤其是他一直在等待是由於某個不打緊的女朋友——這一微不足道的實質。他對紅頭髮女孩說，他很抱歉她因爲他的緣故不得不中斷與一位女朋友的重要討論，他建議她馬上轉身回去。

女孩發現雅羅米爾的心緒十分煩亂。她說，與她女朋友的會面的確很急迫：那位女朋友要跟她的未婚夫斷絕關係，她非常抑鬱，因此紅頭髮女孩不忍離開她，直到她的情緒好了一點。

雅羅米爾說，擦乾她女朋友的眼淚太高尚了，他希望她的女朋友會報答她，既然雅羅米爾打算結束他們之間的整個關係。正是這樣。他準備斷絕關係，因爲如果有誰把一個愚蠢女朋友的愚蠢眼淚看得比他重要，他就拒絕與這個人有任何關係。

紅頭髮女孩發覺事情正在變得愈來愈糟；她說，她非常抱歉，她請求他原諒。

但是，這一切都沒有減輕他那受辱的自尊心貪得無厭的要求；他宣布她的道歉一點也沒有改變他的信念，紅頭髮女孩所說的愛情根本不是愛情；也許他認爲他把一樁明顯的小事過分誇大了；但正是這些芝麻小事暴露了她對他的眞實態度；無法忍受的漠不關心，滿不在乎的淡然態度，嗨，她對待他就像對待她的一位女朋友，商店的一位顧客，街上的一個行人！請她決不要再說她愛他！他的愛只是對愛情的可憐的模仿！

女孩意識到事情已經變得糟透了。她試圖用親吻來突破雅羅米爾的仇恨和悲哀；他用幾乎粗暴的動作把她推開；她跪下來，把她的頭壓在他的腹部上；雅羅米爾動搖了，但隨即就把她扶起來，冷冷地要她別再觸碰他。

仇恨像酒一樣湧上他的腦際；這是一種心醉神迷的感覺。使得這種感覺更加令人陶醉的是它從女孩身上反彈回來傷害和懲罰他的那種方式；這是一種自我折磨的仇恨，雅羅米爾完全淸楚，把紅頭髮女孩趕走，他將失去他擁有的唯一女人；他感覺到他的憤怒是不正當的，他是不公平的；但正是因爲這些原因，他變得越發殘忍，因爲吸引他的是深淵：孤獨的深淵，自我譴責的深淵。他知道如果沒有女孩他就會感到不幸（他將孤零零一個人），會對自己不滿意（因爲明知他冤枉了她），但所有這些認識都無力抵禦那憤怒的美妙陶醉。他告訴她，他剛才說的話永遠適用；她的手決不准再觸摸他。

女孩以前遇到過雅羅米爾的憤怒和忌妒，但這次她從他的聲音裏覺察出一種狂怒的決心。她明白爲了滿足他那莫名其妙的憤怒，雅羅米爾什麼事都可能幹得出來。幾乎在最後一刻，在深淵的邊緣，她說，

「別生我的氣，我求求你！不要生氣。我對你撒了謊。我根本沒有同一個女朋友在一起。」

這使他吃了一驚：「那麼你在哪裏？」

「你會對我發狂的，你不喜歡他，但我沒有辦法——我必須得去看他。」

「你說的是誰？」

「我去看望我的兄弟。簡，就是在我這兒住過的那位。」

他勃然大怒：「爲什麼你總是這樣關心你的兄弟？」

「別生氣，他對我一點也不重要。同你相比，他一點也不重要。但是你必須得理解——他仍然是我的兄弟，我們在一起度過了十五年多。他要走了。要很長時間。我得去跟他告別。」

雅羅米爾對這種多愁善感的告別很反感。「你的兄弟能到哪裏去，竟值得你拋棄一切？他要出差旅行幾周嗎？或者他要到鄉下去度周末？」

不，既不是出差旅行，也不是在鄉下度周末，而是嚴重得多的事，但她不能告訴雅羅米爾，因爲他非常生氣。

「這就是你所說的愛情？對我隱瞞事情？對我保密？」

是的，她完全明白，愛情意味著彼此毫無隱瞞。但他必須極力理解。她嚇壞了，她簡直嚇得要死……

「嚇什麼？你兄弟能到哪裏去，竟使得你害怕對我講？」

「你不能猜猜嗎?」

不，雅羅米爾猜不出來(此時，他的憤怒正在慢慢落到好奇心後面)。

終於女孩向他吐露了祕密。她的兄弟已決定離開這個國家，祕密地，非法地；他預期後天通過邊境。

什麼?她的兄弟想背叛我們年輕的社會主義共和國?背叛革命?她的兄弟想當一個移民?難道他不知道他在幹什麼?難道他不知道所有的移民都自動成了外國間諜機關的雇員，企圖暗中破壞我們的國家?

女孩點頭表示贊同。直覺使她確信，雅羅米爾可能寧肯原諒她兄弟的叛國，也不會原諒她二十分鐘的遲到。這就是她不停地點頭的原因。她贊同雅羅米爾所說的一切，他說：

「你贊同我有什麼用?你應該勸他放棄這個!你應該阻止他!」

是的，她曾極力勸他放棄這個決定。爲了使他改變主意她已盡了一切努力。這就是她來遲的原因。

也許雅羅米爾現在會理解她爲什麼來遲了。也許雅羅米爾現在會原諒她了。

雅羅米爾的確原諒了她的遲到。但他告訴她，他不能原諒她兄弟的背叛。「你兄弟站在街壘的另一邊。所以他是我個人的敵人。假如一場戰爭爆發，你兄弟會向我射擊，我也會向他射擊。你明白嗎?」

「是的，我明白。」紅頭髮女孩回答，她向雅羅米爾保證，她堅決站在他這一邊，決不忠於別人。

「你怎麼能這樣說?如果你眞的站在我一邊，你就決不會讓他離開這個國家!」

「我能做什麼呢？我又沒有強壯到能把他拉回來！」

「你應該立即通知我。我會知道該怎麼辦。但是，你卻對我撒謊！編造一個你女朋友的故事！你想要愚弄我。現在你竟有臉皮說你站在我一邊！」

她發誓她站在他一邊，在任何情況下，她都會對他忠實。

「如果你眞是這樣，你就會去叫警察！」

「你是什麼意思，警察？你肯定不會認爲我會把我的親兄弟交給警察吧！這是不可能的！」

雅羅米爾不能容忍任何反對：「不可能？如果你不馬上去叫警察，我去！」

女孩又重複說，兄弟就是兄弟，她簡直不能想像向警察告發他。

「那麼，一個兄弟對你來說比我更重要囉？」

當然不。但是這與向警察告發他完全是兩碼事。

「愛情意味著要嘛得到一切，要嘛全無。愛情是完整的，否則它就不存在。我在這裏，他在另一邊。你必須站在我這邊，而不是站在中間。如果你同我在一起，你就得想我所想，做我所做。革命的命運和我的命運是完全一致的，誰反對革命就是反對我。如果我的敵人不是你的敵人，那麼你就是我的敵人！」

不，不，她不是他的敵人，她願意在所有事情上與他同心同德。她完全明白愛情意味著要要嘛一切，要嘛全無。

「說得對，愛情意味著要嘛一切，要嘛全無。與愛情相比，其他一切都黯然無色，其他一切都會漸漸消失。」

是的，她完全贊同，這也正是她的感受。

「這是對眞正愛情的最好考驗——眞正的愛情完全不理會別人的看法。但你總是聽別人的，充滿了各種各樣的顧慮，並用這些顧慮來打我的頭。」

她根本不想打他的頭，一點也不。但是她害怕傷害她兄弟，極大的傷害；她擔心他可能遭到很重的懲罰。

「如果他遭到懲罰怎麼辦呢？假設他遭到很重的懲罰——這也是公平合理的代價。或者你也許怕他呢？你怕離開他？他怕離開你的家庭？你想一輩子都留在他們身邊？你根本不知道我是多麼恨你的冷淡，你的半心半意，你的毫無能力的愛！」

不，這不是事實，她愛他，也知道怎樣愛。

「是的，說得對，」他嘲諷地大笑。「你也知怎樣愛！問題在於你就是不知道怎樣愛！你根本不懂得怎樣愛！」

她說，這不是事實。

「沒有我你能活下去嗎？」

她發誓說她不能。

「如果我死了，你能繼續活下去嗎？」

「不、不、不。」

「如果我離開你，你能繼續活下去嗎？」

「不、不。」她搖頭。

他還能問什麼呢？他的憤怒消退了，但興奮仍然還在。死亡突然出現在面前，甜蜜的，賞心的死亡，如果離別發生，他們已相互發誓去死。他用激動得發抖的聲音說，「沒有你我也不能活下法。」她重申，沒有他她就不能活下去，他們把這句話重複了一遍又一遍，直到他們漂浮在一朵模糊慾望的雲上；他們互相寬衣解帶，作起愛來。他撫摸她的面頰，感到濕漉漉的。太美了，以前他從沒有遇到過這種事——一個女人因爲愛他而哭。對他來說，眼淚就像一劑神奇的靈丹妙藥，給人的狀況帶來解救的超越。眼淚消解了一切肉體的局限，造成了與無窮的結合；雅羅米爾被女孩淚濕的臉所感動，意識到他自己也在啜泣；他們交歡，他們的臉和身軀都濕透了，他們溶化在一起，他們的氣息和液體像兩條河滙流在一起，他們哭泣、作愛，超脫於這個世界之外，像一片湖離開了大地，朝著天空漂流。

後來，他們平靜地靠在一起休息，繼續撫摸對方的臉；女孩的紅褐色頭髮糾結成一縷縷可笑的髮束，她的臉虛胖，發紅；她很難看，雅羅米爾想起了他的詩，那首詩描寫他怎樣渴望吸收他的戀人，甚至怎樣渴望她的醜陋，她的糾結紛亂的紅頭髮，她生有斑點的皮膚，以及那些玷汚了她肉體的舊情人；他撫摸她，鍾愛地欣賞她可憐的醜陋。他發誓他愛她，她也同樣信誓旦旦。

由於他不想放過這一絕對完美的時刻，這以一死相誓的令人陶醉的時刻，他再次說，「沒有你我眞的不能活下去。絕對不能。」

「是的，如果我失去你，我也會感到特別孤單。這太可怕了。」

他變得僵硬了。「你是說，你可以想像沒有我你照樣會活下去的情景嗎？」

女孩似乎沒有注意到這個暗藏的陷阱。「我會非常傷心的。」

「但是你能夠照樣活下法。」

「如果你離開我，我還能幹什麼呢？但是我會非常孤獨的。」

雅羅米爾明白了，他一直成了誤會的受害者：紅頭髮女孩並沒有眞的以死爲誓。當她說沒有他她就不能活下去時，她僅僅是把它作爲一種慣常的愛情行話，一句漂亮的措辭，一個比喩，可憐的傻瓜，她對這句話的全部含義一無所知——向他發一點悲傷的誓言——而他只知道絕對！要嘛一切，要嘛全無，生存或是死亡！帶著苦味的諷刺，他問，「那麼你會傷心多久呢？一天？或者甚至一個星期？」

「一個星期？」她笑了。「我親愛的澤維，我不可能在一星期內恢復過來……」她緊靠著他，用她身軀的接觸來表示，她的悲哀幾乎不可能以星期來衡量。

但是，雅羅米爾在沉思著這件事。她的愛究竟值得多少呢？幾星期的悲哀。很好！那麼，什麼樣的悲哀？一點挫折。一星期的悲哀又是什麼呢？畢竟，沒有人能夠一直悲痛。她在早晨憂傷幾分鐘，晚上憂傷幾分鐘，加起來會有多少分鐘？她的愛情值得多少分鐘的悲哀？他值得多少分鐘的悲哀？

他試圖想像他死後她的生活，平靜，沉著，泰然地跨過他死亡的深淵。

他不願重新開始狂暴、忌妒的談話；他聽見她的聲音在問，爲什麼他看上去那樣苦惱；他沒有回答；溫柔的聲音就像一帖無效的止痛膏。

然後他站起身，開始穿衣。他已不再憤怒；她不斷地問他爲什麼那樣悲傷，他若有所思地撫摸她的面頰代替回答；接著他盯著她的眼睛說，「你打算自己去警察那裏嗎？」

她原以爲他們美好的作愛已經永遠消除了他對她兄弟的惡意，因此他的問題使她吃了一驚，不知作何回答。

他再次問她（悲傷地，平靜地），「你打算自己告訴警察嗎？」

她結結巴巴地說了點什麼。她想對他表示異議，同時又害怕對抗。然而，她結結巴巴說出的話的意思是淸楚的，雅羅米爾說，「我懂。你不想去那裏。我自己來處理它吧。」他又撫摸了一下她的臉（憐憫地，悲傷地，失望地）。

她困惑了，講不出話來。他們接吻，然後他離開了。

第二天早晨他醒來時，瑪曼已經出去了。當他還在睡覺那會兒，她已把他所有的衣服擺在一把椅子上：襯衫、領帶、褲子、外套，當然還有內褲。要除去這個二十年的習慣是不可能的。但是那個早晨，當他看見那條摺疊的淡灰色內褲，它那可笑的不成形狀的式樣，開口上實際用來控制小便的鈕扣，他不由得狂怒之極了。

是的，那天早晨他起來，就像一個人起而迎接重大的、決定性的一天。他拾起內褲，把它伸得遠遠地審視它；他懷著一種近於鍾愛的仇恨仔細察看它。然後他咬住褲子的一頭，用手緊緊抓住另一頭，使勁地一拉。他聽見布撕開的聲音。他把撕壞的內褲扔在地板上。他希望母親會看見它擱在那裏。

然後他穿上一條黃色的「教練員」，穿上瑪曼爲他準備的襯衫、領帶、外套、褲子，離開了家。

11

他在接待室裏交出身分證（這是進入國家安全局大樓的慣例），然後爬上通往三樓的樓梯。瞧瞧他上樓的樣子。他意識到了每一步！他看上去好像他肩上正扛著他的命運；他爬樓梯彷彿他不僅是在爬向一幢樓房的更高一層，而是在爬向他自己生活的更高一層，從那裏他將可以眺望一個嶄新的全景。

所有的跡象都是吉利的；當他踏進老同學的辦公室，看見他的面孔時，他就知道，這是一個朋友的面孔；它對他微笑；它現出令人愉快的驚訝；它是使人快慰的。

看門人的兒子說，他高興雅羅米爾來看望他。雅羅米爾心裏漾起了極大的歡樂，他在給他拿來的椅子上坐下。他第一次眞正感到他面對著他的老同學，就像一個意志堅強的成年人面對著另一個成年人；平等對平等；男人對男人。

他們隨便聊了一會兒老朋友之間的應酬話，但對雅羅米爾來說，這只是一個愉快的序曲，在此期間，他急切地等待著幕啓。「我來看你的主要原因是，」最後他用一種嚴肅的語氣說，「我想告訴你一件重要的事。我得知有個人打算就在這幾小時之內逃離祖國。我們必須設法阻止他。」

看門人的兒子變得格外留心起來，向雅羅米爾問了幾個問題。雅羅米爾迅速而準確地回答了。

「這是一樁很嚴肅的事情。」看門人的兒子說，「我本人不能處理它。」

他領著雅羅米爾穿過長長的走廊，進了另一間辦公室，在那裏他把他介紹給一位穿著便服年紀較大的人。在看門人的兒子介紹雅羅米爾是他的一位老同學後，那個人給雅羅米爾一個同志式的微笑；他們叫來一個書記員作筆錄；雅羅米爾不得不提供精確的情報：女孩的名字；她的職業和工作地點；她的年齡；她的家庭背景；她父親，兄弟，姊妹們的職業；她告訴他關於她兄弟打算叛逃的確切時間與日期；她兄弟是什麼樣的人；雅羅米爾對他有何了解。

雅羅米爾說他知道得很多，因爲女孩經常談到他。正是由於這個原因，他才認爲這件事十分重要，匆匆忙忙地趕來告訴他們，把他們看作他的同志和同胞。女孩的兄弟仇恨我們的社會制度。這是多麼不幸！他來自一個下層的貧苦家庭，但因為他曾經給一個資產階級政客當過司機，他現在心甘情願成了那些陰謀叛國的人的工具。是的，他可以完全肯定地這樣說，因為女孩曾把她兄弟的觀點十分清楚地轉告過他。據她說，他很樂意槍斃共產黨員。人們完全可以想像這種人——他唯一的目標就是破壞社會主義——一旦通過邊境會幹些什麼。

三個人用簡潔有力的平淡語氣向書記員口授了這一陳述，那位年紀較大的官員告訴雅羅米爾的朋友，趕快去做必要的安排。看門人的兒子衝出去後，這位官員對雅羅米爾的幫助表示感謝。他告訴他，如果全國人民都像他一樣警惕，社會主義祖國就會不戰可勝。他說，他希望他們的見面不會是最後一次。「你一定知道我們的祖國有多少敵人，」這人說，「你長期和大學裏的學生在一起，毫無疑問你認識許多文人。當然，他們大多數都是誠實的人，但他們中也有不少搗亂份子。」

雅羅米爾欽敬地望著警察的臉。在他看來，這張臉很美，縱橫交織的深深皺紋證明了一個毫不妥協，精力充沛的生活。是的，雅羅米爾也希望他們的見面不會是最後一次。他很高興能盡微力。他知道他的立場是什麼。

他們握著手，朝對方微笑。

帶著印在他腦子裏的微笑（一個眞正的人的美好、起皺的微笑），雅羅米爾離開了警察總局。他在通往人行道的那段台階上面停了一會兒。一個晴朗嚴寒的早晨籠罩在城市屋頂的上方。他吸了一口冷空氣，感到自己渾身充滿了活力，差一點要唱起來。

他首先想徑直回家，坐在他的桌前寫詩。但走了幾步他便停下來：他不想獨自一人。他覺得在過去那一小時內，他的容顏已變得堅強起來，步伐更加堅定，聲音更加果斷。他希望讓人看見他的新的化身。他經過大學，對每一個認識的人講話。沒有人談論他看上去與平常有什麼不同，但是太陽仍然在照耀，一首未寫的詩仍然在房頂上翱翔。他回到家，把自己關在房間裏，寫滿了幾張紙，但對寫出的東西並不滿意。

於是他放下筆，沉湎於白日夢中：他夢見一道神祕的門檻，青年人要想成爲成年男人必須跨過這道門檻；他知道這道門檻的名字：它的名字不是愛情，而是責任。要寫有關責任的詩是很難的。這個詞能喚起什麼意象呢？但是雅羅米爾覺得，正是這個嚴厲、刻板的詞可以喚起新的、意想不到的意象。畢竟，他寫的責任與這個詞的舊的含義不同，不是由外部的權力強加的，而是人們爲自己創造、自由選擇的責任，這種責任是自願的，體現了人類的勇敢和尊嚴。

這些想法使雅羅米爾熱情洋溢，它們幫助他勾勒出一幅嶄新的自畫像。他再一次渴望讓人看見這個新的變形，於是匆匆奔向紅頭髮女孩的住處。又是快六點了，她應該早就回到了家。但她的房東告訴他，她上班還沒有回來。房東說，大約半小時前有兩個男人一直在找她，他也是這樣告訴他們的。

雅羅米爾要消磨時間，他在紅頭髮女孩住的那條街上來回漫步。過了一會兒，他注意到有兩個男人似乎也在踱來踱去。他心想他們也許正是房東提到的那兩個人；然後他看見女孩從街對面走來。他不想讓她看見他，於是他迅速閃進一個黑暗的門洞，瞧著她輕快地走向那幢樓房，消失在裏面。他感到不自在，也不敢動。接著他看見那兩個男人緊跟在她後面。幾分鐘後，他們三個人都出來了；這時他才注意到一輛汽車停放在離大門幾步遠處；那兩個男人和女孩爬進汽車，然後開走了。

雅羅米爾明白了，這個溫文爾雅的人多半是警察；但除了一種冰冷的恐懼感，他還感到驚奇，他這天早上的行爲已經成了一個眞正的行動，它使一連串眞正的事件調動起來。

第二天，他匆匆趕到女孩的房子，以便她剛一下班回來就截住她。但是房東告訴他，自那兩個男人把她帶走以後，這位年輕女孩還沒有回來。

他心慌意亂。第二天一早他又去警察總局。看門人的兒子仍然顯得很親熱，熱情地握住他的手，笑語吟吟。當雅羅米爾詢問他的女友爲何還沒有回家時，他告訴他不要著急。「你使我們跟蹤一件很重要的事。我們得把那些病菌擺在放大鏡下面。」他帶著一種曖昧的微笑說。

雅羅米爾再一次走出警察總局大樓，步入一個晴朗嚴寒的早晨；他再一次吸了一口冷空氣，感到渾身充滿了命運感。然而，有一樣與前一天不同。現在他想到，由於他那個決定性的行爲，他已經步入了悲劇的領域。

是的，當他走下通往大街的那段長長的台階時，他正是這樣對自己說的：我已經步入了悲劇的領域。他朋友那句笑裏藏刀的話，**我們得把那些病菌擺在放大鏡下面**，激起了他的想像。他意識到他的女友現在正落在一幫陌生男人的手中，任憑他們擺布，她正處在危險之中，持續幾天的審訊肯定不是鬧著玩的事。他也回憶起他的朋友跟他講過的有關那位黑頭髮猶太人的事，有關他工作中更冷酷無情方面的事。所有這些念頭和想像以一種甜蜜、芬芳和莊嚴的物質充滿了他，以致他覺得自己變得愈來愈大，像是一個有生命的悲哀的紀念碑，大步穿過了街道。

他心想，現在他終於明白他兩天前費力寫的那首詩爲什麼沒有價值。兩天前他還沒有理解自己的行爲。兩天前他還想寫有關責任的詩，可是現在一切都很清楚了：責任的莊嚴產生於愛情血淋淋的、劈開的頭！

雅羅米爾走在街上，被自己的命運弄得很茫然。後來他回到家，發現一封信。特此邀請你下周某日來見一些我想你會覺得趣味相投的人。信的署名是那位女導演。

儘管這個邀請並沒有任何明確的允諾，雅羅米爾仍然感到非常高興，因爲它證明了這個漂亮的女導演並不是一個失去的機會，他們的故事還沒有結束。一個奇特的念頭掠過他的頭腦，這封信在這一天來到，在他第一次完全明白了他悲劇的境遇的這一天，這決不是偶然的巧合：顯然，這一切都有著某種更深沉的意義。他內心充滿一種模糊的、令人鼓舞的感覺，他這兩天所經歷的一切已經終於使他有資格泰然自若地凝視黑頭髮女導演令人眼花繚亂的美麗，懷著男子漢的自信心參加她的聚會。

他的感覺比以前任何時候都好。他的頭腦裏充滿了詩歌，他在桌前坐下。不，愛情和責任不是兩個對立的概念，他對自己說。那是用一種曲解的、舊的方式來看待這個問題。要嘛愛情要嘛責任，要嘛愛情要嘛革命——不，不，沒有這樣的兩難處境。他並不是因為愛情對他無足輕重才使他的女友面臨危險——恰恰相反，他想實現一個人們會比以前更加相愛的世界。是的，事情正是如此。雅羅米爾使他情人的安全遭受危險，正是因為他愛她勝過其他男人愛他們的女人，正是因為他知道，愛情和洋溢著純潔感情和光明的新世界是怎麼一回事：當然，為了未來的世界犧牲一個具體的、充滿生氣的女人（紅頭髮、嬌小、健談、有雀斑的臉）是可怕的。這種犧牲，是我們時代唯一眞正的悲劇，是值得寫出一首偉大詩歌的！

他坐在桌前寫作，在房間裏踱步，他覺得他正在創作的這首詩是他所有詩歌中最偉大的一首。

這是一個心醉神迷的夜晚，比他能夠想像的所有愛情的夜晚還要迷人，這是一個神奇的夜晚，儘管他獨自一人在他童年時代的舊房間裏。瑪曼在隔壁。雅羅米爾已經完全忘記了他一直在生她的氣。事實上，當她敲門問他在幹什麼時，他對她很溫柔地講話。他解釋說他需要安靜和集中精力。「我正在寫我一生中最偉大的詩。」他說。瑪曼笑了（母親的微笑，善於接受、富有同情的微笑），讓他處在安靜中。

最後他上床睡覺。他突然想到，就在此時此刻，他的女友肯定正被一羣男人圍住——警察、審訊員、看守。他們可以隨心所欲地處置她。觀看她換上囚衣，透過單人牢房的窗子窺視她坐在桶上小便。

實際上，他並不眞的相信這些極端可能性的眞實（他們多半只是錄下她的口供，然後就會放她走）。但是幻想卻不能控制住，他一次又一次地想像她坐在單人牢房裏，由一個陌生男人看守著，審訊員脫掉她的衣服。有件事使他困惑：這些幻想竟然沒有激起絲毫的忌妒！

你必須屬於我，如果我想要，你就得死在刑架上，濟慈的叫聲穿過了多少歲月在回響。爲什麼雅羅米爾應該忌妒呢？紅頭髮女孩現在比以前更加屬於他：她的命運是他的創造；當她朝桶裏小便時，正是他的眼睛在瞧著她；當看守粗暴地對待她時，正是他的手在撫摸她；她是他的犧牲品，他的創造品；她是他的、他的、他的，整個屬於他的！

雅羅米爾不再忌妒，這個晚上，他像一個眞正的男子漢那樣沉沉入睡了。

第六章 中年男人

1

我們故事的第一章包括了雅羅米爾生活中的十五年，而第五章儘管篇幅一樣長，卻僅僅包括了一年。在這本書裏，時間流動的速度剛好與眞實生活相反：隨著歲月的流逝，速度反而慢了下來。

這是因爲我們是從一個瞭望台來觀察雅羅米爾的故事，這個瞭望台是我們在他臨死的時候建立起來的。對我們來說，他的童年在遙遠的地方，在那裏月份和年頭難以察覺地融合在一起。隨著他和他母親從朦朧的地平線上出現，朝著我們的瞭望台愈走愈近，一切都變得淸晰了，有如一幅高度寫實的繪畫，在每一片葉子上表現出每一條葉脈。

正如你的生活是由你選擇的那種職業和婚姻所決定，我們的小說也是由我們瞭望台的角度所限定：我們能夠完全看見雅羅米爾和他母親，而其他人物只有當他們出現在這兩個主角面前時我們才能瞥見他們。我們選擇了這個方法正如你選擇了你的命運，你我的選擇都同樣是不可改變的。

然而，每一個人都遺憾他不能過其他的生活。你也會想過一過你所有未實現的可能性。你所有可能的生活（啊，做不到的澤維爾！）。我們的書就像你一樣。它也渴望成爲它本來可能成爲的所有其他小說。

這就是爲什麼我們一直幻想著建立其他的瞭望台。在那位畫家的生活中間，或者在看門人兒子的生活裏，或者在紅頭髮女孩的生活裏豎立起一個瞭望台怎麼樣？畢竟，我們對這些人眞正知道些什麼？我們知道的幾乎不比雅羅米爾這個傻瓜更多，他對任何人都知道得極少。如果我們追隨看門人兒子的生涯，雅羅米爾只是在有關一個詩人和老同學的短暫揷曲出現一兩次，那它會是一本什麼樣的小說？或者我們可以追隨那位畫家的故事，最終得知他對他親愛的瑪曼的眞正想法，他曾經用她的肚皮作爲一塊畫布。

人不能跳出他的生活，但小說也許有更多的自由。假設我們匆匆地、悄悄地拆除我們的瞭望台，把它移到別處，至少暫時移開怎麼樣呢？也許我們可以把它移一段很長、很長的路，遠於雅羅米爾的死。也許一直移到這裏，移到今天，已經幾乎沒有人（他母親幾年前也去世了）還記得雅羅米爾。

2

天哪！想像一下把一個瞭望台建造得如此之近。也許順便訪問一下曾與雅羅米爾一起坐在警察禮堂講台上的所有詩人。他們那時期朗誦的詩歌在哪裏？沒有人再回憶這些詩歌，作者本人將會否認寫過它們。因爲他們感到害臊，每一個人都感到害臊……。

那個遙遠的時期實際上留下了些什麼呢？今天，人們把那些日子視爲一個政治審訊、迫害、禁書和合法謀殺的時代。我們這些還記得的人必須作證：它不僅是一個恐怖的時代，而且是一個抒情的時代，由劊子手和詩人聯合統治的時代。

那堵人們被困禁在後面的牆是由詩歌築成的。在牆的前面還有舞蹈。不，不是死的舞蹈。而是一個天眞的舞蹈。天眞伴隨著血腥的微笑。

你說，那是一個蹩腳的抒情時代嗎？不完全是。帶著信奉者的盲目眼光描寫那個時代的小說家，製造出虛假的、不成功的作品。但同樣盲目地與那個時代結合在一起的詩人，卻常常留下美好的詩歌。如我們前面所提到的，通過詩歌的魔力，一切陳述都變成了眞理，只要這些陳述是依靠激情的力量。詩人們顯然深深地感到他們的激情鬱積著，燃燒著。他們火熱感情的蒸氣在天上蔓延開來，像一道彩虹，一道橫跨監獄高牆的美麗彩虹……。

但是不，讓我們不要把我們的瞭望台建造在今天。我們並不關心描寫過去，不關心在愈來愈多的鏡子裏捕捉它的形象。我們選擇那個時代並不是因爲我們對它本身感興趣。而是因爲那個時代似乎提供了一個捕捉韓波和萊蒙托夫、抒情和青春的絕妙的圈套。如果不是捕捉一個英雄的圈套，小說又是什麼呢？讓對那個時代的描寫見鬼去吧！我們只對一個年輕的詩人感興趣。

因此，我們稱做雅羅米爾的那個年輕人決不能完全脫離我們的視界。是的，讓我們暫時離開我們的小說，讓我們把我們的瞭望台移到雅羅米爾生命的盡頭，把它安在由截然不同的材料構成的一個截然不同的人物心裏。但我們別把它再往前安在雅羅米爾死後三年之外，在這個時間內，雅羅米爾還沒有被完全忘記。讓我們製作一個章節，這一章節將與故事的剩下部分有關，就像一個小賓館與一座鄉村莊園的關係。

這個賓館就在這座莊園的另一頭。是一幢自成一體，獨立於主要房屋的建築。它可能已經轉租出去，莊園的居住者沒它也完全可以過得很好。可是，在夏日的一天。廚房裏的氣味和人們的說話聲從莊園漂進了賓館開著的窗戶……。

3

讓我們假設這個賓館的角色由一個男人的公寓房間來扮演：一個有裝衣服壁櫥的門廳，一間有著纖塵不染的浴缸的洗澡間，一個到處放著髒碟子的小廚房，一間同時用作起居室和臥室的大房間。房間裏有一張寬沙發，一面大鏡子，四面牆都是書架，幾幅裝了框的繪畫（古代油畫和雕刻的複制品），兩把扶手椅之間有一張咖啡桌，一個面朝屋頂和煙囪的窗戶。

這是春天的一個傍晚。房間的主人剛回到家。他打開旅行袋，取出一條摺皺的牛仔褲，把它掛在壁櫥裏。然後他走進裏屋，打開窗戶，涼爽的新鮮空氣漂進房間；這人走進浴室，打開浴缸上面的熱水龍頭，開始脫衣，滿意地審視自己的身軀；他已有四十多歲，但自從他開始幹體力活起，他一直都感到身體狀況很好，他的頭腦好像更加虛弱，可是他的胳膊和大腿卻變得更加強壯。

他在浴缸裏伸長四肢，把一塊木板橫放在浴缸上，用作臨時湊合的桌子。幾本書擺在他面前的木板上（對古希臘和古羅馬作者離奇的興趣），他愉快地泡在熱水中，沉浸在書本裏。

驀然，門鈴響了。一聲短的，兩聲長的，停了一會兒，又是一聲短的。

他不喜歡被不速之客打攪，爲此他同他的朋友和情人還安排了一套信號。但是，這是誰的信號呢？也許他逐漸變老了，記憶力正在消失，他懊喪地想。

「等一會兒。」他叫道，從浴缸裏出來，不慌不忙地擦乾身子，穿上浴衣，把門打開。

4

一位穿著厚厚冬大衣的女孩站在門外。

他馬上認出了她，驚訝得說不出話來。

「他們把我放了。」她說。

「什麼時候？」

「今天早晨。我在等你下班回來。」

他幫她脫掉大衣——厚厚的、褐色的、破舊的——把它掛在衣架上。他注意到她身上穿的正是她最後一次看望他時穿的那套衣服，同樣的外套，同樣的冬大衣。三年前的一個冬天似乎給這個春天的下午拋來一股寒氣。

女孩也很驚異地發現房間沒有改變，而在這期間，她的生活中已發生了多少變化，這裏的一切都是老樣子。她說：

「是的，是這樣。」

他指了指她最喜歡的那把椅子。當她剛一舒適地坐定，他就連珠砲般地向她發問。你確實不想讓我給你準備份三明治嗎？你從這裏準備去哪兒？你打算回家嗎？

她告訴他，她的確準備回家，她已經走到了火車站，但還是決定回來先見他一面。

他仍舊穿著浴衣。「請原諒，」他說，「讓我穿些衣服。」他走到門廳，把背後的門關上。在他穿衣之前，他拿起電話，撥了一個號碼；當傳來一個女人的聲音時，他解釋說發生了一件事，他不能在當晚去看她。

他對坐在他房間裏的那位女孩沒有任何義務；然而，他還是不想讓她無意中聽到他的談話，因此他把說話的聲音壓得很低。在他講話時，他一直望著衣架上那件破舊的褐色大衣。它使空氣中充滿了懷舊的音樂聲。

5

自從她最後一次看見她已經過去三年了，而他們認識已有五年了。他認識許多更迷人的女人，但這個女孩卻具有一些罕見的品質。他認識她時，她大約十七歲，坦率得逗人，性慾很強。她渴望使他幸福；在十五分鐘內她就明白了他忌諱談愛情，他沒有作任何解釋，她就順從了，只在他明確要她來時才來看望他（幾乎每個月不到一次）。

他毫不掩飾他對同性戀女人的偏愛；在一次性交的放縱中，女孩在他耳邊悄聲說，她曾在一個浴場如何引誘了一個陌生女人，接著描述了她怎樣作愛。這個故事使他感到愉快，在意識到這是不大可能的事時，他被女孩想取悅於他的多情感動了。並非所有女孩的情事都是有想像力的。她把他介紹給她的一些女朋友，她鼓勵並組織了一系列愉快的性愛的娛樂活動。

她明白她的中年情人不但不要求忠貞，而且如果他的情婦在別處捲入更爲認眞的愛情事件，他會感到更加安全。因此她天眞輕率地以敍述她目前和過去的戀愛來款待他，他覺得這些戀愛有趣而娛人。

此刻，她正坐在扶手椅裏（這個男人在此期間已穿上一條寬鬆褲和一件毛衣）。她說，「我剛離開監獄時，看見了許多馬。」

6

「馬，什麼馬？」

她解釋說，早晨，當她剛跨出監獄大門時，一些人騎在馬上正好馳過。他們高高地坐在馬鞍上，彷彿他們從這些動物身上長出來，形成了一個超人的怪物。姑娘感到自己渺小，微不足道。在他頭的上方，她聽見了噴鼻聲和大笑聲，嚇得她緊緊靠在監獄的牆上。

「從那兒出來後你到哪裏去了？」

她去了電車站。太陽變得很暖和，她感到穿著厚大衣很不舒服。過路人的注視使她感到窘迫，擔心電車會很擁擠，人人都會張嘴凝視她。很幸運，電車站除了一個老婦人什麼人也沒有。發現只有一位老婦人在那裏，這眞是福氣。

「於是你決定先來看我？」

責任要求她應先回家去看望她的父母。她已經去了火車站，在售票窗前排上隊，但輪到她時，她卻跑開了。一想到回家她就感到沮喪。她餓了，買了一份沙拉三明治。她坐在公園裏，一直等到四點鐘，她知道他在這個時間會下班回家。

「我很高興你先來這裏。你來眞是太好了。」他說。

「你記得，」他頓了一頓又說，「你還記得你說的話嗎？你說你一輩子都不想再見到我？」

「這不是事實。」女孩說。

「是的，是事實。」他微笑說。

「不，不是。」

7

這當然是事實。三年前的那天她來見他時，他打開了酒橱，想要倒點白蘭地。女孩搖著頭說，「不，不要給我倒，我決不會再在你的房間裏喝任何東西。」

他很驚異。女孩繼續說，「我不會再來看你了。今天我來這裏正是爲了告訴你這個。」

他仍然顯得很驚異。她告訴他，她眞的愛上了她對他講過的那個年輕人，她已決定不再欺騙他了。她來請求她的中年朋友同情她的處境，希望他不會生氣。

儘管這位中年男人喜歡多姿多采的性愛生活，但他基本上還是具有田園詩般的氣質，重視他冒險中一定的寧靜和秩序。的確，這位女孩不過是在他愛情羣星中閃爍的一顆羞怯的小星，但即使是一顆星星突然脫離了它在天空中固有的位置，也會給天上的和諧帶來不受歡迎的紊亂。

而且，他感到沒有被理解，受到了傷害。女孩有一個愛她的小伙子，他難道不是眞正地感到高興嗎？不正是他要她告訴他有關那個年輕人的一切，不正是他給她出主意怎樣贏得那個年輕人的愛嗎？事實上，那位年輕的情郎使他感到如此逗趣，以致他甚至把那傢伙寫給女孩的詩歌保存了下來。他覺得這些詩人令人噁心，但他對它們感興趣，正如他對他周圍正在崛起的世界感興趣一樣，他從溫暖舒適的浴缸裏觀察著這個世界。

他願意用他所能聚集的一切玩世不恭的仁慈保護這對年輕的戀人，女孩的突然決定像十足的忘恩負義使他受到衝擊。他發現很難控制自己不讓女孩看出他的憤怒。看到他臉上的不悅，她講了許多話來替她的決定辯護；她反覆聲明，她眞誠地愛她的小伙子，決心對他絕對忠實。

而此刻，三年後她又來到這裏，坐在同樣的椅子裏，穿著同樣的衣服，告訴他，她從來沒有說過這類話！

8

她沒有在說謊。她屬於那些少有的人，他們分不清事實和願望，把他們合乎道德的希望誤認爲是事實。當然，她完全記得她對自己的中年朋友說過的話；但是當她意識到她不應該說那樣的話時，她就拒絕回憶眞實存在的事實。

當然她記得：那天下午，她同她的中年伙伴在一起待的時間長了一點，超過了她的打算，因此未能趕上與那位年輕人的約會。小伙子覺得受了極大的侮慢，她意識到只有一個同樣極其嚴重的藉口才能平息他的憤怒。因此她編造出同一個想叛離祖國的兄弟待了一下午的故事。自然，她不可能想到年輕的情人會催促她向警察告發她的兄弟。

於是就在第二天，她一下班就跑到她的中年朋友那裏去討主意；他很親切友好；他建議她堅持她的謊言，並極力使那年輕人相信，經過一場激烈的爭吵，她兄弟已發誓放棄叛逃的念頭。他詳細教她怎樣對年輕人描述這場大吵大鬧。他還建議，她應該讓那傢伙感到，他間接地成了她家的救星，因爲如果沒有他決定性的影響，她兄弟本來會實行他那愚蠢的計畫，並且無疑會在邊境被抓住，或者甚至會被邊防哨兵擊斃。

「你同那年輕人的談話結果到底怎樣？」

「我再也沒有見到他。我剛從你這裏回去，他們就逮捕了我。他們正在我房子前面等著我。」

「結果你再也沒有機會同他談一談？」

「沒有。」

「但他們肯定已告訴了你，他發生了什麼事……。」

「沒有……。」

「你眞的不知道？」中年男人吃驚地問。

「我什麼都不知道。」女孩回答，聳了聳肩，彷彿表示她也不關心。

「他死了，」男人說，「他們把你帶走後不久他就死了。」

9

女孩的確不知道這事。從很遠很遠的地方，她聽見了那個年輕人哀憐的話語，他曾想把愛情和死亡放在同一個天秤上。

「他自殺的嗎？」她用一種溫和的聲音問，聽起來似乎願意馬上原諒。

男人笑了。「噢，不，一點也不是這樣。他只是生了病，隨後就死了。他的母親搬走了。你在那幢舊別墅裏再也不會找到他們的一點痕跡。不過在公墓裏卻有了一塊很大的黑色墓碑。就像一位偉大作家的墓碑。**這裏埋葬著一位詩人**……這是他母親刻在石頭上的話。在他的名字下面，他們還刻下了你給我看過的那首墓誌銘，那首願意死於烈火的墓誌銘。」

他們陷入了沉默。女孩在思考著這個事實，那位年輕人並沒有自殺，而是死得很平常。甚至他的死都在背棄她。不，從監獄出來後她就永遠不想再見到他，但是她沒有考慮到他已不再活著的可能性。如果他已不存在了，那麼她三年囚禁的根由也就不復存在了，一切都變成了一場噩夢，毫無意義，純屬虛幻。

「吃點晚飯好嗎？」他問，「來幫我一下。」

10

他們走進廚房，切了一些麵包，做了火腿和沙拉三明治，開了一聽沙丁魚罐頭，找了一瓶酒。

這是他們過去一直遵循的程序。對女孩來說，知道這種固定的生活始終在等待著她，毫無變化，未被攪亂，她仍然可以很快進入它，這是一種令人安慰的感覺。此時此刻，她覺得這是她所知道的最美好的一點生活。

最美好？爲什麼？

這是一部分十分安全的生活。這個男人對她很好，從來不要求什麼；她沒有什麼要感到內疚和負責的；跟他在一起，她總是很安全；這是當人們暫時擺脫自己的命運時所感到的那種安全；她就像劇中的一個人物那樣安全，當第一幕結束時，有一個休息時間；其他人物也摘下他們的面具，變成在隨便交談的普通人。

這位中年男人很久以來就覺得自己處在他生活的戲劇之外；戰爭一開始，他同他年輕的妻子一道逃到英國，當了一名飛行員與德國人作戰，在一次對倫敦的空襲中他失去了他的妻子。回國後，他決定留在軍隊裏服役，與雅羅米爾決定學習政治學正好是同一個時候，但他的上級認爲他與資本主義英國的關係太密切，他在政治上不很可靠，不能在人民的軍隊裏服役。於是，他到了一家工廠幹活，他背棄了歷史以及它富有戲劇性的表演，背棄了他自己的命運。他完全把精力集中在自己身上，集中在不負責任的尋歡作樂和他的書本中。

三年前女孩來向他告別，因爲他只爲她提供了一個插曲，而那個年輕人卻要爲她提供一生。此刻她正在這裏用力咀嚼火腿三明治，呷酒，很高興她的中年朋友自願給她提供幕間休息，漸漸地把自己裏在幸福的安寧中。

她得到休息了，很想談談話。

11

空盤子裏只剩下麵包屑，酒瓶也空了一半，她詳細敘述了她在監獄裏的經歷，談到同獄囚犯和看守，語氣是那樣漫不經心，毫無悲憫。如同她的習慣，她詳盡講述了她覺得有興趣的細節，同一種缺乏邏輯但令人愉快的敍述把這些細節連接起來。

可是這次她談話的方式有點奇怪。通常，她的談話雖是天眞地兜著圈子，但最終仍然指向事情的核心，然而，這一次，她的話始終圍繞著核心轉，仿佛想隱藏它。

但是這核心是什麼呢？中年男人終於明白了。他問，「你的兄弟怎麼樣了？」

「我不知道……。」

「他們放了他嗎？」

「沒有……」

現在他才明白，女孩爲什麼從售票口跑開，她爲什麼這樣害怕回家。她不僅是一個無辜的受害者，她還是一個給她兄弟和她全家帶來災難的罪人。他可以想像審訊員爲了強迫她招供而使用的那些手段，爲了逃避那些折磨她的人，她是怎樣使自己糾纏在一個新的、更有破壞性的懷疑的圈套裏。她怎麼才能向她的家庭解釋，不是她告發了她的兄弟，而是某個神祕的甚至已不再活在人世的年輕人？

女孩沉默不語，她的中年朋友不禁產生了一陣憐憫。「今天不要回家，等一等，你有足夠的時間，你得把這一切仔細想一想。如果你願意，你可以留在我這裏。」

他把手放在她的臉頰上。他沒有撫摸她，他只是輕輕地、溫存地把手按著她的皮膚。

這個動作是那樣愛憐，女孩頓時熱淚盈眶。

12

自從妻子死後（他非常愛她），他對女人的眼淚就不在意。他怕它們就像怕女人再會迫使他積極加入她們生活戲劇的危險一樣。他把眼淚看作是竭力想誘捕他，把他從自己非命運的田園詩般狀態中拖出來的觸鬚，他憎惡地躲開它們。

這就是爲什麼當他手掌一接觸到濕漉漉的眼淚時就吃了一驚的原因。他甚至更加吃驚地發現，此刻自己完全無能爲力抵抗它們令人腸斷的力量。這一次，他知道它們不是衝著他灑下的愛情眼淚，它們不是欺騙，不是敲詐，也不是賣弄。它們是純潔單純的，從女孩眼裏自然而然地流下來，就像悲哀或歡樂從一個人身上不易覺察地顯露出來一樣。他沒有防護物來擋住它們的天眞單純，他的靈魂深深地感動了。

他想到他與這位女孩交往的整個期間，他們從來沒有傷害過對方。他們總是替對方著想，給對方短暫的快樂，他們是滿足的。沒有必要責備。在女孩被捕的時候，他曾盡了一切可能去解救她，從中他得到了特別的滿足。

他把她從椅子裏扶起來，用手指擦著她淌滿淚水的臉，溫柔地摟抱她。

13

在舞台側面某處，在三年前我們離開的一個故事裏，死亡一直在不耐煩地等待著。此刻，死亡的骸骨正投射出一個長長的陰影，落到中年男人和他年輕伴侶的場景上，突然的黑暗使這間暖和舒適的房間感到了寒冷。

男人正溫柔地抱著她，但她卻一動也不動地蜷縮在他懷裏。

這種蜷縮意味著什麼？

她在把自己交給他。她已把自己置於他的懷裏，願意留在那兒。

但是蜷縮意味著她沒有對他開放。她已交出自己，但她仍保持著封閉。她的雙肩聳在一起以便掩住胸部，她的頭沒有轉向他的頭，面是靠在他的胸口上。她正窺視著他毛衣的黑暗處。她把自己安全地密封起來交給他，在他的擁抱中得到保護，就像在一個鋼製保險箱裏。

14

他抬起她低著的、淚濕的臉，開始親吻她。他是出於同情而不是肉慾的刺激，但這種情形常常產生一連串無意識的、很難逃避的反應。他試圖用他的舌頭撬開她的嘴，但沒有成功；她的嘴唇閉得緊緊的，拒絕回報。

眞奇怪，他愈是不能從她那裏得到回應，淹沒了他的同情浪潮就愈是強烈，他開始意識到，在他懷中這位姑娘的心靈已經從她軀體裏扯出去了，這個血淋淋切除的創傷還沒有癒合。

他摸著她可憐的、骨瘦如柴的身子。降臨的黑暗抹掉了所有明顯的輪廓，使他倆的身體失去了界限和外形，他同情的浪潮越發增強了。與此同時，他的軀殼內感到他已能夠從肉體上愛她了。

這是完全出乎意外的。他沒有肉慾而感到了肉慾，他由於興奮而產生了興奮。也許這僅僅是純粹的仁慈，由於某種神祕的變質而轉成了肉體的覺醒。

這個興奮來得如此突然，不可思議，他渾身都充滿了激情。他急切地撫摸她的身子，試圖解開她衣服的鈕扣。

她奮力掙脫出來。

「不，不。請不要，我不想要。」

15

由於只靠話語似乎不能阻止他，她掙脫了他的懷抱，退到房間的一個角落。

「這是爲什麼？你怎麼了？」他問。

她一聲不響地緊緊靠在牆上。

他走到她跟前，撫摸著她的臉頰。「好了，好了。你不是怕我，對吧？告訴我，怎麼啦？你發生了什麼事？」

她站在角落裏，默然無語，找不出話來。在她眼前，她又一次看見那些馬經過監獄大門，高大、健壯的動物與它們的騎手配在一起，形成一個驕傲的整體。與它們肉體的完美相比，她是那樣矮小，那樣可憐，她眞想與附近任何物體融合在一起，與樹幹或牆融合在一起，以便藏在它們的無知無覺之中。

「你怎麼了？」他又說。

「我不應該來這裏。我但願你老了。很老很老。一位老太婆，或一位老頭子。」

16

他默默地撫摸她的臉龐，然後請她幫他鋪床（房間裏已經一團漆黑）。他們緊挨著躺在寬沙發上，他用一種溫柔、安慰的聲音跟她說話，他已多年沒有對任何人這樣說話了。

對性愛的渴求已經完全消失，但他渾身卻充滿了一種溫柔的同情，它是那樣深沉、那樣強烈，以致不能自已。他點亮一盞燈，凝視著女孩。

她仰臥著，緊張、尷尬，目不轉睛地望著天花板。她發生了什麼事？他們對她幹了些什麼？打她？恐嚇她？折磨她？

他不知道。女孩沉默不語，他輕輕地撫摸她的頭髮，她的前額，她的面頰。

他撫摸了她很長時間，直到他覺得她眼中的恐懼似乎正在消除。

他撫摸了她很長時間，直到她閉上她的眼睛。

17

房間的窗戶開著，春夜涼爽的空氣流了進來。房間再次陷入黑暗之中，中年男人一動不動地躺在女孩身邊。他聽著她的呼吸聲，她不安的輾轉聲，當他覺得她已經入睡時，他輕輕地撫摸她的胳膊，在她的悲傷的自由的新時期，他能夠爲她提供第一夜的休息，這使他感到幸福。

我們把小說這一章比做的賓館也有一扇開著的窗戶，通過這扇窗戶，我們仍然可以聽見不久前我們離開的那部小說的聲音。你聽見遠處死亡不耐煩的跺腳聲了嗎？讓它等一等，我們還在這間房子裏，在另一本小說裏，在另一個故事裏。

另一個故事嗎？不，不是眞的。在中年男人和女孩的生活中，我們已經描述過的這段插曲僅僅是故事裏的一個停頓，而不是故事本身。他倆的相遇幾乎不會使他們捲入一場冒險。它只是在等待著女孩的痛苦之前這位男人賜與她的一個短暫的間歇。

在我們的小說中，這一部分也僅僅是一個寧靜的插曲，在這個插曲裏，一個無名的男人出乎意料地點亮了一盞仁慈的燈。在它從我們的視野中消失之前，讓我們再凝視它幾秒鐘，那盞寧靜的燈，仁慈的燈……。

第七章　詩人死了

1

只有眞正的詩人才知道在裝著鏡子的詩歌之屋裏是多麼孤獨。遠處的槍砲聲透過窗子依稀可聞，心中渴望著奔向廣闊的世界：萊蒙托夫正在扣上他軍服的鈕扣；拜倫正在把一支左輪槍放進他床頭櫃的抽屜裏；沃爾克在他的詩裏正在與大衆手挽手前進；哈拉斯正在激昂地發出押韻的詛咒；馬雅可夫斯基正踩在他自己的歌喉上；一場光榮的戰鬥正在鏡子裏激烈進行。

小心，我懇求你。假如一個詩人走錯一步，邁出他的鏡子領域，他就將毀滅，因爲他不是一個好射手。如果他放一槍，他將把自己打死。

啊，你聽見他們來了嗎？一匹馬正在高加索一條彎曲的山路上疾馳，馬鞍上坐著佩帶手槍的萊蒙托夫。又傳來馬蹄聲，車輪輾軋聲：這是普希金，拿著手槍，朝一場決鬥駛去。

我們現在聽見的是什麼？是一輛電車，一輛緩慢的、搖搖晃晃的布拉格電車。它正把雅羅米爾從一個郊區載往另一個郊區；他穿著一件黑色的外套，一條領帶，一件冬大衣和一頂帽子。

2

哪一個詩人從未幻想過他的死亡？哪一個詩人從未在他的想像中描繪過它？我必須死嗎？那就讓我死於烈火吧。你認爲這只是偶然的想像遊戲引起雅羅米爾想到一個燃燒的死嗎？完全不是，死亡是一個啓示；它說話，死的行爲有它自己的語義學，一個人怎樣死，死於哪種環境，並非無足輕重。

楊・馬薩里克❶死於一九四八年，當看到自己的命運被定數的堅硬龍骨碰得粉碎時，他墜落在布拉格一個宮殿的院子裏，結束了自己的生命。三年後，詩人康斯坦丁・比布爾❷──遭到他視爲自己同志的人追捕──從同一城市的一幢五層樓跳到人行道上。像伊卡爾斯❸一樣，擁抱他的環境是大地，他的死象徵著空間與塊面、夢與覺醒之間的悲劇衝突。

---

❶楊・馬薩里克（一八八六～一九四八），捷克斯洛伐克政治家、外交家，捷克第一任總統托馬斯・馬薩里克之子。一九四八年二月革命後留任外交部長，幾星期後發現他墜在契爾寧宮的院子裏。

❷康斯坦丁・比布爾（一八九八～一九五一），捷克當代詩人。

❸伊卡爾斯：希臘神話中人，以蠟與羽毛造成之翼逃出克利特島，因接近太陽其翼融化，墜海而死。

楊・胡斯和傑爾達諾・布魯諾❹不可能死於刀劍，也不可能死於劊子手的絞索，而只可能死於火刑柱。他們的生命因此成了信號燈、燈塔、火炬，照耀著許多世紀。因爲肉體是短暫的，思想是永恒的，閃爍著光芒的實體是思想的形象。

另一方面，奧菲莉亞❺決不可能死於火中，而必須死於水裏，因此水的深度與人的深度是緊密聯繫的。對那些溺死在他們的自我中、他們的愛情中、他們的情感中、他們的瘋狂中、他們的內省和混亂中的人來說，水就是他們致死的環境。民歌描述了姑娘們因她們的情人沒有從戰場上歸來而投水自殺的故事；哈麗艾特・雪萊❻投河自盡；保爾・策蘭❼死於塞恩河。

❹楊・胡斯（約一三六九～一四一五），捷克愛國者和宗教改革家，被教會處以火刑。傑爾達諾・布魯諾（一五四八～一六〇〇），義大利哲學家，因反對經院哲學被宗教裁判所判處火刑。

❺奧菲莉亞：《哈姆雷特》中的女子，因哈姆雷特待她冷熱不定，溺死在水中。

❻哈麗艾特・雪萊（一七九五～一八一六），原名哈麗艾特・威斯特勃魯，雪萊的第一個妻子。一八一四年分手後，於一八一六年投河自盡。

❼保爾・策蘭（一九二〇～一九七〇），原名保羅・安切爾，奧地利詩人。

3

他下了電車，朝黑頭髮女孩的別墅走去，這座別墅曾經目睹過他像膽小鬼一樣地逃掉。

他在想著澤維爾。

最初，只有雅羅米爾。

然後雅羅米爾創造了澤維爾，他的替身。他的第二存在，夢幻一般、喜歡冒險的。

現在，清除夢幻與現實，詩歌與生活，行動與思想之間衝突的時刻已經來到了。爲了結束澤維爾和雅羅米爾之間的分裂，兩者必須合而爲一。幻想的人必須成爲行動的人，夢想的冒險必須成爲生活的冒險。

他正在走近別墅。又感到了從前那種缺乏自信的痛苦。喉痛加劇了他的緊張（因爲他感冒了，瑪曼那天晚上不想讓他去參加聚會）。

當他到了門口時，他猶豫了。爲了鼓起勇氣，他不得不回憶他最近的成就。他想到了紅頭髮女孩，她的受審，想到了警察和他僅僅憑藉力量與意志而調動起來的，一連串事件……。

「我是澤維爾，我是澤維爾。」他不斷地對自己說，然後撳了門鈴。

4

聚集在房間裏面的人都是年輕的男演員、女演員、畫家、以及布拉格藝術學校的學生：別墅的主人格外引人注目，她把這幢房子的所有房間都闢作聚會場所。女導演把雅羅米爾介紹給幾個人，遞給他一個高腳酒杯，請他隨便飲他最喜歡的酒，然後就離開了他。

雅羅米爾穿著一件黑外套，白襯衫，打著領帶，他感到非常拘謹和呆板；其他人都穿得很隨便，有好幾個男人穿著毛衣和寬鬆的褲子。他在椅子裏侷促不安，最後脫掉他的外套，把它扔到椅背上，鬆開領帶，解開襯衫，這樣才使他覺得好了一些。

來賓們在企圖引起大家注意方面一個勝過一個。年輕男演員的舉止就像在舞台上，不自然地高談闊論；每個人都想給別人留下機智或有創見的深刻印象。雅羅米爾飲了幾杯酒後，也想在聚會上出出鋒頭。有幾次他成功地甩出一句他覺得很機智的嘲諷話，引起了人們幾秒鐘的注意。

5

喧鬧的舞曲透過牆壁咚咚咚地傳過來。幾天前，政府把二樓的第三間房子分配給了一家新房客。留給瑪曼和雅羅米爾的兩間房子就像一個寧靜的小巢，被四面八方的嘈雜聲包圍起來。

瑪曼聽見了音樂聲；她獨自一人，她在想那位女導演。第一次看見她，她就感到在這位漂亮的女孩與雅羅米爾之間存在著一種內在的危險。她極力與她交朋友，以便在迫近的戰鬥中，為她兒子獲得一個戰略地位。現在她羞慚地意識到，所有這些策略都是徒勞的。女孩甚至沒有想到邀請瑪曼參加她的聚會。他們完全把她推在一邊。

這位女導演曾經向瑪曼吐露，她之所以在警察電影小組工作，只是因為她出身於一個富裕家庭，需要政治上的保護，使她能夠繼續她的學業。瑪曼明白了，這位富有心機的女孩特點就是，把一切都變成為她的利益服務。她不過是利用瑪曼作為一塊踏腳石，來達到她的兒子。

6

大家的競爭還在繼續：有人演奏鋼琴，幾對男女在跳舞，高聲的談話和笑聲從一堆堆的人羣中傳來。每個人都想用妙語來吸引別人的注意：在大庭廣衆中超羣出衆，哪怕一瞬間也好。

馬爾特諾夫❽也在那裏：高大、英俊，穿著他那優雅的軍服，佩著短劍，被女人們圍住，還眞有點適合於歌劇呢。啊，這個男人使萊蒙托夫多麼激怒。上帝不公平地賜給一個傻瓜一張漂亮的臉，卻給了萊蒙托夫一雙短腿。但是，假如詩人缺少一雙長腿，他卻有一種傑出的嘲諷才智，這種才智可以使他高出於衆人頭上。

他走近馬爾特諾夫讚賞的圈子，等待著他的機會。然後他開了一個粗魯的玩笑，察看著人們臉上的驚愕神情。

❽馬爾特諾夫：沙俄軍官，與萊蒙托夫決鬥並殺死他的人。

7

終於（她離開了很長時間），她出現在房間裏。「你玩得愉快嗎？」她問，一雙褐色的大眼睛盯著他。

雅羅米爾覺得，那個神奇的時刻又回來了，那個神奇的晚上，他坐在她的房間，他倆的目光只望著對方。

「不，我玩得不愉快。」他說，直盯著她的臉上。

「你厭煩了？」

「我是因爲你才來這裏，而你總像是在別處。如果你不能花點時間和我在一起，那你幹嘛要邀請我？」

「可是這裏有那麼多有趣的人。」

「他們全都不過是我登上去得到你的階梯。」

他感到自信，對自己的口才很滿意。

「今天這裏有非常多的階梯。」她笑著說。

「也許代替階梯，你可以指給我一條祕密的通道，好讓我更快地達到你。」

她仍然笑著。「我們試一試。」她說，拉著他的手，把他引出房間。她領著他上了樓，來到她自己房間的門口，雅羅米爾的心開始怦怦跳了起來。

它毫無必要跳動。房間裏擠滿了別的男男女女。

8

隔壁房間的燈早就熄了。已經是深更半夜。瑪曼在等待著雅羅米爾，她想到她的失敗，但接著她告訴自己，她畢竟只輸了一仗，還會繼續戰鬥下去。是的，她將繼續爲他而戰；沒有人能夠把他從她身邊奪走，沒有人能夠把她推在一邊。她決心永遠跟隨他。雖然她坐在一把椅子裏，但她卻覺得她在跟隨雅羅米爾，她在走進漫漫長夜，追隨他，爲了他。

9

女孩的房間裏人聲嘈雜，煙霧瀰漫。其中一位客人（一個三十歲左右的男人）一直在注意地看著雅羅米爾。

「我想我聽說過你。」他終於對雅羅米爾說。

「聽說過我？」雅羅米爾反問，他受寵若驚。

那男人問雅羅米爾，他是否就是那個從兒童時代就常常去拜訪一位畫家的人。

雅羅米爾很高興，一個共同的熟人就這樣把他與這個團體聯結得更加牢固，他急忙點了點頭。

那男人說，「但是你已很久沒去看他了。」

「是的。」

「爲什麼不去？」

雅羅米爾不知道說什麼好，聳了聳肩膀。

「我知道你爲什麼不去。你認爲這會妨礙你的前程。」

「我的前程？」雅羅米爾勉強地笑了笑。

「你正在發表詩歌，你正在出人頭地，我們的女主人爲了增進她的政治表現，拍了一部關於你的影片。但是你的朋友，那個畫家卻不許展出他的作品。我肯定你知道他們指控他是人民的敵人。」

雅羅米爾沉默不語。

「哎，你知道這件事還是不知道？」

「我好像聽說過一些。」

「他的畫被認爲是頹廢的資產階級垃圾。」

雅羅米爾沉默不語。

「你知道你的那位畫家朋友目前在幹什麼?」

雅羅米爾聳了聳肩膀。

「他們把他從教學工作中趕走，他現在在當建築工人。因爲他不想放棄他的信念。他在夜裏，在人工的光線下做畫。但儘管如此，他卻是在畫美好的畫。不像你的詩，一派令人作嘔的屁話。」

10

又是一個粗魯的玩笑，接著又是一個，直到英俊的馬爾特諾夫終於感到了侮辱。他當衆警告萊蒙托夫。

什麼?詩人必須放棄他高興講什麼就講什麼的權利嗎?他必須爲運用了他的才智而請求原諒嗎?決不!

萊蒙托夫的朋友們規勸他。毫無必要爲了一派胡言去冒決鬥的險。最好是把事情平息掉。你的生命，萊蒙托夫，比一些稱作榮譽的難以捉摸的東西更有價値。

什麼?還有比榮譽更珍貴的東西?

是的，萊蒙托夫。你的生命，你的寫作。

不，沒有什麼東西能超過榮譽。

榮譽只是你虛榮的慾望，萊蒙托夫。榮譽只是鏡子裏瞬息即逝的一個映像，被一個微不足道的觀衆瞥見，一到早晨它就會消失。

但是萊蒙托夫還很年輕，他過的每一秒鐘都像永恆一樣廣大無邊。看著他的這羣女人和紳士就是人類的眼睛。他要嘛以一個男子漢的堅定步子從他們面前大步走過，要嘛就不值得活下去。

11

他感到恥辱的汚泥滲入了他的臉，他知道帶著這樣一副羞辱玷汚的面孔，他一分鐘也不能再留在這裏。他們徒勞地想使他平靜下來，徒勞地想安慰他。

「沒有用，」他說，「有些衝突是完全不可能和解的。」他站起來，由於激動而緊張，轉身朝著那個陌生人。「就個人而言，我很遺憾，畫家現在成了一個普通勞動者，他沒有合適的光線。但是從客觀上講，他在靠蠟燭光畫畫還是根本不畫，這都毫無區別。他繪畫中描繪的那整個世界已經僵死多年。眞正的生活在別處。完全在別的地方。這就是我不再去看畫家的原因。與他爭論那些不存在的問題已毫無意義。

我願祝他好。我沒有必要反對死人。願大地輕輕地覆蓋他們。我對你也說同樣的話，」他指著那個男人。「願大地輕輕地覆蓋你。你已經死了，可是你甚至不知道這一點。」

那個男人也站起身，建議，「在一個詩人和一具屍體之間來一場較量也許很有趣。」

雅羅米爾的血湧上頭腦。「來就來，讓我們來試試。」他說，朝著那男人揮動拳頭。然而，他的對手抓住雅羅米爾的胳膊，把他猛地扭過身去，然後一隻手抓住他的衣領，另一隻手抓住他的褲子後襠。

「我把這位詩人同志存放在哪兒？」他問。

那些年輕的來賓剛才還竭力想讓這兩個對手平靜下來，此刻卻忍不住大笑起來。那個男人用伸長的手臂舉起雅羅米爾，大步穿過房間，雅羅米爾就像一條絕望的、被捉住的魚在空中猛烈擺動。那男人到了陽台門前，打開門，把雅羅米爾放在門檻上，對準他重重地踢了一腳。

12

一聲槍響，萊蒙托夫抓住他的胸部，雅羅米爾倒在陽台冰冷的水泥地板上。

啊！捷克的土地。啊！槍聲的光榮變成在褲子上給一腳的玩笑的土地。

但是，嘲笑雅羅米爾拙劣地模仿萊蒙托夫，這是對的嗎？嘲笑我們的畫家模仿安德列•布勒東，甚至模仿到穿一件皮大衣，養一條德國狼狗，這是對的嗎？難道安德列•布勒東本人不是一個竭力仿效的某種崇高東西的模仿品嗎？拙劣的模仿不正是人類永恆的命運嗎？

不管怎樣，沒有什麼能阻止我們幾筆改變這個情景。

13

一聲槍響，雅羅米爾抓住他的胸部，萊蒙托夫倒在陽台冰冷的水泥地上。

他穿著一條沙皇軍官的節日制服，站起身來。他孤零零地大難臨頭。他不能求助於文學史料的安慰，來賦予他的打擊以冠冕堂皇的意義。沒有一把手槍來慈悲地結束他怯懦的恥辱。只有嘲弄的笑聲從窗戶傳來，這聲音使他永遠蒙受羞辱。

他俯在欄杆上朝下望。哎！陽台不夠高，他沒有把握跳下去是否會摔死。天氣刺骨的冷，他的耳朵在發燒，他的腳冰冷，他不斷地替換著腳，全然不知所措。一想到門也許會突然打開，露出笑嘻嘻的面孔，他就感到恐懼。他被捉住了。在一場笑劇裏中了圈套。

萊蒙托夫並不怕死，但他卻怕嘲笑。他想從陽台上跳下去，可是他不敢，因爲他知道，儘管自殺是悲劇的，而未遂的自殺卻是可笑的。

（等一等，多麼奇特的警句！畢竟，自殺成功與否都是同樣的行爲，出於同樣的動機，需要同樣的勇氣。那麼，怎樣區別悲劇和可笑呢？僅僅靠偶然的成功？到底怎樣區別渺小和偉大呢？告訴我們，萊蒙托夫，僅僅靠舞台道具嗎？手槍還是褲子上的一腳？僅僅靠歷史把布景推到舞台上嗎？）

夠了。在陽台上的是雅羅米爾，穿著白襯衫，領帶鬆開，凍得渾身發抖。

14

所有革命者都喜歡火焰。帕西·雪萊也幻想過一種燃燒的死。他想像的情人們總是一道死在火刑柱上。

雪萊設想他和他妻子在這個幻想中。然而，他還是死於溺水。他的朋友們彷彿希望糾正命運的這個語義錯誤，在海岸上堆起一大堆火葬柴，把他那被魚啃嚙過的屍體投進火焰之中。

難道死亡也想嘲弄雅羅米爾，賜給他嚴寒而不是烈火？

因爲雅羅米爾渴望死。自殺的念頭像夜鶯的鳴囀一樣迷住了他。他知道他的感冒很重，他知道他會招致重病，但他決心不回到房間。他不能忍受再遭屈辱。他知道，只有死亡的擁抱才能安慰他，他將把他的身心都獻給這個擁抱，他將在這個擁抱中獲得偉大。他知道，只有死亡才能替他報仇，把那些嘲笑他的人變成殺人凶手。

他突然想到在門外躺下，讓冰冷的水泥從下面冰他，可以加速死亡的來臨。他坐了下來，水泥地相當冷，幾分鐘後他的屁股就麻木了。他想躺下，但沒有勇氣把他的背緊靠在冰冷的地板上，於是又站了起來。

寒冷完全裹住了他，它在他的鞋子裏，在他的褲子和短褲下，它把它的手伸進他的襯衫裏。他的牙齒在打戰，喉嚨疼痛，不能吞嚥，直打噴嚏。他感到迫切想小便。他用麻木、笨拙的手指解開鈕釦，朝著下面的院子撒尿。他發現握著陰莖的手顫抖得很厲害。

15

他在水泥地板上跺著疼痛的雙腳，但世界上沒有任何東西能引誘他打開那扇通向折磨他的人們的門。他們怎麼了？他們爲什麼不出來勸他？他們醉成那樣了嗎？還是他們是那樣殘忍？他在冷地裏究竟待了有多久？

房間裏的燈光突然暗了下來。

雅羅米爾走到窗前，看見只有一盞著粉紅色燈罩的小燈還亮著，在沙發邊。他繼續朝裏望，終於看清有兩個裸著的軀體緊緊摟在一起。

他渾身顫抖，牙齒打戰，繼續透過窗子往裏望。半拉開的窗帘使他看不清被男人壓住的那個女人身軀是否就是女導演。一切似乎都在表明就是她，她的頭髮是又黑又長的。

但那男人是誰？雅羅米爾知道這是誰。他從前已經目睹過這整個場景。冬天、羣山、白雪覆蓋的平原，窗戶裏一個女人和澤維爾，但今天，雅羅米爾和澤維爾應該合爲一體。澤維爾怎麼能這樣背叛他？澤維爾怎麼能就在他的眼皮底下同雅羅米爾的女人作愛？

16

房間裏現在一片漆黑。什麼也看不見，什麼也聽不見。他的頭腦裏也是空蕩蕩的：沒有憤怒，沒有悲傷，沒有恥辱。只有可怕的寒冷。

他再也不能忍受了，他打開玻璃門，走了進去。他什麼也不想看見，既不朝左望，也不朝右望。他迅速地穿過房間。

走廊裏的燈亮著。他跑下樓梯，推開他放外套的那個房間的門。裏面很黑，從走廊裏透來一線微弱的光，照亮了幾個酣睡者的輪廓，他們在沉重地呼吸。他一邊四處摸索他放外套的椅子，一邊還在不住地顫抖。但他沒能找到它。他打了個噴嚏。其中一位酣睡者翻了個身，咕噥著罵了一句。

他走到過道裏，從衣架上取下他的大衣，穿在襯衫外面，匆匆走出了這幢房子。

17

送葬行列已經出發了。最前面，一匹馬拉著放有棺木的馬車，伊希·沃爾克的母親走在馬車後面。一床白墊子的一角從黑色的棺蓋下面伸出來。它伸出來就像是在責備，她孩子（他只有二十四歲）的最後安息處造得很差。她感到一種強烈的衝動，想把他頭下面的墊子重新搞好。

棺木停放在教堂中央，四周都是花圈。祖母還在一場中風的恢復中，不得不用手指抬起她的眼皮。她在檢查棺木，她在檢查花圈。其中一個花圈的緞帶上寫著馬爾特諾夫的名字。「把它扔出去。」她命令道。她的老眼，在不能活動的眼皮下，忠實地監護著萊蒙托夫最後的旅程。他只有二十六歲。

18

雅羅米爾（還不到二十歲）躺在他的房間裏。他在發高燒。醫生診斷是肺炎。

激烈的吵架聲震動著牆壁，但寡婦和她兒子居住的這兩個房間卻組成了一個寧靜的島嶼。瑪曼沒有聽見隔壁房客的喧鬧聲。她頭腦裏全占著藥、熱茶、冷敷。從前有一次，當時他還很小，她曾連續守護了他許多日，激動地要把他從死神手裏奪回來。現在，她決心再次激情地、忠實地守護他。

雅羅米爾睡著了，語無倫次地發著譫語，醒過來，又重新發著譫語。高燒的火焰舔著他的身軀。

火焰？他畢竟將變成烈火嗎？

19

一個男人站在瑪曼面前，他想跟雅羅米爾談話。瑪曼拒絕了。那男人提到紅髮女孩的名字。「你兒子告發了她兄弟。現在他們都被捕了。我必須同他談一談。」

他們面對面站在瑪曼的房間裏，但對瑪曼來說，這個房間現在只是兒子房間的一個延伸。她守衛著它，就像武裝的天使守衛著天堂的大門一樣。來訪者刺耳的聲音使她氣憤。她推開門，指著雅羅米爾的床。「那麼好吧，他就在那兒，跟他談吧。」

那男人看見了那張通紅的、譫妄的臉。瑪曼用平靜的堅定語氣說，「我不知道你要說什麼，但我可以向你保證，我兒子清楚他的所做所爲。他所做的一切都是爲了工人階級的利益。」

當她大聲說出這些雅羅米爾以前經常使用而她覺得格格不入的話時，她感到了一種巨大的力量。這些話把她和兒子比已往任何時候都更加緊密地連在一起。他們現在結合成了一個靈魂，一個頭腦。她和兒子組成了一個以同樣物質構成的宇宙。

20

澤維爾提著書包，裏面裝有一本捷克筆記本和一本生物學課本。

「你要到哪兒去？」

澤維爾微笑著指著窗外。窗戶是開著的。外面陽光明媚，從遠處傳來城市的喧聲，許諾著冒險。

「你答應帶我一道走的……。」

「那是從前。」澤維爾說。

「你想要背棄我？」

「是的，我要背棄你。」

雅羅米爾憤怒得閉住了氣。他對澤維爾產生了一種巨大的仇恨。直到最近爲止，他還相信他和澤維爾不過是一個整體的兩個方面，但現在他意識到澤維爾是一個迥然不同的人，是他的仇敵。

澤維爾撫摸他的臉：「你很可愛，親愛的，你眞美……。」

「你幹嘛對待我像對待一個女人那樣？你瘋了嗎？」

但是澤維爾不會放棄：「你很美麗，但我必須背棄你。」

澤維爾轉身朝開著的窗戶走去。

「我不是女人，你不懂嗎？我不是女人。」雅羅米爾在他的背後不斷地喊叫。

21

熱度消退了一點，雅羅米爾環顧著房間。牆上光光的；那個穿著軍官制服的男人的照片不見了。

「爸爸在哪裏？」

「爸爸走了。」瑪曼溫柔地說。

「怎麼會呢？誰把他從牆上取下來了？」

「是我，親愛的。我不想讓他俯視著我們。我不想讓任何人插在我們中間。互相撒謊已經沒有什麼意義了。有件事你應該知道。你父親從來就不想讓你生下來。他不想讓你活。你懂嗎？他要求我確保你不會生下來。」

雅羅米爾被發燒弄得筋疲力竭，沒有力氣提問或爭論。

「我漂亮的孩子。」瑪曼說，她的聲音在顫抖。

雅羅米爾意識到，此刻正對他講話的這個女人始終都愛著他，從來沒有躲避他，從來沒有讓他感到害怕或忌妒。

「我不漂亮，母親。你才漂亮。你看上去眞年輕。」

瑪曼聽到兒子的話，高興得眞想哭泣。「你眞的覺得我漂亮嗎？可是你長得太像我了。你從來不想聽這個。但你確實長得像我，我很高興。」她撫摸他的頭髮，那頭髮又黃又細。她吻著它。「我親愛的，你有天使的頭髮。」

雅羅米爾感到疲倦不堪。他沒有力氣去尋求任何別的女人。她們都離得遠遠的，通向她們的道路是那樣漫長無邊。「實際上，我從來沒有眞正愛過任何女人，」他說，「除了你。你是所有女人中最美麗的。」

瑪曼哭了，親吻他。「你還記得那個溫泉療養地嗎？在那裏我們一起度過了多麼美好的日子。」

「是的，母親。我一直都是最愛你的。」

瑪曼透過一大滴幸福的眼淚看見了這個世界。她周圍的一切都消融了；一切都跳出了形式的桎梏，一切都在跳舞歡慶。

「這是眞的嗎，我最親愛的？」

「是的。」雅羅米爾說。他把瑪曼的手按在他滾燙的手掌裏，他疲倦了，太疲倦了。

22

土塚已經隆起在沃爾克的棺木上，沃爾克的母親已經在從墓地往回走。石頭已經壓在韓波的棺木上，但他的母親，據傳說，讓他們打開家族墓室。你看見她了嗎？那個穿著黑衣服的嚴厲的老婦人？她正在檢查黑暗、潮濕的墓室，確信棺木是在適在的位置，完全關嚴了。是的，一切都很完好。阿瑟在那裏，他不會跑掉。阿瑟永遠不會再逃走。一切都很完好。

23

到底將是水？不是火？

他睜開雙眼，看見一張臉俯在他上面，有著微微向後縮的下巴和纖細的黃髮。這張臉離他那麼近，就好像他俯在一個平靜的池塘上面望著他自己的肖像。

不，不是火焰。他將死於水。

他望著水裏他自己的臉。突然，他看見巨大的恐怖從那張臉上掠過。這就是他最後看見的東西。

一九六九年六月

譯後記

我國讀者對於東歐文學也許並不算太陌生。早在半個世紀前，魯迅先生及其同人就對這塊與我們相似土壤上的文學尤爲關注，並在《小說月報》的《被損害民族的文學號》上作了大量翻譯介紹。裴多菲，顯克微支，密茨凱維奇，哈謝克，恰佩克這些東歐作家的作品在過去歲月也早已成爲我們精神上的良師益友。這裏還不算出生在布拉格的現代派文學的兩位大師卡夫卡和里爾克，他們儘管屬於德語系統，但無疑卻是東歐這片土地上生長出來的，是這片土地培養了他們最初的文學情操。然而時過境遷，這十年來中國在向世界文學的開放過程中，對當代東歐文學的介紹和研究相對來說卻冷落了不少。這裏的個中原因固然很多，但有一點似乎是可以肯定的，那就是當代一些東歐作家的作品中有著某種中國怯於正視的東西。

捷克當代作家米蘭·昆德拉的作品便是如此。這不僅在於作者那特殊的經歷：他一九二九年出生於捷克的布爾諾，參加過捷共，當過工人，爵士音樂者，布拉格高級電影學院的教授，一九六八年蘇聯入侵捷克後，他的作品遭到禁止，遂於一九七五年移居法國：更重要的是在於，他的作品表現了直面眞實人生的勇氣和良知，對歷史和現實的批判精神，以及對人的本性和處境的深刻思考。昆德拉的另外幾部小說《笑忘書》、《賦別曲》和《可笑的愛》、《不朽》以及《生命中不能承受之輕》，已經有中文譯本。《生活在他方》是他的又一重要作品，這部作品使他於一九七三年首次獲得一項重要的外國文學獎——法國梅迪西斯獎。誠然，獲獎本身從來不是衡量作品藝術高下的標準，但卻無疑是一個作家文學影響和名聲的標誌。

《生活在他方》是一個年輕藝術家的肖像畫。昆德拉以其獨到的筆觸塑造出雅羅米爾這樣一個形象，描繪了這個年輕詩人充滿激情而又短暫的一生，具有「發展小說」的許多特點。就其題材而言，表現一個藝術家（或知識分子）是本世紀文學的一個重要領域，因爲展示我們這個複雜的時代也只有複雜的人物才能承擔。在這部作品中，作者對詩人創作過程的分析是微妙而精細的。創作過程當然不僅指下筆寫作的過程，而且更廣義地指一個詩人的全部成長過程。用作者自己的話說，這部小說是「對我所稱之爲抒情態度的一個分析」。正是在這樣的創作意圖下，這部書最初曾被題名爲《抒情時代》。作者所要表現和所要探究的是，人的心靈所具有的激情，它的產生和它的結果。因而這本書又是一本現代心理小說，表現了一個詩人的藝術感覺的成長。書中每一章節的名稱都展示了詩人生命歷程的一個階段。他的童年、少年和青年時代，他怎樣讀書，怎樣戀愛，以及怎樣做夢等等。關於時代的全貌和他人的活動都退到了遠處，一切觀察的焦點都集中在主人公身上，並且與他的內心活動有關。有如激情的澗水，在時間的亂山碎石中流過，兩岸的景致並不重要，重要的是溪流將流向沃野還是沙漠。換句話說，作者在這裏所關心的是詩人心理和精神上的發育。爲了潛入到人物意識中最隱祕的角落，作者採用了一種我們可以稱之爲客觀意識流的敍述方式：時間與空間交織（不同時期不同地點所發生的事常常出現在同一段敍述中），現實與夢幻交織（第二章《澤維爾》完全是一個夢套一個夢），情節的跳宕，思考的猝然與不連貫，故意模糊主語的陳述，這些都使此書更接近於詩歌而不是小說。假如我們把書中這些抒情性的因素去掉，這部作品的內容就剩不下什麼了。這種形式使我們更能切近詩人的內心活動，感觸到詩人的激情是怎樣產生和燃燒的。

在一個詩人的心目中，最使他交織著複雜感情的是什麼？是母親。母親與詩人之間似乎有著某種最神祕的聯繫。詩人們常常把他心中最神聖的東西比作母親（儘管這已是一個用濫的比喻），而母親對幼小詩人的成長又往往起著不可替代的影響。在本書中，主人公雅羅米爾與他母親瑪曼之間的關係便是全書最主要的關係。他們一個是遭逢了愛情不幸，把全部愛都轉移到兒子身上的母親，一個是生性敏感，渴望著母愛的兒子。自雅羅米爾呱呱墜地起，他就被置於瑪曼無所不在的監護眼光下。她把他幻想成古希臘英俊的神祇阿波羅，把他牙牙學語的每句話都記在筆記本上，她帶他去富有浪漫情調的溫泉療養地旅遊，在夜裏一道坐在戶外傾聽遠處河水的喧聲，她第一個欣喜地發現了他的詩歌天賦，始終鼓勵他成爲一個詩人。她把所有的感情都押在了兒子身上，當她發現兒子有了情人後，隱伏在她心中的激情便爆發爲強烈的忌妒和頗費心思的計謀，極力要把兒子拉回到自己身邊。瑪曼這種專制的占有性的母愛，自然會影響到雅羅米爾的性格，他的羞怯、感傷、虛榮、脆弱、專橫都和母親身上這種最隱祕的激情有關。顯然在這點上，這部小說具有弗洛伊德學說的色彩。正如本書作者在《賦別曲》中借主人公雅庫布的口所表達的：「弗洛伊德發現了嬰兒的性慾，告訴我們關於俄狄浦斯的事。只有伊俄卡斯卡（即俄狄浦斯的母親——筆者注）還保持著神祕，沒有人敢扯下她的面紗。母親的身分是最後和最大的禁忌，也正是在這裏，掩蓋了最大的災難。」在天性敏感的孩子心裏，母親就是他生活的紐帶與軸心，唯有母親是眞實的存在，他愛她，恨她，可又無法從她那裏逃脫。在勞倫斯的名著《兒子與情人》中，我們同樣可以看到母與子之間的這種微妙戰鬥。保羅之所以不能進入其他女人的世界，恰恰是因爲他不能擺脫母親莫瑞爾太太的感情桎梏。同保羅一樣，雅羅米爾也始終渴望著在與其他女人的關係中，擺脫童貞，擺脫母愛，從而跨過生活的門檻，成爲一個眞正的男人，但無論他逃到哪裏，他都感到母親的靈魂始終和他在一起，阻礙著他進入生活。所不同的是，保羅的母親最後死了，這使他有可能重新進入生活，而雅羅米爾直到在他母親身邊死去時，他一直都沒有眞正長大成人。

然而，如果我們把這部小說視爲一部弗洛伊德學說來闡釋母子關係的作品，那又未免太概念化了。自從弗洛伊德揭示了人性中的「戀母」情結，在西方現代文學中，母子衝突的題材已經是一種相當普遍的現象。這種主題有著明顯的狹隘性。把一切都歸於性慾既不可靠，也不可信。昆德拉在這部小說中所要表現的當然不僅在此，正如我們前面所說，他所要探討的是人身上深刻的激情，而在某種意義上，我們時代的若干事件正是由這些激情所產生的。

對於雅羅米爾來說，母親代表著身邊狹窄的世界，他所要逃離的不僅是母愛的桎梏，而且也是平庸實在的日常生活。青春、愛情、革命，是小說中貫穿始終的三個聲部，作者像一個鋼琴家，摸索著尋找這三者之間的內在聯繫，試圖彈出一個和諧的主題音樂（作者在小說中就經常出面直接加以評述）。這一主題在書名《生活在他方》中得到了最好的概括。「生活在他方」是法國象徵主義詩人韓波的一句名言，對於一個充滿憧憬的年輕人來說，周圍是沒有生活的，眞正的生活總是在別處。這正是青春的特色。在青春時代，誰沒有對榮譽的渴望？誰沒有對家庭的反抗？誰沒有對未知世界的嚮往？舉目四望，我們周圍的生活平庸狹窄，枯燥乏味，一成不變，每天的日子都被衣食住行所塡滿，毫無色彩，毫無光亮。正是爲了逃脫這一惱人的生存現實，人們才賦予自己激情和想像。對青年人來說，沒有夢想的生活是可怕的，那是老年人日暮黃昏的平靜和死寂，青年人拒絕承認生活的本質就是平庸實在，總是嚮往著動盪的生活，火熱的鬥爭。這就是青春、愛情和革命之所以激蕩著一代代年輕的心靈的原因。顯然，三者之間有著共同的特點，它們都富於詩意和崇高感。爲了表現這些，作者採用了類似電影中蒙太奇的手法，在描寫雅羅米爾渴望逃脫自我，走向廣闊世界的（詩人在逃跑）一章中，穿插描寫了詩人雪萊、韓波、萊蒙托夫、馬雅可夫斯基、沃爾克、哈拉斯的故事或詩歌。韓波爲了逃離家庭，從家鄉跑到巴黎；萊蒙托夫爲了逃避上流社會，投身軍旅來到高加索；雪萊爲了宣傳自由解放，帶著傳單前往愛爾蘭。他們對現實的反抗，對愛情的追求，對戰鬥的憧憬，對榮譽的渴望，無不表現出在本質上令人驚異的一致。「我必須死嗎？那就讓我死於烈火吧。」熟悉這些詩人和他們詩歌的主人公雅羅米爾寫道。他滿腔熱忱地投入到新的生活中，不久他愛上了一個紅頭髮少女，他很快就體驗到愛情給他帶來的占有的激情；他參加集會，參加五一遊行，辯論，呼口號，他的詩歌發表在雜誌上，沒有比這些更令人激動的了，革命似乎張開雙臂在歡迎他。因而當他面對眼前的愛情與歷史運動時，他像所有的浪漫詩人，像一九六八年巴黎大學造反的學生，像中國文化大革命中的紅衛兵，充滿豪情地喊出：「要嘛一切，要嘛全無！」

如果說我們爲了超越自身的生存狀況必須具有對崇高的感受的話，那麼我們就還應當記住，崇高往往也會導致絕對和專制。這是一個存在的悖論，心靈中沒有崇高的東西，人會顯得卑微渺小，感到自己無所歸依，所以千百年來人們總是以追求崇高爲榮。然而悲劇也就在這裏，反抗與專制，崇高與殘酷，這是一個事物的兩極，它們往往同時存在於一人或一個事物身上。歷史上無數成功的反抗和充滿激情的愛情無不如此。雅羅米爾對崇高的熱烈追求最終變成了對情人的無情告發。當紅頭髮少女由於誤了約會，爲了平息他的憤怒，遂編造了一個她兄弟企圖背叛祖國的荒唐藉口時，雅羅米爾毫不遲疑地就告發了他們。她爲什麼要編造這樣的謊話，我們不得而知，這也許是根於捷克民族那種隨便的天性，有時候任何嚴肅的問題都會被他們變成一場玩笑，但在我們看來，這樣的玩笑卻是愚蠢的，不負責任的。不管怎樣，她和她的兄弟都因此而被捕入獄，從而毀掉了他們的一生。

儘管如此，悲劇的主人公仍然是雅羅米爾。他自認爲是在維護一個崇高的事實，結果卻使他的女友無辜地身陷囹圄。對他來說，這樣的結果意味著理想與現實之間永恆的悲劇衝突。從美學的角度看（美學在康德那裏正是理論與實踐之間的橋樑），眞正的生活應當永遠在別處。當生活在彼處時，那是夢，是藝術，是詩，而當彼處一旦變成此處，崇高感隨即便變爲生活的另一面：殘酷。雅羅米爾的悲劇就在於，他還年輕，他不知道他生活在一個夢想已成爲現實，現實已成爲永恆的時代，身邊的世界已經沒有戰壕和街壘，只有開會和秩序；他不知道文學和現實是不能相容的，過去不可能，現在不可能，將來也不可能，因爲這兩者是完全不同的東西；他不知道人對崇高感的激情中同時也包含了殘酷的成分，二者的區別僅僅在於生活的彼處還是此處。一句話，他不知道蝴蝶與蛹之間在美學上有質的不同，在已經沒有詩歌的時代，卻以爲他還可以像韓波、雪萊、萊蒙托夫那樣扮演一個詩人的角色，結果時代給了他一個表演殘忍而不是表演崇高的機會，最終導致了情人的毀滅，也導致了自己的毀滅，他的死不禁使我們聯想到當年的紅衛兵的命運。

雅羅米爾無疑是一個悲劇人物，從這個意義上講，他值得我們同情。他心靈豐富且敏感，也很有才華。同唐•吉訶德、哈姆雷特、歐根•奥涅金、畢巧林、安德列公爵、拉斯科爾尼科夫、莫索爾一樣，他身上也同樣懷有一種對於絕對的激情。他之成爲告密者和迫害者，不是出於對秩序和自身利益的維護，而是出於對崇高的追求。然而不幸的是，這種激情並沒有使他成爲反抗現實的人，而是成爲了現實的合作者，這使他的悲劇失去了崇高的意味。爲了迎合時代追求榮譽，他可以轉過頭來痛詆曾經熱烈崇奉的現代主義藝術；甚至還可以告發他的女友。如果說我們對他的這個行爲還覺得情有可原的話（他毫不知道會有什麼後果），那麼他在出賣女友後爲自己所作的一番內心辯解卻使我們頓生反感：「他並不是因爲愛情對他無足輕重才使他的女友面臨危險——恰恰相反，他想實現一個人們會比以前更加相愛的世界。」我們甚至都很難判斷這一切到底是卑鄙還是幼稚！但是，這句話卻顯然表明了一種爲人熟知的邏輯。它在黑格爾的歷史必然論下已顯露理論端倪，而在二十世紀則大放實踐光彩。它的實質就在於：當歷史法則與道德法則發生衝突時，必須犧牲道德法則：爲了將來幾百萬人的幸福，犧牲今天幾百人的幸福是值得的；爲了歷史的前進，犧牲人這一歷史的主體是值得的。但令人百思不解的是，既然如此，那麼歷史到底是什麼？它爲什麼要前進？它的終點又在哪裏？

困擾著二十世紀許多知識分子的正是對歷史發展的這一崇高激情。這是一個最沒有思想而人們卻普遍聲稱獲得了最正確思想的時代。似乎經過幾千年的蒙昧期，人們終於走出了歷史的宿命論，一勞永逸地掌握了客觀的必然規律，從此一切都變得簡單和明快了。在一次文學授獎會上，昆德拉曾引用過一句猶太諺語：「人們一思索，上帝就發笑。」這句閃爍著智慧的民間諺語倒是比許多大部頭的文人著作更有力地表明了，在人們自詡找到了終極眞理的背後，在人們聲稱最完整最深刻地認識了這個世界的背後，事實上卻掩藏著的思想上的多少狂妄和無知，絕對和專橫，儘管它們往往還是拾前人的牙慧。說到底，這不過是一種思想的愚昧，一種現代的愚昧罷了！小說中有一個絕妙的象徵更爲清楚地表明了這種思想的實質，在幼年的雅羅米爾畫筆下，出現在畫面上的人一個個都頂著狗頭。這也許是尙屬天眞的孩子繼皇帝的新衣之後又一個最偉大的發現。對於這種類似於超現實主義畫家筆下的狗頭人身形象，我們在十年文革滿街走著的遊行人羣中已經司空見慣了，只有上帝和孩子才會忍不住笑起來。

毋庸置疑，《生活在他方》不是一部純然寫實主義的作品。昆德拉在這部小說中灌注了他對人類激情的懷疑和對現代愚昧的探索。他所感興趣的不是人物的個性，而是人物的共性。正如他在序言中所說，這是一部「詩歌批評」的小說。他的目的在於總結各個時代詩人們的表演和作用（包括像詩人一樣懷有激情的所有知識分子），爲他們寫照，爲韓波、雪萊、萊蒙托夫、馬雅可夫斯基、艾呂雅、葉賽寧以及現代許多捷克詩人寫照。因而書中很少有對人物個性的著意刻劃，甚至全書中除了詩人雅羅米爾（意謂「他愛春天」）和他的母親瑪曼（音同「媽媽」），沒有一個人物是有名有姓的，我們看到的只是「紅頭髮女孩」，「拍片女孩」，「畫家」，「看門人的兒子」等等人稱謂，即使兩個主人公，母親和兒子，也只是一個象徵，一個符號，代表著任何時代的任何一個詩人和他的母親。從這個意義上講，作者的思考的確是從現實擴展到了歷史，從一個社會擴展到了整個人類。更確切地說，他是想藉助於時代這個實驗室，研究人性的崇高與邪惡，透視人身上最黑暗最深刻的激情，以及揭示這種激情可能導致的悲劇，浪漫主義的悲劇，毫無價值可是又深刻的悲劇。

《生活在他方》完成於一九六九年，當時正是蘇聯入侵捷克斯洛伐克的第二年，在這樣的歷史背景下，這部小說的出版命運是可想而知的。有意思的是，這一年也正是中國廣大知青開始下鄉插隊的年頭。對他們來說「生活在他方」已不是出於激情，而是出於無奈了。從當年反抗蘇聯入侵到後來承認現實的捷克青年，也和從當年紅衛兵到後來的知青一樣，他們的命運都好像總是在激情和無奈這兩種悲劇之間的搖擺。

這部小說第一次問世是在一九七三年，以法文版的形式刊行，第二年又在美國出了英文版。譯者彼得·庫西是一位翻譯家、作家和斯拉夫文學研究者。《賦別曲》英譯本也是他翻譯的。他的譯筆忠實地傳達了原作的精神和語言特點。多年後他又對《生活在他方》的譯本重新作了修改。昆德拉本人親自為這個修訂本作了序。本書即是根據〈企鵝叢書〉一九八六年版的這個修訂本翻譯的。英譯本對原書中引用的人名沒有作注，為了幫助讀者理解，書中許多人名係由譯者注出。

景凱旋

一九八八年五月於南京

大師名作坊⑮

生活在他方

ZIVOT JE JINDE

作　著──米蘭・昆德拉
譯　者──景凱旋・景黎明
董事長
發行人──孫思照
社　長──莊展信
出版者──時報文化出版企業股份有限公司
台北市108和平西路三段二四〇號四F
發行專線──(〇二)二三〇六六八四二
讀者免費服務專線──(〇八〇)二三一七〇五
(如果您對本書品質與服務有任何不滿意的地方，請打這支電話。)
郵撥──〇一〇三八五四〜〇時報出版公司
信箱──台北郵政七九〜九九信箱
電子郵件信箱──liter@readingtimes.com.tw
網址──http://publish.chinatimes.com.tw

主編──吳繼文
編輯──高桂萍
校對──陳錦生
排版──正豐電腦排版印刷有限公司
製版──源耕印刷有限公司
印刷──嘉雨印刷事業股份有限公司

初版一刷──一九九二年十月十五日
初版十四刷──二〇〇〇年九月二十日
定價──新台幣二五〇元

◎行政院新聞局局版北市業字第八〇號

ISBN 957-13-0523-5

國立中央圖書館出版品預行編目資料

生活在他方 / 米蘭・昆德拉著 ; 景凱旋,景黎明
譯. -- 初版. -- 臺北市 : 時報文化, 1992[
民81]
面 ; 公分. -- (大師名作坊 ; 15)
譯自 : Život je jinde
ISBN 957-13-0523-5(平裝)

882.457 81005022